香怡天下

2

文創
風
470

末節花開 著

目錄

第十四章

等韓香怡醒過來時，天色已經大亮。

此時，出現在她屋內的人，除了香兒，還有周氏以及修芸兩母女。

周氏見韓香怡醒了，便止住了與修芸的對話，看著她道：「好些了嗎？」

韓香怡坐起身子，除了身子還有些無力，基本上無大礙，便笑著道：「娘，讓您擔心了，我沒事。」

吐了口氣，周氏道：「剛聽香兒說，妳昨晚淋雨淋了一個晚上，我也是嚇壞了，現在見妳沒有大礙，便放心了。」

韓香怡瞪了香兒一眼，道：「娘，您別聽香兒胡說，沒有那麼嚴重的，只是淋了一些雨而已，睡一覺就好了。」

周氏點點頭，看到韓香怡醒來的樣子，也清楚香兒有些誇大，不過還是皺眉問道：「香怡啊，這到底是怎麼回事，妳怎麼會在外面淋雨呢？韓家人怎會丟下妳一個人？」

「夫人！」沒等韓香怡開口，香兒便急忙搶著道：「夫人，您可要為我們大少奶奶做主啊！都是他們故意將我們大少奶奶扔在徑山寺，他們可壞著呢，要不是大少爺及時趕到，那後果可是不敢想呀！要我說……」

「香兒住嘴！」韓香怡低喝一聲打斷了香兒的話，道：「這裡沒妳的事，妳先出去吧！」

香兒張張嘴，最後還是跺跺腳走了出去。

待得香兒離開，韓香怡才笑著道：「娘，您別聽香兒亂說，沒有的事，我是自己一時貪玩才忘了離開，他們許是沒發現我而已。」

韓香怡心裡其實不想讓修家人插手自己的事情，雖然她確實對韓家人沒什麼好感，可那畢竟也是自己的私事，修明澤是自己夫君，他知曉就好了，犯不上讓長輩們也跟著操心。

周氏眉頭沒有鬆開，看著韓香怡，苦笑著道：「妳這丫頭，還在這裡蒙我，雖然咱們倆相處的日子不算久，我對妳還是有些瞭解，妳可不是那種為了玩而忘記正事的孩子。」

說到這裡，周氏拉起韓香怡的手，語重心長地道：「孩子，委屈妳了，香兒那丫頭說的我都清楚，我也不傻，我看得出來韓家對妳不好，只是沒想到他們會這麼做，實在是太過分了！」

「對啊，嫂子，他們韓家人欺人太甚，把我們當什麼了，竟敢這麼對待妳，我一定要找他們算帳！」

一旁的修芸也是憤憤然揮了揮拳頭，一副我會替妳報仇的模樣。

韓香怡心裡一陣感動，來到這裡以後，她才真正感覺到人情冷暖，真正對她好的人是少之又少，雖然周氏對她好，多半是因為修明澤的緣故，但她還是很感動。

既然事已至此，她也不再隱瞞，便道：「娘，小芸，妳們就不要管這件事情了，其實這件事情與韓家沒關係，只是我與韓家某些人有一些個人恩怨而已。娘，您就別為香怡操心了，香怡自己會處理的。」

隨後三人又聊了一些，兩人這才不打擾韓香怡休息，離開了。

離開之前，修芸走到韓香怡身旁，在她耳畔小聲道：「大嫂，妳放心，我會替妳報仇的。」

說完，便跑了出去，留下韓香怡一臉苦笑。

過了一會兒，香兒端著粥走了進來，韓香怡喝過粥也有了力氣，便下了床，雖不能說是大病初癒，但也折騰了一個晚上，現在都恢復得差不多，是該出去走走了。

她想到自己的鋪子裡去瞧瞧，便讓香兒收拾收拾，一起離開修家。

一路上，韓香怡一邊吹著風，一邊舒展著筋骨，頓覺渾身舒暢，真的好多了。

來到香粉鋪，香兒開了鎖，推開門走了進去。這個時間，很少有人來買東西，畢竟快到晌午，天氣也熱了起來，很多夫人、小姐都躲在家裡避暑呢。

不過今兒個倒是讓韓香怡頗感意外，因為鋪子才剛開門沒多久，就來了幾個婦人，看那打扮，都不是一般人家，而且看起來也面生，有可能是外來的。

「這裡是韓家的香粉鋪嗎？」為首的一個婦人有些傲慢地問道。

韓香怡走到櫃檯前，笑著道：「這裡不是韓家的香粉鋪，不過……」

「不是？那咱們走吧！」一旁的婦人扭頭便要走。

生意上了門，怎麼能讓她們就這樣走掉呢？

於是韓香怡急忙走出櫃檯，道：「三位請留步！」

三人聽到韓香怡的話，不由得都停住腳步，回頭看向韓香怡。

韓香怡面帶微笑，道：「三位是來買香粉的，又何必非要去那韓家呢？我這裡也是很不錯的。」

「妳這裡？小門小鋪的，能有什麼好東西……」說話的是旁邊那個婦人，一臉的尖酸相，說出來的話也難聽。

不過韓香怡並不在意，而是笑了笑，道：「好與不好，試試便知。」

說完，她對香兒擺了擺手，香兒立刻跑到後面，很快又跑了回來，手裡已經多了幾個白玉盒。

將香盒放到桌子上，韓香怡便依次打開，然後看著三人道：「三位可以試一試，若覺得好，可以買，不喜歡也沒關係，我們可以為三位量身製作；若妳們實在不喜歡，便權當認識一下新環境，以後想來，也可再來。」

韓香怡說著，伸出了手，示意三人可以試試。

為首的婦人看了看韓香怡，又看了看桌子上的香粉，便走了過來，伸手沾了沾，塗在自己的手背上，然後放到鼻下聞了聞，頓時眼睛一亮。

這味道很好！

隨即她又依次試過，覺得這些香粉都很好，這才轉頭對著另外兩個婦人道：「妳們也來試試。」

看到婦人的表情變化，另外兩個婦人也急忙上前，每個皆試了一遍，又聽那婦人說不錯，便急忙附和，絲毫沒有剛剛那種瞧不起的模樣。

韓香怡在一旁看著覺得好笑，與香兒對視一眼，都看到對方眼中的笑意。

然後聽那婦人道：「妳這些香粉的確不錯，都是妳們自己做的？」

「是的，都是我們手工做的。」

那婦人點了點頭，想了想，道：「妳這幾盒多少錢？我們買了。」

「這六盒原本每盒是三兩銀子，六盒就是十八兩，若您真的都要，那我算您十五兩好了。」

「不用，錢我們有得是，若真的好，我們也不會在意這些錢。」說著，那婦人很大方地取出二十兩銀子放在桌子上，道：「不用找了。」

說完，一旁的兩個婦人將桌上的六盒香粉都收了起來。

韓香怡見狀，眼睛一轉，便道：「若三位真想買好的，我這裡還有好貨，不知三位可有興趣試一試？」

韓香怡的話，讓準備離開的三個婦人再次停住腳步。

那為首的婦人轉頭看向韓香怡，突然笑了起來，轉身走回來，看著她道：「拿出來瞧瞧。」

韓香怡心裡大喜，表面上卻平靜地道：「香兒，把裡面的好東西拿出來給三位姊姊瞧瞧。」

「好，這就來！」香兒沒有掩飾興奮，快步跑進去，很快再次跑了出來，此時她的手裡已多出五盒香粉。

這五盒香粉之所以被韓香怡稱為好貨，一方面是因為這些花粉是用好花製作而成，更重要的是這裡面全部加入少量的暗香盈袖，只要加入一點點，便可以將香味提升到另一個高度。

這次，韓香怡沒有讓香兒全部都打開，因為這樣香味會很濃郁，所以她親自拿起一盒，走到那婦人面前，將它打開。

頓時，香味向著四周瀰漫開來，三個婦人全都臉色一變。

那香味很濃郁，卻不讓人覺得膩，反而聞起來渾身舒暢，很舒服。

為首的婦人還算淡定，伸手沾了沾那香粉，塗在自己的手背之上，這一聞，她臉色有了變化，那是一種陶醉之色。

確實，這香粉很好聞，若是塗在身上，一定能吸引更多人的目光。

那婦人稍稍猶豫了一下，便開口道：「妳還有多少這樣的？我都要了。」

韓香怡雖然想到她會買，卻沒想到她會全部買下。

「這位姊姊，您真的要全部買下嗎？」韓香怡還是不確定地問。

「怎麼？妳怕我沒錢？」那婦人沒有回答韓香怡的問題，而是反問道。

韓香怡搖頭，道：「那倒不是，只不過我這裡像這樣的香粉，還有二十幾盒，妳確定妳都要買走嗎？」

「這是一百五十兩銀子，買妳全部的這種香粉可夠？」那婦人似乎也懶得多說，直接從腰間解下一個錢袋，隨手從裡面抓了三錠銀子，往那桌上一拍。

韓香怡一見這情形，還說什麼呀，直接對著香兒使了個眼色。

香兒急忙跑到後面，稍後，拿出一只木盒子，裡面整整齊齊裝著二十五個香粉盒，加上這五盒，剛好三十盒。

這種香粉，韓香怡是賣五兩銀子一盒，三十盒一百五十兩，剛剛好。

「錢剛剛好，您收好！」

韓香怡笑盈盈地將那五盒香粉擺入木盒子內，蓋好蓋子遞給客人，另外兩位婦人立刻接過。

為首的婦人對著韓香怡點了點頭，道：「不錯，我記住妳了，以後我還會來的。」說完，便驕傲地轉頭離開了。

三人從進入鋪子到離開，時間不超過一盞茶的工夫，就讓韓香怡的這些特製香粉全部賣掉，並且賺了一百七十兩銀子，這對韓香怡來說，真的是好事一樁。

「嘖嘖！這女人真有錢，瞧她那模樣，似乎是一夜暴富的感覺，一身綾羅綢緞、手指上戴著的金戒指，好像生怕別人不曉得她多有錢似的。」香兒將錢收好後，一臉感慨地說道。

韓香怡坐下來，倒了杯水，喝了一口後才笑道：「這樣的人雖然有些得意囂張，可對咱們來說卻是好的，起碼她能出大錢、肯花錢，越是這樣的人，越會在有錢的時候大花特花；反倒是那些原本就有錢的人，花起錢來會左思右想，沒有他們來得痛快。」

香兒忙點頭，道：「可不是嗎，她們真捨得花錢，一出手就是百兩銀子，嘖嘖，我看鋪子也有段時間了，還是第一次看到這麼大手筆的客人呢！大少奶奶，若每天都有這樣的人來咱們這裡買香粉，咱們是不是能賺好多好多錢呀？」

韓香怡看著香兒那天真的樣子，不由笑道：「哪有那麼多，這一次咱們碰到算是幸運，不過或許她們不只會在咱們這裡買香粉，若我猜想得不錯，她們還會去韓家香粉鋪。」

「啊？怎麼會這樣？她們買那麼多了，為何還要去韓家香粉鋪呢？」香兒不解地問。

韓香怡想了想，道：「我也沒辦法解釋，可我總覺得她們似乎不是單純為了買香粉而來的。」

「不單純？」

「嗯，若只是買香粉的話，完全沒有必要買三十幾盒，浪費錢不說，也完全沒用，一盒香粉使用的時間大概是兩個月至五個月，就算她用得很快，一個月一盒，這些也足夠她用幾年了，先不說香粉的儲存時間允不允許，這樣做本來就沒有什麼意義。」
頓了頓，韓香怡又道：「就像妳說的，她這麼有錢，想買多少都可以，想何時買都沒問題，幹麼非要一次買這麼多呢？」
「那……或許是她想要送人呢？」香兒撓了撓頭。
韓香怡繼續搖頭，道：「也有這個可能，不過我不覺得她會送人，若真的是送人，她一開始買的時候便會提出多要，而不是在看到咱們拿出特製香粉後才提，所以我想，她來之前可能並沒想要多買。」
說到這裡，韓香怡皺了皺眉，道：「那麼很有可能，她來這裡是另有目的。」
「另有目的？」
韓香怡搖了搖頭，道：「我也不清楚，我只是懷疑她們可能也是想要做香粉。」
「她們？就她們怎麼可能？」香兒叫著，一臉不信的模樣。
韓香怡聳了聳肩，也表示不解，但她總覺得，這些人似乎並不簡單。
送走了那三位婦人後，鋪子裡便再沒客人上門，不過也足夠了，僅是這一百七十兩銀子，就相當於她們幾個月賺的錢了。
看了看時間，已至晌午，兩人便準備關鋪回去休息，可就在她們準備出門的時候，又有人走了進來。
「對不住，我們有事要離開，您若想要買香粉，就下午再來吧！」正背對著門口的韓香怡一邊拿著鑰匙，一邊說道。

回答她的卻是一道熟悉的聲音。

「怎麼？剛買完妳的東西，妳就不歡迎我們了？」

韓香怡猛地回頭看去，當看到來人後，不由驚詫道：「是妳們？」

來人正是剛剛買了很多香粉的三個婦人。

為首的婦人此刻揹著一個小包裹，而在她身後的兩個婦人也都揹著鼓鼓囊囊的包袱，看那樣子，似乎又有不小的收穫。

「三位姊姊怎麼又回來了呢？莫非香粉不夠？」韓香怡不明白她們的來意，便笑著說。

為首的婦人也是笑了笑，說：「怎麼？不歡迎我們？」

「怎麼會，像三位姊姊這樣的客人，我們是十分歡迎的。香兒，上茶水。」說著，韓香怡將鋪子裡的三把椅子都搬了出來，讓那三個婦人坐下。

隨後香兒端來了茶水，三人也是不客氣地接了過去。

韓香怡靠在一旁，笑看著三人，她心裡清楚，她們再來，一定有事。

那婦人看著韓香怡笑了笑，道：「妳可知我們剛剛去了哪裡？」

「莫不是韓家的香粉鋪？」韓香怡笑了笑。

那婦人倒是沒有多驚訝，顯然她也猜到韓香怡知曉，點點頭，又道：「我們去了幾處韓家的香粉鋪。」說著，拿出自己揹著的包裹，放在桌子上攤開。

韓香怡看到，裡面有十幾盒的香粉。

「這裡面的香粉是我在韓家香粉鋪買的，和妳這裡普通的香粉一樣，沒什麼區別，不過他們一盒賣我五兩銀子，比妳這裡貴。」

她打開了一盒，又道：「雖然同樣是香粉，可似乎妳這裡的更為細緻一些。」說著，她還從香粉盒內捏了一些香粉起來，摩挲了一下。

韓香怡沒有說話，只是看著她。

只聽那婦人道：「來的路上我打聽過了，帝都的香粉生意已經被韓家壟斷了，雖然韓家縱容小商小販零售香粉，但香粉鋪全是韓家在經營，這就讓我好奇了，妳的香粉鋪是怎麼開起來的呢？於是我又打聽一番，這才知道，原來妳也是韓家人。」

說到這裡，她沒有繼續，而是喝了一口茶，才緩緩道：「不過以我對韓家的瞭解，即便是妳開鋪子，他們也不會允許，因此我想問妳，妳這鋪子是如何在韓家眼皮子底下存活的？

「當然，妳可以不說，我也不是非要弄清楚，因為我只需要弄清楚一點，妳的鋪子能否一直開下去？」

聽了她的話，韓香怡心裡的想法似乎更加清晰了，隨即她按捺住內心的激動，搖了搖頭，平靜道：「這個問題我不能給您一個明確的答案。」

「哦？怎麼說？」

「因為我也不清楚我這鋪子能否一直開下去，說實話，當初我開這鋪子並不是真的想要長久開下去，我有我的目的，恕我不能說明；而且，姊姊您也說了，韓家人是不會允許我的鋪子在帝都搶生意的，所以暫時安全，不代表以後也一樣。」

那婦人點了點頭，又道：「那妳認為妳能開多久？」

韓香怡想了想，伸出五根手指。

「五年？」

「不是，是五個月！」韓香怡苦笑道。

她之所以這麼肯定，完全是因為她之前從修明澤的口中得知了一件事情，那就是韓家與修家聯姻的理由——原來韓家如今大不如前，會選擇與修家聯姻，只是想要藉著修家的人脈和勢力為自己謀取一些利益。

而這利益的一部分便是能夠大量向帝都運送製作香粉的器材，因此為了解決在運送上受到的阻礙，便要借助修家的力量；除此之外，韓家還有其他事情需要修家幫襯，也就是說，韓家如今是自顧不暇，也唯有在這段時間內，她才能保證自己的鋪子開得下去。

至於五個月之後的事情，她不敢保證，也不敢確定鋪子能繼續經營下去，修明澤雖然沒有再說什麼，不過他答應過她，她的鋪子不會關門大吉，他會幫她開下去。

當然，這還是不確定的，她目前唯一能保證的便是這間鋪子能再經營五個月。

婦人聽到韓香怡的話後，明顯皺了皺眉，似乎在想著什麼。

韓香怡也沒說話，只是靜靜地等著。

片刻，那婦人放下茶杯，看著韓香怡道：「不知妳有沒有想過在帝都以外的地方開香粉鋪子呢？」

韓香怡心裡猛地一跳，表面上還是鎮定地搖了搖頭，道：「沒想過。」

那婦人有些失望，正要說些什麼，韓香怡又道：「其實不是我不想，而是不能。」

「嗯？此話怎講？」婦人眼睛一亮，急忙問道。

「首先不說我想不想開，單說這開店資金我就沒有；其次，我現在的身分無法離開帝都，既然無法離開，自然就不能在帝都以外的地方開鋪子，說真的，想法我有，但現實不允許。」

那婦人聽到這話，點了點頭，隨即笑著道：「若我說，錢我替妳出，妳可願意開？」

韓香怡心跳加快，深呼吸了一口氣，道：「姊姊可否說得明白一些？」

那婦人又笑了，道：「既然妳叫我一聲姊姊，那我也不瞞妳。其實此次來帝都，我就是為了看看這帝都的香粉到底如何地好，為何會有那麼多人買？我們那裡雖然也有韓家開的香粉鋪子，不過似乎沒有這裡的品質好，聽說在帝都販售的才是最好，所以我們才來了這裡。原本我只是想看看這香粉如何好，然後與韓家做商量，看看可不可以合作，可是當我看到妳的鋪子後，我改變主意了，我決定與妳合作！」

「與我合作？」韓香怡藏在袖內的雙手已經因為激動而有些輕微顫抖。

「沒錯，我最先的想法確實是與韓家合作，可是我想，若與韓家合作，我這裡能得到的利潤或許不到十之五、六，我這個人胃口有些大，若我得到的少，我的興趣也不高，因此當我看到妳後，我就想要與妳合作了。

「我把話說白了吧，與妳合作，我得到的會更多，這也是我想和妳合作的理由，若妳能接受，那麼一切便都好談了。妹妹……妳說呢？」

韓香怡不置可否地點了點頭。她心裡面自然是希望可以合作，可前提是她們需要瞭解對方，從她們見面到現在還不到一個時辰，這讓她在興奮之後，逐漸冷靜下來。

她不能被興奮衝昏了頭腦，雖然她希望能與人合作，可是她對於這婦人一無所知，如果對方騙自己，自己還真是有可能被套進去。

可是轉念一想，自己有什麼呢？

錢？沒有。勢力？沒有。權力？更是不可能……自己要什麼沒什麼，她又能騙自己什麼呢？

韓香怡心裡轉過千般思緒，那婦人卻是在這個時候開口了。

只聽她淡笑道：「我清楚妳擔心什麼，放心，我也不逼妳，我會給妳三天的時間，妳可以好好考慮考慮，這三天我會住在別雲客棧，到時妳可以來找我。我叫沈美娟。」說著，她站起身子，看了看鋪子，便又道：「我打算在近期買一塊花田，這樣的話，可以更利於我們的合作，當然，前提是妳答應我。」說完，她頭也不回地離開鋪子，另外兩個婦人也急忙跟了出去。

很快三人消失在韓香怡的視線之內。

韓香怡站在那裡看著她們離開，半晌後才緩緩開口道：「香兒，妳說，我剛剛若是答應，是不是我們就已經合作了？」

「嗯，大少奶奶您要是答應下來，咱們就已經合作了，說不定都有錢可以拿了呢！」香兒站在櫃檯後面，撐著下巴道，搖了搖頭。

「走吧，回去吃飯。」

「哦。」

回到小院，韓香怡看到不知何時回來、此刻正在觀察那些花朵的修明澤，不由心裡一喜，快步走到他身後，還沒等她伸手去拍他的肩，便見他猛地一轉身。

韓香怡一時受到驚嚇，忍不住尖叫，險些摔倒。

好在修明澤眼疾手快，一把摟住她的腰肢，轉了一圈，將她穩穩地拉回站直了身體，然後才伸手在她的腦袋上輕輕敲了一下。

「妳要再對我使壞，小心我打妳屁股。」

韓香怡俏臉微紅，哼了一聲，沒有再說，而是坐在桌子前，等著香兒把飯菜取來。這段時間，都是香兒把飯菜拿到這裡。

修明澤坐到韓香怡身側，看著她似乎在想事情，便問道：「在想什麼？出了什麼事嗎？」

韓香怡看向修明澤，想了想，道：「夫君，若我跟你說，有人想要與我合作香粉買賣，你覺得這是真的嗎？」

修明澤微微一怔，沒想到韓香怡會這麼問，先是想了想，然後搖頭道：「如果我是商人，我會選擇對我有利的一方合作，而韓家香粉壟斷帝都的市場已久，又在各地頗負盛名，若是要找人合作香粉生意，我想我會選擇韓家，而不是妳。」

韓香怡點點頭，示意他繼續說下去。

修明澤摸了摸她的頭，又道：「我倒不是說妳的香粉不好，只是妳確實沒有如韓家那般厚實的基底，先不說對方有何目的，單是妳自己就沒有能力去做這件事情。」

「嗯，你說得沒錯，現在我能開這個鋪子也是因為你們大家幫忙。」韓香怡承認這是一個不折不扣的事實，儘管她並不想承認。

修明澤點點頭，繼續道：「不過當然也不能排除對方想要尋找像妳這樣的新人，或者說是小鋪子來合作，理由也很簡單，對方想要得到更多好處，相比韓家而言，從妳這裡得到錢的機率更大也更多；試想，若對方想要與韓家合作，以韓家的實力與勢力，合作後的利益劃分，我想韓家一定會占大頭，對方能得到的可能僅是十之三、四，這樣一來，對方肯定不會答應。

「當然，和韓家合作，首先一點的好處是可以保證雙方能長期穩定合作下去，這是前提，也是根本，想要合作，那就自然要找可以長期合作的一方，可這樣一來，就要在利益方面有所損失。由此可知，對方想要找妳合作，只有一個原因——錢！」
「錢？」
「沒錯，對方是一個對錢十分看重的人，她選擇合作對象，不是為了能否長期合作，她的想法或許只是想要找到一個可以為自己賺錢且可以賺很多錢的對象。
「而妳就是。第一，妳有製作香粉的方法，第二，妳製作的香粉很好，第三，妳的身分特殊，第四，妳不會吞太多。」
「吞太多？」
「與妳合作，對方肯定要將雙方所得的錢財做十分明確的劃分，比如……她七妳三，抑或是她六妳四，總之，對方會拿大頭，這樣一來，既可以做這筆生意，又可以在不損失自己財力的情況下，賺得更多。」
「好吧，我不得不承認，你說得都很對。」韓香怡有氣無力地垂下了頭。
「有人要與妳合作，妳答應了嗎？」修明澤伸手握住了她的肩，輕聲道。
「我沒有答應，畢竟我們不熟悉彼此，她這樣突然出現說要與我合作，我怕她騙我，再加上不確定將來能否長期合作，所以沒有馬上答應，不過她說過會給我三天時間，讓我考慮。」
修明澤點點頭，想了想，道：「那需要我去幫妳查查她嗎？」
韓香怡眼睛一亮，急忙點頭，道：「要，夫君你肯幫我查，這太好了。」

於是韓香怡將她所知曉的事情毫無保留地告訴修明澤。

修明澤聽完笑了笑，事不宜遲，也不待了，站起身子便要離開，可他剛走出沒幾步就停了下來，轉身看著韓香怡，道：「光顧著說妳的事情，都忘了我要說的事。」

說著，他又走回來，遞給韓香怡一張紙條，道：「還記得上次我說的那個想要乾花瓣的人嗎？這是他所在的地方，妳若想便去瞧瞧問問，或許對妳有幫助。」

見修明澤又要走，韓香怡想了想，站起身子快步追上，拉住他的手，在他疑惑的目光中問道：「夫君，你最近這段時間怎麼總出去啊，以前還好，只是晚上出去，現在你大白天的都出去，這樣好嗎？不會被那些有心的傢伙發現吧？」

修明澤聽罷笑了笑，然後在她的鼻子上輕輕一刮，親暱地道：「妳啊，就這麼不放心妳夫君嗎？」

「你知道我不是這個意思的。」韓香怡紅著臉道。

修明澤寵溺地在她的頭上揉了揉，然後輕聲笑道：「妳放心吧，以前白天我避免外出，是因為我不是傻子的事情沒人知道，可現在不同了，不但妳知道了，景軒也知道了，這段時間我天天出去，就是和景軒在一起，即便不在一起，若有人問起，我的理由也是和他在一起。」

「可是修家有些人會相信嗎？」韓香怡話裡的有些人，指的是大娘和修明海這對母子。

「放心吧，有景軒在，這都不是問題，而且最近妳沒發現他們母子倆都老實了很多嗎？」

「對啊，你不說我還沒發現，這段時間他們都不怎麼找我們麻煩了呢！」韓香怡驚訝道：「莫非這也是你做的？」

「雖然不是我做的，但也是我授意的。我讓景軒在書院裡向修明海施壓，讓他老實點，不准動我，也讓他娘不准動我，要不然讓他在書院裡沒好果子吃。」

韓香怡聽後點了點頭，隨即又搖了搖頭，道：「可是他們真的會老實聽話嗎？」

「會不會老實聽話我不知道，我只知道他們不找咱們的麻煩，那我就有時間做很多事情，至於偶爾發生一些磨擦，我倒不會很在意；而且這種方法也就這段時間會有效，過了這段時間他們或許膽子漸漸大了，也就不會怕景軒的警告了，不過那也沒什麼，只要這段時間不被打擾到就好。

「好了，該解釋的我都解釋了，我可以走了？」

「哦，那你去吧，小心點兒。」

「放心吧，妳夫君我可是很厲害的！」

隨著笑聲落下，修明澤消失在韓香怡的視線之中。

重新坐下，韓香怡這才打開紙條，只見上面寫著一行字。

北街林瑞堂，老夥計林老頭。

一轉眼，兩天的時間過去了。

這一日，韓香怡和往常一樣，在院子裡曬花瓣。

聽到腳步聲從身後傳來，韓香怡轉頭看去，看到來人笑道：「夫君。」

修明澤笑了笑，走到韓香怡身旁，沒說話，而是從袖中取出一張紙條，道：「瞧瞧吧，這是我查出來的結果，這個女的倒也不簡單。」

韓香怡接過紙條，打開來看了起來。

沈美娟，林城沈家長女，楚家長子媳婦。

「林城沈家？」

韓香怡以為對方應該是個地主婆之類的人，沒想到對方的身分竟然如此不一般。

要說除了帝都，最大的城便是林城，其中最大的家族有兩個，一個是楚家，另一個是沈家，雖地位上比不上帝都三世家，但他們也是二流家族之首，盤踞一方的大家族。

而這個沈家，韓香怡也有些耳聞。沈家家主沈三萬的祖父，是一個靠打魚為生的漁家人，後來不知怎麼的，靠著打魚、賣魚漸漸有了一些錢，然後用這些錢開了第一家鋪子，專門賣魚。

因為林城是靠海而建的，那裡的水產十分豐富，各種海鮮應有盡有，也正是如此，沈三萬的祖父生意越做越大，聽說在他祖父年過半百時，已經擁有五家漁產鋪子，在當時的林城也是有些名氣。

之後沈三萬的爹——沈大昌，子承父業，二十幾年裡，先後在林城開了七、八家漁產鋪子，算上他父親的那些，沈家已經有十多間鋪子，生意更是好得很。

林城幾乎所有的漁產生意都是沈家在做，其他人想要分一杯羹都要問問沈家，而沈家也是出奇友善，凡有人來問，他們都毫無條件地答應了，所有人都稱讚他們豪爽，為人正義。

到了沈三萬這一代，雖然沒有前兩代的魄力，但成績也不錯，如今的家主沈三萬，更是將生意做到林城外。

不說其他地方，光是帝都就有兩家沈家漁產鋪子，這還是韓香怡之前逛菜市場才得知的。當時韓香怡對沈家人十分敬佩，能從一個普通的漁夫做到如今的地步，當真是厲害。

當韓香怡知道沈美娟是沈家人後，不禁一臉錯愕，她萬萬沒想到，自己一直想要見到的人，竟然真的出現了，還主動提出要與自己合作，這讓她覺得十分詫異。

「這個沈美娟是沈三萬的長女，也是唯一一個讓他看重的女兒，沈家有三女一兒，兒子還在襁褓之中，大女兒是沈美娟，二女兒和三女兒分別是沈美麗與沈美喜，三個女兒除了老大以外，都對家裡面的產業沒什麼興趣，如今也都嫁了人，過著平凡的生活。」

說到這裡，修明澤拉著韓香怡的手，與她一起坐下來，這才繼續道：「而這個沈美娟卻不一樣，她雖然嫁了，卻嫁給了楚家人。

「林城兩大家族分別是楚家與沈家，他們原本關係便很好，如今更是親上加親！要知道，這門親事可是楚家長子楚風親自提出來的。」

韓香怡想起沈美娟的模樣，雖不能說是傾國傾城，但也是個漂亮的人兒。

「沈美娟長得不錯，楚風會提親也是正常，而且兩人是門當戶對。」

修明澤笑著搖了搖頭，道：「不，楚風之所以要娶沈美娟，並不是因為她的長相。這個楚風長得十分俊朗，林城很多女人都喜歡他，他也是林城公認的美男子，那沈美娟雖說長得好看，可若真要比較，林城很多女人都能勝過她。」

「你是說，這個楚風看中的不是長相？莫非是才華？」

修明澤點點頭。「妳很聰明，沒錯，就是才華。」

韓香怡皺了皺眉，道：「才華……這是怎麼看出來的呢？」

「林城十年前發生了一件事，據說驚動了很多人。當時林城來了個欽差大人，要調查這件事卻沒有頭緒，林城有很多人都知曉，但沒人能夠查出來；就在這時，這個沈美娟站出來了，她不知用了什麼手段，在短短一天的時間便把這件事處理好，不僅轟動了整個林城，甚至在帝都都引起不小的轟動。

「當時，所有人都被沈家長女的聰明才智所折服，更是有不少的公子、少爺明著要追求她，可妳知道嗎？她當時只說了一句話，所有人便都沒了動靜。」

「什麼話？」韓香怡急忙問道。
「我的男人只能是楚風，其他人我不要。」
「她……這是表白？」韓香怡驚詫道。
修明澤點點頭，一臉欣賞地道：「是的，當時楚家所有人，包括林城所有人都在看著楚風，想看看他這個林城第一美男子如何說。
「第二天，他騎著馬帶著聘禮到了沈家，當著所有人的面提親了。」
聽了修明澤的話，韓香怡腦海中出現了當時的畫面。
最前面的楚風騎著一匹白色高頭駿馬，身後是幾個家丁抬著一箱一箱的聘禮，街道兩旁站滿了百姓，都駐足觀看。楚風來到沈家門前，下馬，敲響了大門……
「最後沈美娟答應了？」
「這是當然，沈美娟喜歡的是楚風，楚風又對這個沈美娟很是欣賞，所以兩人很快成為一家人。」說到這裡，修明澤看向了韓香怡，道：「之後的十年，這個沈美娟一直表現得很低調，並未再做出什麼厲害的，或者是轟動的事情，很多人也都覺得，楚風似乎娶錯了人。」
頓了頓，修明澤又道：「可是讓所有人都驚訝的是，楚風非但沒有嫌棄沈美娟，反而越來越喜歡她，每次出去參加一些重要的面談，都會帶上她，兩人在所有人面前表現得十分恩愛，這也讓所有人另有想法。

「不過有一點不可否認，自從沈美娟嫁入楚家後，楚家的一些事業是越做越好，有些人就說，這其實是沈美娟的功勞，都是她在暗中幫助自己的夫君，才將楚家的生意做得更好。」

「你的意思是，其實現在有一部分楚家的生意表面上是楚家打理，實則是由這個沈美娟在打理的？」韓香怡一下子明白了，表情多少有些驚訝。

「當然，這也只是猜測，不過……」修明澤看了看韓香怡手裡的香粉盒，拿起來握了握，便道：「聽妳這麼一說，我反倒覺得這件事情是真的，若這個沈美娟只是老老實實待在家裡做個妻子，相夫教子，就不會出現在帝都，也不會出現在妳的鋪子裡。

「這個沈美娟或許真的在暗中幫助楚家打理生意，畢竟她有這個頭腦。」

「可若真是這樣，她為何要找我呢？她娘家抑或楚家，都很有錢，她要找合作對象，也應該找像韓家這樣的才對啊？」

韓香怡心裡面十分清楚自己沒有和韓家競爭的實力，若說之前她不瞭解這個沈美娟，以為她只是個地主或者隨便一個有錢的婦人也就罷了，可她不是，她的家世不但厲害，夫君家裡財力也不弱，加上他們又都是林城的大家族。

這樣的實力，這樣的勢力，按照常理來說，與韓家合作才是正確的選擇，而她卻選擇了自己，這無疑是一個不安因子，若哪天自己這邊出了問題，她也會損失慘重。

想必以她的聰明，一定也已經想到這一點，那麼她為何還要這麼做呢？

聽到韓香怡的不解，修明澤也是陷入沈思，片刻才道：「我也看不透，就像妳說的，韓家才是適合她的合作對象，她們不缺錢，即便只占十之三、四，也足夠了；更何況如今知曉了她的真正身分，這樣的情況下，想必韓家在知曉她是沈家人又是楚家媳婦的情況下，也還有商量的餘地，或許兩家合作就會變成五、五分，這不是更好的結果嗎？可為何會放棄這麼穩定的對象，而去選擇妳這個如此不穩且沒有基礎，沒有人力、物力，最主要還是不知能否長久經營的一間小鋪子呢？」

理由是什麼呢？兩人都百思不得其解。

「雖然這件事情很古怪，但我想對妳來說，有利無害，妳想想看，以妳現在的實力，想要做大幾乎是不可能的，而且韓家那邊還在看著妳，現在他們不出手，只是還自顧不暇，若他們將自己的事情都處理好了，或許妳的鋪子就真的危險了。

「可若與她合作，那我想妳做大的機率就會增加……對了，她還對妳說了些什麼？」

「她沒說什麼……啊，對了，她說她準備在近期買下一塊花田，這樣就能自產自銷，不過她說前提是我要同意與她合作。」

「花田？」修明澤皺了皺眉，思索了片刻後，便道：「那妳就與她合作！」

「真的要合作嗎？我總覺得心裡沒底。」韓香怡也是皺緊眉頭，對這件事情有些不太確定。

修明澤握住了韓香怡的手，道：「放心吧，若她敢騙妳，我不會讓她好過，而且她也沒有必要騙妳，以她的身分，她不需要這麼做。」

韓香怡看著修明澤的眼睛，最終還是點了點頭，道：「嗯，那好吧，我下午就去找她，把合作的事情與她細談。」

第十五章

時間轉眼即逝，很快來到下午。韓香怡出了修家，就看到一輛馬車已經停在了府門前。上了馬車，車伕一甩鞭子，馬車便緩緩向前行去。因為路不遠，所以這輛馬車很快就來到別雲客棧，看客棧人進人出，似乎生意很好。

下了馬車，韓香怡便走進了別雲客棧。一走進去，她頓時被裡面的吵鬧聲吵得皺了皺眉。

韓香怡直接來到櫃檯前，問了那掌櫃的沈美娟住在哪一房。

那掌櫃的似乎知曉有人會來找她，一聽韓香怡這麼問，頓時笑著道：「請隨我來，沈老闆早就等著您了。」

沈老闆？韓香怡眼中閃過一抹異色，沒想到她還是這裡的老闆？

韓香怡跟著那人到了二樓，來到二樓最靠裡面的一間房前，這才停下來道：「請進吧，沈老闆就在裡面。」說完，便微笑著轉身離開。

韓香怡敲了敲門，道：「沈大姐，我來了！」

很快屋子裡傳出了沈美娟的聲音。

「是妹妹啊！這就給妳開門。」

隨著聲音落下，打開門的人，是沈美娟身旁的其中一個婦人。

當初就是因為這名婦人的表現，讓韓香怡誤判了沈美娟的身分，現在想來，這些或許是她為了掩飾自己真正身分而做的偽裝，不得不說這個沈美娟，心機很深。

韓香怡笑了笑，抬腳走了進去。

沈美娟此刻正坐在桌前喝茶，瞧見韓香怡走進來，站起身子，笑道：「妹妹請坐吧。」

韓香怡依言坐下，見沈美娟取過茶杯，為自己倒了一杯，遞到自己面前，笑著說道：「既然妹妹來我這兒，想必妹妹心中已經有數，姊姊是不是該為咱們接下來的合作舉杯呢？」

韓香怡心裡驚訝，這個沈美娟果然不簡單，自己來到這裡還沒說一句話，便被她猜到了自己的目的。

她笑著回道：「真是讓妹妹驚訝，自己的心思竟然被猜到了，只是不明白，姊姊是怎麼猜到的呢？」

沈美娟沒有急著開口，而是站起身子，從床頭下取出一個小盒子，放到桌上，然後坐下來道：「妹妹想必已經知曉了我的身分，那我也就不瞞著妳了。我是沈家人，如今也是楚家人，我的身分不低，與妹妹合作虧不了妳的。」

說到這裡，她手一推，將那木盒推到韓香怡的面前，笑道：「這算是姊姊送給妳的一樣禮物，或許妳會喜歡。」

其實在看到那個木盒子的時候，韓香怡的臉色就微微起了變化。

這是……紫檀木盒？莫非這裡面是……

雖然心裡好奇且驚訝，可韓香怡還是沒有動手，而是不解地看向沈美娟。

「姊姊這是何意？」

「怎麼？妹妹不喜歡嗎？還以為妳會喜歡。」沈美娟沒有回答韓香怡的問題，而是一臉幽幽地反問道。

韓香怡搖了搖頭，道：「我喜歡，我想很多人在看到這東西後都會喜歡，可是姊姊這樣做會讓我覺得受寵若驚，雖然我確實想要與姊姊合作，可這東西實在太貴重，我不敢收。」

沈美娟卻笑了笑，搖著頭道：「不，妳要收下，而且應該心安理得地收下，因為這算是我的一份心意；可也不完全是給妳的，我想妹妹妳應該比我更知道這東西的作用，所以我是希望妹妹可以把此物放入需要的東西裡面，畢竟……咱們合作以後，很多東西都是咱們共有的了。」

韓香怡點點頭，心裡不禁苦笑，她笑自己想多了。

想想也是，這麼貴重的東西怎麼會才見了幾面就送給她呢？原來是想讓她用在香粉上；也是，有了這東西，香粉的香味也會提升很多。

想著，韓香怡便道：「姊姊說得對，那妹妹我就收下了；既然咱們都打算合作，那姊姊對咱們的合作可有什麼想法？」

「想法我有，只是需要妳去做。」

「姊姊請說。」看來她在找自己合作之前就已經做好了許多打算。

「之前我與妹妹說過，若咱們合作，我會考慮買一塊花田，畢竟花朵的買賣不比其他，不好處理不說，價錢上也很難讓人滿意，所以我想，咱們乾脆就自己買下一塊，剛開始咱們也不需要很大的地，足夠咱們自己用就好，之後若是可以做長、做大，再多買下幾塊花田。」

似乎說到了興奮處，沈美娟喝了口茶，又有些興奮地道：「當然，在這前提下，還需要進一些東西。」

「進東西？您是說……」韓香怡明白了她的意思。

「沒錯，就是一些製作香粉的工具，韓家不就有很多製作工坊嗎？咱們要想把香粉做好，就需要有這些東西，單靠人是不行的，而且咱們也沒有那麼多人來製作，這樣費時費力，只有拿到那些東西才最能解決問題。可是……」

「姊姊是想讓我想辦法弄清楚，這些東西哪裡有？以及怎麼買到？」

韓香怡一聽就明白了，可自己雖然有韓家人這個身分，卻徒有這個身分而已，其他的什麼都做不到啊！

正想著，便聽那沈美娟繼續說道：「姊姊明白妳有難處，可是姊姊既然開了口，自然不會讓妳為難，姊姊已經打聽過了，如今韓家對這方面的需求很多，卻也不好買，好多都是靠著修家的幫忙才能順利買到。

「所以姊姊覺得這件事情或許修家人能搞定，妹妹如今已經是修家的兒媳，想必知道這些事情應該不難，只要妹妹妳能知道那些東西是在哪裡買的，到時姊姊自會派人前去，我會想辦法搞定。」說著，她喝了口茶。「當然，除此之外，還有一件事情需要妹妹妳去做，而且這件事情一定要妳親自去做才行。」

「何事？」

「等製作香粉的那些大型器具弄到手，也需要有人會使用不是？所以還需要麻煩妹妹想辦法進到韓家的工坊裡面學習如何使用，這樣咱們買到以後才不會變成睜眼瞎！」

韓香怡一聽便明白了，敢情這是要讓自己偷學啊！

雖然她可以進入韓家的工坊，可她能學嗎？他們會讓自己學嗎？若自己提出來他們定會懷疑，搞不好還會被韓家人知道，那這件事情可就不好辦了。

這麼看來，就只能想辦法偷偷去學了。

想到這裡，她便點點頭，道：「好吧，我會去試一試，但我不敢保證一定能學到。」

「有妹妹這句話就足夠了，能不能學到姊姊不強求，只要妹妹有心，就一定能成功。來，讓我先預祝妹妹馬到成功。」說著，沈美娟舉起茶杯，笑看著韓香怡。

韓香怡也只好舉起茶杯與她碰了一下，同時心裡暗暗頭疼，這下可真有自己忙得了。

從別雲客棧出來時，天邊已經升起紅霞。

韓香怡並沒有直接回院子，而是來到鋪子裡。一進去見宋景軒正坐在那裡喝著茶，便笑著道：「你怎麼來了？」

「沒事，順道來這裡坐坐。」想了想，宋景軒便問道：「聽澤哥說了，嫂子，妳們談得怎麼樣？」

「還好，基本上都確定了，只是我這邊還需要做一些事情。」

於是，韓香怡將自己這邊需要做的事情與宋景軒大概說了一遍。

宋景軒聽罷點點頭，笑道：「大型器材的事情澤哥可以解決，澤哥有這個實力，至於如何偷學……嫂子，若妳不介意，我想我有一個主意。」

「哦？那你說說？」

韓香怡心裡正不知道該怎麼好呢，一聽他說有主意，自然要聽一聽了。

「既然需要妳去韓家工坊偷學那些器材的使用方法，那妳可以真的去學啊！」

「真的去學？可是他們不會教我……」韓香怡皺了皺眉道。

「不會？那就讓他們會。」宋景軒笑道。

「怎麼說？」

「那句話怎麼說來著？有錢能使鬼推磨，錢能解決一切，只要有錢，還怕他們不教嗎？」

韓香怡皺了皺眉。

錢？她其實也想過用錢讓他們教自己如何使用，可又覺得似乎不妥，她不確定那些人會不會因為錢而做出一些背叛韓家的事情。

當然，也可能她太高估他們對韓家的忠誠。

「除了錢呢？除了錢以外，難道就沒有其他的辦法嗎？」韓香怡有些不甘心地道。

宋景軒撓了撓頭，道：「這我暫時還沒想到，要不大嫂妳還是回去問問澤哥？他應該會有好辦法。」

韓香怡點點頭，也只能這樣了。

與宋景軒一起離開鋪子，便各自回家了。馬車停在修家府門前，下了馬車，回到屋子，韓香怡有些累，便躺在床上小憩一會兒。當她醒來的時候，天邊已經是一片紅霞了。

出了屋子，卻見香兒獨自一人坐在院子裡發呆。

「香兒，大少爺呢？」

「大少奶奶，大少爺還沒回來呢！」香兒見韓香怡出來了，便快步走過去。

韓香怡點了點頭，正要轉身回屋子裡去。

走在身後的香兒卻突然道：「大少奶奶，香兒有話想要和您說。」

韓香怡回頭看她，看她一臉緊張的樣子，便詫異道：「怎麼了？」

「大少奶奶，香兒做錯事了。」香兒站在那裡，雙手緊握著，緊張的樣子十分明顯。

做錯事？

韓香怡不由更加疑惑，又走了回來，然後問道：「妳做錯什麼事了？」

香兒站在那裡抓著手，支支吾吾地道：「大少奶奶，香兒……香兒剛剛……剛剛在鋪子裡的時候……」

於是，香兒膽戰心驚地將事情的原委說了一遍。

原來，就在一個時辰前，香兒還在鋪子裡看鋪子的時候，門口有一個小乞丐走了進來，說自己口渴，想要討碗水喝。香兒當時也沒多想，便去到後面給他倒了杯水。

可等她回到前面的時候，那個小乞丐卻不見了，她還在疑惑，隨即便發現，自己拿來裝錢的一個匣子裡的錢都不見了。

其實像韓香怡的這種鋪子，都是有兩個匣子的，一個鎖著，一個不鎖；鎖著的裝的是大部分錢，而不鎖的裡面裝的是一些零錢，那個小乞丐偷走的便是那個沒鎖的匣子裡的錢。

「被偷了多少？」韓香怡雖然心疼，但還是沒有責怪她。

「七……七兩銀子。」香兒身子有些顫抖地小聲說。

韓香怡一聽，險些沒昏過去，七兩！

自己要賣多少天才能賣到七兩，要是以前還在村子裡時，這七兩銀子都能過一年的生活。

可現在竟然被一個小乞丐給偷走了，她心裡在滴血，可也不好對香兒發火，只得深吸一口氣，道：「沒事，下次注意就好了，妳也別太難過，先回去休息吧！」

「可是大少奶奶，我……」

「算了，我也不怪妳，這事誰也料想不到，妳也別自責了，回去休息，明天還要妳看鋪子呢！」

見韓香怡對著自己擺手，讓自己回去，香兒只得咬了咬牙，然後轉身回了自己的小屋。

韓香怡一屁股坐到石墩上，一邊用雙手揉著臉，一邊自我安慰道：「沒事的，沒事的……七兩，就只是七兩而已。」

可儘管如此，她還是一臉鬱悶地苦笑出來。

七兩，那可是七兩銀子啊！這麼多錢就這樣被偷了，還是個乞丐，能怎麼辦？這錢肯定是找不回來了。

「哎！早知如此，就不應該把錢放在兩個匣子裡，太不安全了。」

韓香怡正自責自己的失誤，一道聲音卻是在她的身旁響起。

「好了，妳也不要自責了，錢我替妳拿回來了。」

說著，桌子上一響，韓香怡急忙看去，只見桌子上，一個匣子出現在面前，而匣子裡面有著很多的錢。

她抬頭看去，只見修明澤正一臉笑意地看著自己。

「妳啊，這點錢都看不住，可如何是好？」

「夫君，你……你是怎麼找回來的？」韓香怡看著修明澤坐下，便一把拉住他的手詢問道。

「從一個小乞丐的手裡拿回來的。」修明澤說著，伸手將韓香怡額前的青絲挽到耳後，又道：「那小乞丐其實沒有那個膽子做這件事，所以……」

「夫君你是說……是有人指使他這麼做的？」韓香怡一下子就聽明白了。

「嗯，是有人指使的沒錯，這個人妳也認識。」

「我認識？」韓香怡一怔，隨即恍然道：「夫君你是說韓家……」

「沒錯，就是韓家那個小丫頭，呵呵……她還真是賊心不死，上次把妳扔在徑山寺外，害妳淋了大雨、發了一晚高燒還不夠，現在又叫人偷妳的錢，原本還不著急讓她吃苦頭，現在看樣子我該動手了。」

修明澤說完，笑容漸漸冰冷。他從不是一個好說話的人，小時候在軍隊時，誰敢動他，他就弄死誰，現在即便早已離開軍隊，他也沒有改變。

只不過對付一個小丫頭，不能那麼狠而已，但是敢動他的女人，即便對方是女人，他也照樣要教訓！

因為有些人你越是放任，他越是囂張，韓如玲便是這樣的人，韓香怡一直以為這樣的人最起碼還有一點良知，可現在看來，她真的是壞透了！

修明澤雖然是一個大男人，卻也不會袖手旁觀，反而十分積極地替她想辦法對付韓如玲，這讓韓香怡很欣慰，自己的夫君很不錯，很有宅鬥的潛質呀！

這件事情她沒太放在心上，而是記掛著沈美娟交給她辦的事情，她也詢問了修明澤關於運送這些器材的途徑以及那些器材的所在地等等事宜。

修明澤雖然表面上還是裝成傻傻的模樣，實際上卻暗中關注著修家的一舉一動，自然知曉這些事情，也知道韓香怡要做什麼，便都與她說了。

韓香怡在得知這個消息後，隔天又馬不停蹄地來到別雲客棧，將此事告訴沈美娟。

沈美娟說她會處理好這些事情，並且將在明天離開，等她再次回來時，就是拿到器材的時候，也希望韓香怡可以在這段時間想盡辦法學會這些器材的使用方法。

韓香怡承諾會想辦法弄明白這些器材如何操作，若學會了，會派人給她送信，讓她放心。

就這樣，這邊的事情暫時搞定了。

韓香怡鬆了口氣，不過這也只是暫時的，畢竟還有很多事情等著她去做。原本因為可以將自己的香粉事業做好、做大而有的興奮心情，也因為如今的忙碌與焦急變得所剩無幾。出了客棧，韓香怡便直奔韓家工坊而去。到了工坊，接待自己的不是那個六叔，而是一個年輕人。

這個年輕人在看到韓香怡後，十分禮貌地行了禮，道：「見過二小姐。不知您來這裡有何事？」

對這人的恭敬，韓香怡有些不適應，但還是笑道：「我想要做一些香粉送人，自己做得不是很好，所以想讓咱們工坊做一些，不多，四、五盒就好。」

「行啊，二小姐發話了，自然沒問題。四、五盒夠嗎？要不多做幾盒？」那年輕人沒有一絲猶豫便答應了，轉頭召喚人去忙活。「嘿，你過來，吩咐下去，二小姐要做香粉，十盒，去吧！」

說完，年輕人才又對著韓香怡呵呵直笑。

原本韓香怡還以為會很困難，需要費自己一些口舌，可現在看來，似乎是自己想多了？這麼輕鬆就答應了？

「不知我要怎麼稱呼你？」

「啊！二小姐叫我小六就好了，老六是我爹。」

原來是六叔的兒子，難怪，瞧著還有些像。

韓香怡想著，又道：「小六，那六叔呢？怎麼沒見到他人？」

「我爹啊，前段日子受傷了，因為這裡的器械老舊，意外砸到他，現在正在家裡養傷呢！」說著，小六還撇了撇嘴，道：「這些大傢伙都不行了，只等新的送來……嘖嘖，老二叔他們的工坊已經換新的了，我前兒個還去瞧過，比咱這好多了。

「喲！瞧我這嘴，一說就把不住，二小姐您別見怪啊！」

這小六一看也是個能說會道的，倒是讓韓香怡十分意外，同時心裡也很興奮，她雖沒怎麼和六叔接觸，可見過的那幾次面也讓她看清楚了，六叔那人不好說話，心裡不敢說對韓家有百分之百的忠誠，但應該還是以韓家馬首是瞻，所以若從他那裡下手應該很難突破，想要讓他答應自己學習那是不可能的；不過這個小六就不一樣了，瞧他對自己恭敬的樣子，似乎有戲。

「小六，你來這裡多久了？」

韓香怡與小六走到一旁坐下，接過一個僕人遞過來的杯子，喝了一口水。

「沒多久，原本我有別的事做，可我老爹這不是出事了嗎，臨時也找不到人，我就來頂替了，也沒多久，還不到一個月呢！」小六也喝了口水道。

「哦！」韓香怡點了點頭。

才一個月，想必還沒被韓家徹底收買吧！

想到這裡，她看了看院子裡的那些器材，佯裝隨意地道：「小六，你說這些器材都老舊了，那你知道這些器材都用了多久嗎？」

「多久？這我就不曉得了，不過瞧這老舊的樣子，沒有十年也有八年，都是要淘汰的東西了。」小六也是看了看，聳肩道。

韓香怡繼續微笑點頭，然後站起身子，便要朝院子裡走去，可剛走了兩步，一旁的小六也站起身子，擋在她身前，一邊撓頭，一邊嘿嘿笑道：「二小姐，您就在這兒等著吧！裡面您就別進去了，不乾淨，髒著呢！」

韓香怡心裡一嘆，心想自己還是被防著嘛！

她笑道：「沒事，我平日裡閒暇時也自己做香粉，都知道有什麼，不會髒到哪裡去，我就去看看，也不幹麼。」

「二小姐，您也別為難咱，咱也是給人家打工的不是？您要是真想看，去求求咱們韓老爺，他要是同意，小六我不說別的，立刻給您讓道，所以二小姐，您看……」

韓香怡看著小六，又看了看他身後的那些器材，想了想，道：「好吧，那我就不過去了。」說著，又坐了下來。

小六見韓香怡沒強硬地要進去，便鬆了口氣，其實他來這裡沒多久，很多都還不懂，只是他老爹走之前慎重吩咐過，這個韓家二小姐要是來這裡，一定不能讓她進去，要不然是會挨板子的。

小六自然是牢記老爹的話，所以只能得罪韓香怡了。

不過瞧著二小姐這麼好說話，人這麼好，老爹為啥這麼瞧不起她呢？

韓香怡離開工坊時，已經過了晌午，日頭足，熱如火，夏日的風吹到臉上都是熱的，沒有一絲涼意，可她的心卻很冰涼。

一個上午的時間，韓香怡這裡沒有任何進展，無論自己怎麼說，那個小六都不讓自己再走近一步。

她清楚，都是那個六叔搞的鬼，這樣下去，自己想要學會器材的使用方法真的是比登天還難了。

心裡想著，她心情沈重地拎著一包裹的香粉回到自己的鋪子，將香粉交給香兒後，坐到椅子上，閉起眼睛，想要休息休息。

「大少奶奶，您還沒吃吧？這是香兒剛剛在路邊買的豬肉餡大包子，我吃了兩個，還有兩個，您吃了吧！」

香兒拿著一包油紙，裡頭包著兩顆白白的大包子，她將包子放在一旁的桌上，瞧見韓香怡還是閉著雙眼，便又轉身走到屋後，沒一會兒又走出來，此時她的手裡端著一杯茶。

「大少奶奶，您要是不想吃東西就喝口茶吧！」說著，香兒將茶杯放在桌上，也不敢再打擾她，乖乖回了櫃檯後，看著她。

韓香怡現在哪裡還有心思吃東西，她只想著該如何進去韓家學習。小六那條路自己走不通，因為六叔的緣故，他不會輕易讓自己進去……

突然韓香怡腦海中閃過了一個念頭。

六叔受了傷在家養病，所以讓小六替他看著工坊，想必這個時候的六叔一定是很需要人幫助的，韓家最多就是出錢找人替他看病而已，也不會管他的傷好壞與否。

這個時候若是她前去表示關心，找幾個厲害的大夫將他把傷看好，那他會不會就不再那麼強硬地阻止自己進工坊學習呢？

心裡越想，她就越覺得有戲，可剛興奮沒一會兒，便又洩氣了。

這想法雖不錯，可她除了去慰問他以外，什麼都做不了，送錢？他定然不會要；找大夫？靠自己肯定不行。

那該怎麼辦呢？

韓香怡正犯愁的時候，突然想起一個人。

「夫君，遇事找夫君，準沒錯的。」韓香怡立刻站起身，抬腳離開鋪子，在香兒錯愕的視線下很快消失在人群中。

一路不停步，韓香怡很快回到自己的小院，可是讓她鬱悶的是，這個時間修明澤竟然還沒回來，本就有些著急的她不由一跺腳，便要去那破廟找修明澤，可剛走出沒兩步，腳步一頓，轉頭看向院內的石桌上。

只見那石桌上有一張被石塊壓著的紙條，上面寫著一行字。

想要找我就來雲霄閣。

「雲霄閣？」韓香怡微微一怔。

這個雲霄閣她有些印象，那裡是文人雅士經常出沒之地，但一般人似乎不能隨意進出。

他在那裡等自己？

想到這裡她的心裡不由升起一絲古怪感，他現在對外還是裝成傻子，並未將自己真正的身分公開，若他以一個傻子的模樣去雲霄閣，這不古怪嗎？

要不是清楚修明澤不會騙自己，她還真不會去。

「算了，先去看看再說。」一想著，她便匆匆離開修家，直往那雲霄閣趕去。

雲霄閣，位於主街道左邊的中央處，是帝都的繁華之地。

韓香怡來到這裡時，已經是一炷香之後，這裡的人真是多得可以，走起路來都快要變成人擠人了。

不過正待她準備抬頭去尋找那雲霄閣時，一道十分響亮的聲音卻在她的身後高處傳來。

「娘子，我在這裡！」

韓香怡回頭一瞧，只見修明澤此時正坐在雲霄閣二樓的窗口處，對著韓香怡一邊大叫，一邊揮手，那樣子儼然一副傻傻的模樣。

韓香怡看到修明澤在雲霄閣二樓朝著自己揮手傻笑，便朝著那裡走去。

來到雲霄閣門前，沒等她開口，便有人引她進去。

隨著那人上了二樓，韓香怡看到此刻坐在二樓的幾人，原來不只是修明澤自己在這裡，與他同行的還有宋景軒和他弟弟宋景書。

韓香怡一上來，修明澤便對著她猛招手，示意她過去。

韓香怡看著不禁感到好笑，這傢伙裝得還真像，若不是自己知曉他不是傻子，還真的會被他騙了。

當然，幾人都清楚修明澤不是傻子，不過也都沒有在意。

待得韓香怡坐下，修明澤扯了扯她的衣袖道：「娘子，妳還是我的娘子嗎？妳都不管我！」

「是，我是你的娘子，我這不是來了嗎？」熟悉的口頭禪，之前還覺得煩人，現在聽起來倒覺得有趣了。

韓香怡笑笑，道：「對了，你們怎麼會想到來這裡，莫非你們也要作詩？而且我夫君就這樣大搖大擺地出來真的好嗎？」

「大嫂妳放心，是我親自與修老爹說的，他放心著呢！而且我開口哪裡不好使？不過我們可沒那才情，吟詩作對不適合我們，主要是覺得這裡視野好、空氣好，也不吵鬧。大嫂，妳找澤哥有事？」宋景軒嘿嘿一笑，問道。

一旁的宋景書沒說話，但也是看著韓香怡。

韓香怡想了想，覺得把這件事情告訴他們也好，讓大家一起想辦法，便將事情始末說了一遍。

宋景軒聽完一拍手，笑道：「這叫什麼事啊！大嫂，妳早說啊，這對我來說簡直輕鬆得很，妳知道我們家是幹麼的嗎？任何鐵器對我們來說都不是問題，更別說妳那些器材了，想要弄明白怎麼使用？簡單，這件事情妳就交給我辦吧！三天我就幫妳搞定。」

韓香怡一聽頓時大喜，轉頭去看修明澤，卻見他此刻正似笑非笑地看著自己。頓時，她恍然大悟，原來他早猜到自己會遇到的問題，所以才叫自己來這裡。

許是他覺得這件事情由他開口不好，所以才讓她來這裡親自說，因為他清楚宋家的實力，也明白他們可以解決這件事情，這樣一來，就能很好地處理自己困擾的事情了。

想到這裡，韓香怡看向修明澤的目光不由更加柔和起來。

她還真是找了一個好夫君呀！事情已有好的進展，待會兒是不是該寫封信告知沈大姐呢？

韓香怡正想著，突然不遠處的樓梯口傳來吵鬧聲，很快有一夥人走了上來，為首一人正是韓香怡好久沒見到的修明海。

「還真是冤家路窄！」宋景軒冷哼一聲，對於修明海他沒什麼好在意的，只是覺得厭惡，沒想到在這種地方還能看到他，也是夠倒楣的了。

同樣地，他們看到修明海時，修明海也看到了他們。

修明海目光掃過去，不由冷笑一聲，抬腳改變了方向，朝著他們那邊走去，跟在他身後的是幾個同樣囂張的紈袴子弟。

這段時間他真的很老實，不但他老實，他娘也很安分，要不是宋景軒威脅自己，自己又怎麼會如此？

不過這麼長時間過去了，他不還是一點事都沒有？現在他算是明白了，這個宋景軒就是在嚇唬自己！

一個傻子，自己居然會怕，說出去都被人笑死了！

見修明海竟然朝著自己這邊走來，宋景軒不由瞇起眼睛，低聲道：「看來前段時間給他的警告，他都當作老子是在放屁啊！」

「沒事，他的事情你也不必管了，我會處理的。」修明澤笑著說道。

「大家都在呢，真是巧了。那句話怎麼說來著？有緣千里來相會，無緣對面不相逢。嗯，這就是緣分啊！」修明海似乎對之前的事情一點都不在乎，嬉笑著叫人搬了把椅子，竟就這麼大剌剌地坐了下來。

「大哥，你也真是的，這麼好的事怎麼不叫上我呢？咱們可是兄弟，一起來這裡多好。是不是啊，大嫂？」修明海那侵略性的目光掃視著韓香怡，絲毫沒有身為兄弟的禮貌。

「你的嘴巴真是越來越臭了。」一直沒開口的宋景書看著修明海，笑著道：「要不要我抓一把茶葉塞你嘴巴裡讓你漱漱口啊？」

「你……」

修明海指了指宋景書，又看了看一旁正一臉冷笑瞧著自己的宋景軒，似乎隱隱感覺到自己腳上的痛，便忍了下來。

可他身後的其中一人卻沒忍住，跳了出來。

這人是書院裡的同儕，只不過不是帝都人，也是前不久才加入修明海一幫的，對帝都還不熟悉，雖然聽說過宋家、修家，也知道宋景軒和宋景書，卻沒真正見過兩人。

此刻那人覺得是該維護自己老大的時候，便瞪著宋景書道：「海哥說話你插什麼嘴，不想活了嗎？」

這話一出，在場幾人都是愣住了，站在他身旁的幾個紈袴子弟都默默退後了一步，他們在這裡可都有些年頭了，宋家兩兄弟他們都認識到不能再認識了。

他們可以囂張，可那是對一般人囂張，對宋景軒他們？

他們還沒覺得自己活夠呢，這小子真是愣頭青不知死活，還敢這麼說話。

修明海也是一愣，隨即心裡暗罵白癡，自己怎麼會帶他出來？

他出來時也沒想到會在這裡碰見他們，碰見了也沒想要惹事，只想要諷刺幾句，起碼也要說說話噁心他們；可讓他沒想到的是，自己帶了個蠢如豬狗的隊友，現在看來事情不會這麼簡單了了。

果然，宋景書笑容不減地站了起來。他性子隨他爹，與他哥一樣是個一激就上火的主兒，只不過平日裡他不喜歡打鬥，平常若沒人招惹就安安靜靜地過著小日子。

不瞭解他的也不會多怕他，可瞭解他的人就知道他才是最恐怖的。

亂叫的狗不可怕，可怕的是不叫的。

宋景書站起身子，來到那個人面前，看著他道：「你叫什麼名字？」

「你管我……」

話沒說完，宋景書就一把掐住他的脖子，手掌還沒使力，又問道：「回答我。」

「王強。」那人被嚇到了，順口說了出來，可又覺得丟面子，急忙又道：「你敢動我海哥我不會放過你的！」

「嗯，海哥？」宋景書點點頭，轉頭看向修明海道：「我打他，你能把我怎麼樣？」

修明海沒說話，只是轉頭看向一旁，臉色陰冷。

「瞧，他不管你了！」

說完，宋景書冷笑一聲，在王強還沒有反應過來時，手一甩，便抽在王強的臉上，在他愣住之時腳已抬起，朝著小腹就是一腳。

砰！

他整個人被踹飛出去，剎那間，整個二樓鴉雀無聲。

看著這一幕，韓香怡心裡頓時了然。

這樣的男人難怪修芸那小丫頭會喜歡，該沈默時沈默，該出手時出手。

「滾！下次再讓我看到你，我保證打死你！」冷冷地說完後，宋景書便坐了下來，臉色也漸漸恢復，彷彿剛剛那件事與他無關。

「走！」修明海也沒臉在這裡待下去了，冷冷地掃了幾人一眼便起身離開。

臨走前，修明海還走到那趴在地上的傢伙面前，朝著他的屁股就是一腳，罵道：「還不給我滾下去！丟人現眼的東西！」

修明海一離開，剩下的幾人都笑了出來，對於這個修明海，他們真的十分無奈。

「你們準備何時離開？」笑聲過後，韓香怡不由看向修明澤。

修明澤這次沒有傻笑，而是淺淺一笑，道：「不急，等會兒有好戲看。」

說著，他的目光看向窗外，宋景軒與宋景書也隨著他的目光看去，似乎那裡真的有好戲上演。

韓香怡不由也探頭朝外看去，只見樓下是熙熙攘攘的人群，並未看到什麼好戲。

「你們在看什麼？」韓香怡瞧了半天也沒瞧出個所以然來，便疑惑道。

「來了。」說話的是宋景書。

聽他一說，韓香怡急忙又轉頭看去，依舊是熙熙攘攘的人群，不過這次的確不太一樣，因為她看到韓如玲的身影，還有幾個年紀與她相仿的女孩跟在她身旁，幾人有說有笑。

「是她？你們這是要……」韓香怡看到後不由詫異，正要開口。

突然，只聽下面突然傳來了一聲尖叫，急忙轉頭看去，只見韓如玲此刻已經變成落湯雞，竟然是被對面二樓酒樓的水潑了一身，就連身旁的幾個女孩也多多少少被弄濕了一些，再看那韓如玲，十分狼狽。

可這還沒完，韓如玲氣得抬頭想要去看是誰這麼大膽拿水潑自己，可剛一抬頭，又是一盆水潑了下來，緊接著又是三盆水。

足足五盆水潑在她的身上，讓她如洗了一場冷水澡，濕得不能再濕了。

她的周圍儼然出現一個幾尺大的空地，所有人都看著她，似乎是在看小丑一般，最後鬨堂大笑之聲驟然傳出，就連與韓如玲一起出遊的幾個女孩也都忍不住笑出聲音。

韓如玲如傻子一般站在那裡，衣服被潑濕了，整個人還在輕輕顫抖，好在現在是夏日，可她還是站在那裡，好半晌才哇的一聲哭出來，然後撥開人群哭著跑開了。

「夫君，你這麼做會不會太過分了？畢竟她還只是個……」

韓香怡是討厭韓如玲，可還沒有討厭她到需要這麼做的地步，當她看著那哭著跑開的女孩，不由有些心軟，皺起了眉頭。

修明澤挑了挑眉，道：「過分嗎？我倒不覺得，有些人只有受到教訓才知道收斂，她就是被寵壞了，本來此事我管不到，可她一而再、再而三對妳出手，那我就不能不管了；若妳不是我的女人，我也懶得管，但現在妳是，我就必須管！」

這話裡的霸道之意讓韓香怡的芳心不由狠狠顫抖了一下。

她隨即點點頭，道：「好吧，或許你說得是對的。」

「嘿嘿……大嫂，妳就不要責怪澤哥了，其實澤哥這已經算是輕饒了，要是我出手，可就不是潑潑水這麼簡單。」對面的宋景軒嘿嘿一笑，說道。

韓香怡無奈一笑，這個宋景軒，本身就是個能搞事的，她自然相信他的手段。看完了好戲，幾人也沒有再待下去。

下了樓，宋景軒兄弟先送修明澤兩人回了家，這才離開。回到小院後，修明澤拉著韓香怡的手，兩人坐在院內，只聽修明澤道：「上次我給妳收乾花瓣的地方，妳去過了嗎？」

「還沒，這幾天都在忙鋪子的事情，還沒有時間去，不過我打算明天就去看看。」

「這樣也好，沈美娟不是說要買一塊花田嗎？這樣一來，妳也可以有更多的乾花瓣出售給他。」

「嗯，我也是這麼想的，不過這件事情我也要先與沈大姐說一下，畢竟真要買花田的話也是她出錢，我最多算是打理人而已；而且我也不打算把所有乾花瓣都賣給他，好的我要留著製作香粉，那些不是很好的或者有些破壞的花瓣，我可以曬乾以後賣給他，反正他買去也只是做藥而已，應該沒什麼差別。」

韓香怡其實也一直在想這件事情，自從有合作這件事情以後，所有的事情似乎都朝著自己預想的方向發展。

這對她來說是好事，當然，也是難事。

她現在還不具備可以和人長久合作的實力，等目前一切都搞定以後，她就要想辦法留住自己的鋪子，或者說等有閒錢後再買一間，或者租一間。

不過這些都不是重點，重點是韓家這五個月過去後會不會對自己打壓？這樣的話，自己就真的危險了，難道到時真的要自己去外城開鋪子？

「妳想什麼想得這麼入神？」修明澤見韓香怡坐在那裡發呆，不由笑問道。

韓香怡把自己的擔憂一說，修明澤便笑道：「妳這小腦袋裡裝的東西倒還真不少，放心吧，這件事情妳夫君我早就幫妳想好了，妳只管安安心心開妳的鋪子，到時我自然會幫妳搞定！」

「真的？」韓香怡雙眼猛地一亮。

這對她來說真的是好事，大好事！

「我會騙妳嗎？」

「不會，夫君，有你在真好！」韓香怡甜甜一笑，開心地說道。

現在的她，真是越來越覺得自己幸運了，自己嫁的男人不但不是個傻子，還是個很聰明、很漂亮的男人。

不僅如此，他對自己也很好，這讓韓香怡覺得自己應該是上輩子做太多好事，所以這輩子才來享福的吧！

韓家。

「哭哭哭，就知道哭！這麼被人欺負妳怎麼不找出來那人，還有臉回來哭！」趙氏氣憤地罵著，臉色難看極了。

韓如玲一邊啜泣著，一邊恨聲道：「一定是韓香怡那個臭丫頭，一定是她！她在報復我上次將她丟在徑山寺，她在報復我！娘，您說我該怎麼辦啊！」

「妳怎麼就肯定是她？」

趙氏雖然對韓香怡也沒有好感，甚至厭惡，可她卻不是沒腦子的，就算要誣陷，也要有理由才行。

「娘！我雖然沒看到是她，可是我的丫鬟說，當我被人潑水的時候，對面樓上坐著韓香怡……對了，還有她那個傻子夫君呢！我丫鬟說，他們當時都在，雖然不是他們潑的，但也一定是他們讓人做的，不然哪裡會這麼巧啊！我被潑水他們也在。所以娘，一定是她幹的，您要為女兒做主啊！」

說到最後，韓如玲又是一把鼻涕、一把淚了。

趙氏雙眼陰冷，陰沈沈地道：「既然如此，那便好辦了，那個賤丫頭敢這麼對妳，咱們也要讓她好看！」

第十六章

北街林瑞堂，不得不說，若不仔細尋找，還真找不到這個地方。

林瑞堂，若只是聽名字，聽著倒讓人覺得滿不錯的，可當韓香怡與香兒一起來到這裡時，卻被這破舊的小屋子震懾了。

這座破舊小屋有兩層樓，第一眼看去，便給人一種破敗荒廢的感覺。

這就是夫君為自己找到可以賣乾花瓣的地方？怎麼感覺有些不太好呢……

「大少奶奶，這裡就是大少爺說的那個林瑞堂嗎？咱們沒找錯嗎？」

「應該不會錯的。」

「可……怎麼這麼破呀！」

「破？妳這小丫頭嘴巴還真是夠直接。」

當聲音從兩人身後傳出，兩人嚇了一跳，急忙轉身看去。

只見一個身材佝僂的老人正站在兩人身後，笑盈盈地看著兩人。

「老人家……」

「妳是那小子叫來的吧？隨我進來！」

老人打斷韓香怡的話，抬腳便朝那破舊得好似隨時都會倒塌的兩層小樓走去。

兩人隨著老人來到門前，老人一把推開門，頓時一股濃郁的藥香撲面而來，讓韓香怡兩人都不由精神一振，隨即便看到這樓內的真貌。

從外面看很是破舊，可進了裡面卻發現非但不破舊，反而有種古色古香的味道。一樓分成三塊區域，其中一處置放櫃檯，櫃檯後面則是藥材櫃子；另一區塊，自韓香怡的左手邊看去，是尚未搗碎的乾花瓣以及一些乾藥材；至於剩下的一塊區域，自然便是存放製作好的碎末藥材。

雖然不是很清楚為何不將這些弄好的藥材存放在後面，但這藥香味的確誘人，聞上一口都覺得精神大好。

「林老您好，我叫韓香怡，我是明澤的……」

「我曉得的。」林老擺了擺手，打斷了韓香怡的話，靠坐在椅背上，一雙眼睛半睜半閉地道：「說吧，來找我是想明白啦？」

對於林老的一再打斷，韓香怡雖然心裡有些不舒服，但還是笑道：「林老，事情是這樣的，我夫君與我說了此事，我也是思考再三，決定將我的乾花瓣賣給您，只是不知道您打算收多少？」

「妳有多少啊？」老人反問道。

「暫時還不是很多。」韓香怡想了想，謹慎地說道。

林老瞥了韓香怡一眼，懶懶道：「妳有多少我便收多少，當然，價格方面我也不會少了妳，我會按照一般行情的價格給妳，一斤乾花我給妳十枚銅板，若妳磨碎給我，我再給妳加四十板。」

十枚銅板確實不少。

韓香怡點點頭，道：「那便多謝林老，我手上的乾花瓣我會磨碎後親自送到您這裡的。」

「嗯，行，到時妳就拿來吧。對了，妳來別太早也別太晚，就晌午來吧！其餘的時間我不一定會在這裡。」說著，林老便打了個哈欠，那樣子似乎要休息。

韓香怡見狀，也不多說，行了禮，便與香兒一起離開了。

「大少奶奶，這個老頭子真是沒禮貌，愛打斷別人的話不說，還總是一副愛理不理的樣子，看著就討厭。」

韓香怡苦笑道：「還能怎樣，誰讓咱們求人家呢，不過這樣脾氣古怪的老人我也見過，倒也沒什麼，我只是在想，咱們手裡那些不需要的乾花瓣全部磨碎後能有多少？」

兩人回到修家時，已經到了晌午開飯的時間。

韓香怡隨便吃了點東西，便與香兒一起回到院子準備幹活了。

可就在這時，幾道身影出現在小院外，韓香怡抬頭一看，頓時臉色不是很好。

來人不是別人，正是趙氏和她的女兒韓如玲。

真是太陽打西邊出來了。

「香怡啊！忙著呢？」

趙氏面帶假模假樣的笑容，雖然儘量裝著親近，卻一眼就能看出她的不願，真替她累。

韓香怡搖了搖頭，道：「您怎麼來我這裡了？」

「怎麼？不歡迎我們嗎？」韓如玲沒好氣地說道。

她原本不想來的，可是娘親非拉著她來，說要給自己出氣，她一想也是，便跟來了；可來到這裡看到韓香怡，一股怒火就湧上心頭，真想罵她幾句然後扭頭走人。

「怎麼會呢，進來吧！」韓香怡笑著說道。

趙氏與韓如玲一起走入院內，看到院子裡青石上曬的花瓣，以及一些簸箕裡的乾花瓣，知道她在做香粉，不由笑道：「香怡啊，不是二娘我說妳，妳都成了少奶奶，怎麼還做這些重活、累活呢？妳應該好好地在這裡享福才對啊！沒事的時候出去轉悠轉悠、買買東西，這才是妳該過的日子，像妳現在這樣，與在村子裡有何區別呢？」

這話一說，韓香怡臉上的笑容有些僵住，但隨即控制住，然後笑道：「您說得沒錯，香怡確實應該享受一下少奶奶的待遇；可就像您說的，我是村裡出來的，有些習慣還真是想改也改不掉，不過好在夫君不嫌棄我這樣，我也做得心安理得。」說著，對著香兒眨了眨眼，她立刻明白，轉身離開了。

趙氏聽韓香怡這麼說，便也捂嘴笑道：「妳這丫頭還真是讓人操心。得，妳的事我也不多說了，說了妳也不愛聽。」說完，一拉自己的女兒韓如玲，便笑道：「那咱們就說說我女兒的事吧！」

「嗯？如玲妹妹的事？她有何事需要我呢？」

韓香怡笑著，心裡跟明鏡似的，早知道她是來者不善，一定是為了給韓如玲報仇來的，誰讓她女兒被人當街潑水了呢，這是面子問題。

哼，這丫頭給我在這裡裝傻充愣？好！

趙氏冷笑一聲，道：「香怡啊，韓家待妳不薄，給妳吃、給妳穿，還給妳找了個好人家；但是妳不懂得感恩也就罷了，我們韓家大人有大量，不怪妳，妳嫁人的時候提的要求妳爹也滿足了妳，妳說說，這樣妳還有什麼不滿足的？還要恩將仇報？」

聽到這番話，韓香怡心裡冷笑不已，嘴上卻詫異地道：「二娘，您可不要亂說呀，恩將仇報？這是大罪，我一個小女人怎麼擔當得起呢！您怎可血口噴人，難道不怕遭報應嗎？」

趙氏來找韓香怡，是要來給自己女兒出氣的，沒想到反被這個丫頭給說了一通，不由更氣。

「丫頭，不要以為離開了韓家就可以這麼不把韓家放在眼裡，再怎麼說我也是妳二娘，妳這麼與我說話，成何體統！」

用身分壓人嗎？

韓香怡也笑了，不過她笑得並不冷，而是淺淺一笑，道：「二娘說這話就真的是錯怪香怡了，香怡一直都把自己當成韓家人，也不會因為嫁過來便忘本。再說，我一直都很尊敬您，怎說我不把韓家放在眼裡呢？莫不是二娘您多想了？」

嘴尖舌巧的丫頭！

趙氏暗暗咬牙，嘴上卻冷笑道：「是嗎？妳既然還當自己是韓家人，為何還要叫人當街潑我女兒水？別說不是妳做的，除了妳之外，不會有其他人。」

韓香怡一臉驚訝地道：「妹妹被人潑了水？這我還當真不知道呢，竟還有這事！可是二娘，妹妹被人潑了水，怎麼就是我做的呢？您也瞧見了，我現在很忙，忙著做我的事情，哪裡有時間去給妹妹潑水呢？

「再說，我一個小小女子，哪裡請得動人做這樣的事情呀，我也沒這個膽子啊！」韓香怡一臉被冤枉的神情，無比委屈地說道。

這確實不是她做的，她只不過是見證了這一幕罷了，所以她沒有說謊。

「妳撒謊！」一旁的韓如玲終於忍不住了，指著韓香怡大聲喊道：「就是妳做的！我都看到了，就是妳！」

韓香怡錯愕地看著她，不解道：「妹妹何出此言啊，當真是冤枉！妹妹妳被潑水，為何說是我做的？我都不曾知道這件事，怎麼會是我做的呢？」

「明明就是妳，妳還要狡辯？」

「那我做這件事的理由是什麼？」

「還不是因為上次在徑山寺我把妳扔下，所以妳才報復我，我……」

韓如玲話還沒說完，便被趙氏捏了一下，頓時痛得叫了一聲，隨即明白自己說了不該說的話，立刻不吭聲，但還是惡狠狠地瞪著韓香怡。

再看韓香怡，她以一副恍然大悟的模樣看著韓如玲，片刻後才點頭道：「原來是這樣啊！上次我被留在徑山寺沒有及時趕上回去的馬車，因而被大雨淋濕感冒，還以為是你們把我忘了，原來是妹妹妳故意為之?!哎，如此說來，我倒真是有了做這件事情的理由。」

「瞧吧，就是妳，妳終於承認了！」韓如玲有些得意道。

韓香怡卻搖了搖頭，道：「承認？我要承認什麼？當街潑妳水？妹妹，妳覺得我為何要這麼做？先不說我本不知曉是妳故意將我扔下，其次，我若真的這麼做，妳一定會知道是我，如此我不是很可笑嗎？明知道會被妳發現，我還這麼做？」

頓了頓，韓香怡又是笑道：「而且妹妹，妳這麼一說我倒想問問妳，妳為何要將我扔在徑山寺呢？我對此事很是不解，不知妹妹可否替我解釋一下，我到底哪裡得罪了妳，讓妳如此對我？妳可知我那晚受了多少苦，遭了多少罪？回到家便是一病不起，足足在床上躺了三日，整個人都瘦了一圈。

「二娘，您說咱們是一家人，您說我不應該嫁出去就忘了韓家，可您的女兒，我的妹妹卻這樣對我。二娘，您說，我該怎麼辦？」韓香怡添油加醋說了一堆，看向趙氏，臉上依舊帶著淺淺一笑。

這番話讓趙氏無言以對，原本要來這裡為自己的女兒討個說法，可沒想到自己女兒蠢得跟豬一樣，沒把對方的話套出來，反倒是自己先把實話說出來了，讓她的臉都丟盡了。

見趙氏臉色鐵青，難看至極，正要再說時，門被打開，香兒端著三杯茶走了進來。

韓香怡一笑，接過茶杯，依次放在趙氏與韓如玲的面前，她自己也端著一杯，喝了一口，才笑著又道：「二娘，您說我說得對嗎？既然咱們是一家人，那就真的不能這樣。

「我大人有大量，可以不與妹妹計較，畢竟她還是個孩子，可您作為香怡的二娘，妹妹的親娘，真的應該好好管管她了！先不說她針對我，將我扔下，害我因大雨淋濕染病，單說這次的事……」說著，韓香怡放下茶杯，又道：「無中生有可不是好事，我若做了，我必然會承認；可我沒做，妳們卻來叫我認下，這可真的讓我心寒啊，二娘！」

「夠了，妳不要再說了！」趙氏砰的一拍桌子，抬頭看著韓香怡，冷冷一笑。「丫頭，妳說得這麼多，我明白，妳說得沒錯，我這女兒是不像話。妳放心，我回去自會管教，這次來算是我們錯了，沒有弄清楚事實便是不對；不過丫頭，妳不要忘了，妳現在有的一切並不是屬於妳的，韓家的終究還是韓家的，即便現在妳得到手的，不代表以後也屬於妳！」

韓香怡自然清楚她說得是什麼，便也收斂起笑容。

「二娘的話，香怡記住了，不過香怡也想對您說，雖然有些東西現在不屬於我，可不代表以後不會，人都是會變的，現在的我雖然沒有實力，可不代表以後沒有；或許您覺得我在您眼中什麼也不是，但請您記住，小瞧人……是會受傷的。不送！」

「哼！」

趙氏重重哼了一聲，也不願再留下，站起身子就向外走去。

可走了兩步卻見韓如玲還傻傻坐在那裡，她嬌喝道：「傻了嗎？還不走！」

「啊！」韓如玲身子一顫，這才站起身子，有些複雜地看了韓香怡一眼後，跟著趙氏離開。

待她們離開，香兒立刻走到韓香怡身前，豎起了大拇指。

「大少奶奶，剛剛您真是太霸氣了！」

韓香怡則是長長吐了口氣，身子有些發軟，雙臂撐著桌子，臉色逐漸凝重起來。經此一鬧，想必自己所不希望的事情一定會朝著不好的方向發展得更快了。

儘管知道如此，也必須要做，有些事情不是妳想要好便能真的好得恰到好處，總會因為一些原因出現變故，而且即便知曉結果，妳也必須要做。

不能在韓家人面前丟了骨氣，否則自己就永遠會被韓家看不起，也永遠會低人一頭。

想到這裡，韓香怡站起身子，朝外走去。

「大少奶奶，您要幹麼去啊？」香兒急忙跟上問道。

「去鋪子。」

說完，韓香怡便推開門走了出去。

如今這種情況已經是撕破臉了，既然如此，那就徹底撕破吧！

反正自己也不會怕韓家！

既然要來，那就徹底來吧！

接下來的幾天時間，韓香怡過得很平靜，也沒什麼事情發生。

只是好景不常，七日後，韓香怡接到來自韓家的警告，要她在明日前從鋪子搬出去，因為韓家要用那間鋪子存放東西。

韓香怡早知道會如此，只是沒想到會來得這麼快。當她與香兒趕到鋪子時，已經有三、五個韓家下人站在門外，似乎在等待著什麼。

見韓香怡兩人來了，其中一個下人來到韓香怡面前，也不行禮，而是直接道：「修夫人，請您盡快把鋪子裡的東西搬出去，我們要開始將東西搬進去了。」

說著，他還指了指自己身後，果然，那裡有幾個箱子。

還真是有夠著急的，這麼急著通知自己，都不給她多餘的時間嗎？

韓香怡心裡氣憤，淡淡道：「來人告訴我是明日之前讓我搬走，現在算起，距離明日到來還有好幾個時辰，不急。」說著，便讓香兒去開門。

「修夫人不要難為我們，我們也是奉命行事，若您不馬上搬走，我們就自己動手了。」

他一招手，身後的幾個下人邁著步子便要過來。

「我看誰敢！」就在這時，一聲大喝從不遠處傳來。

只見宋景軒與修明澤等十幾個人朝著這邊走來。

原本韓香怡還擔心他們硬來，自己不是他們的對手，可看到修明澤來後，便暗暗吐了口氣，只要他出現，自己就安心了。

只見宋景軒與修明澤等人來到韓香怡身旁，宋景軒身後的一個人走了出來，站在那下人面前，伸手一邊拍著他的臉，一邊笑道：「就是你說要動手？」

「我……我……」那名下人嚇得雙腿都哆嗦了。

他只是一個韓家的下人，而站在他面前的可都是各個家族的少爺，他哪裡惹得起啊！

「你什麼你？問你是不是你說要動手的？」

見下人嚇得都說不出話了，那人便笑著道：「咱們也不為難你，趕快拿著你們那些東西滾，要是晚一會兒，我保證讓你手斷腿折。滾！」

那幾個下人哪裡還敢停留半分，立刻連爬帶滾地抬著幾個箱子跑了。

待他們離開，修明澤才拉著韓香怡走入鋪子。進入屋後，其餘人由宋景軒帶著到對面的茶館喝茶去了。

進了屋後，關上門，修明澤才道：「我剛剛打聽到，修家與韓家之間運送的貨物好像有一半都被取消了，或許很快地韓家那邊的事情就會解決，這樣一來，他們也會開始處理帝都的生意，所以……」

「所以我的鋪子很快就會保不住了，對嗎？」韓香怡嘆了口氣。

難怪，今兒個他們會找上門來讓自己搬走。

「不過妳放心，有我在，我給妳找了一個新的地方，比這裡更好，到了那裡，他們就不能把咱們怎麼樣了！」說著，修明澤從袖中取出一把鑰匙，又遞給她一張紙條，道：「這是地址，稍後我會叫人來幫妳搬東西，妳們去這裡就可以。」

說完，他雙手抱著她的頭，在韓香怡的嘴上吻了一下，道：「我就不陪妳了，不方便。」

「沒事，我明白。」韓香怡很開心地也在修明澤的嘴上吻了一下。

原來她擔心的事情他都辦好了，一想到他對她這麼好，韓香怡就越是覺得自己嫁對了人。

送走修明澤與宋景軒等人，韓香怡迫不及待與香兒收拾起來，把擺放在外面的香粉都收拾到後面，分別裝在兩個大箱子內，又將錢收好，費了一番工夫這才做完。

畢竟這鋪子也小，她們在這裡營業的時間也不是很久，並沒有很多東西。收拾妥當後，外面也來人，說是宋景軒叫來幫忙的。

這才讓外面的人幫著搬走兩個大箱子，又叫剩下的人將牌匾取下來，幾個人一起朝著那間新鋪子走去。

新鋪子倒也好找，而且距離宋家很近，她甚至在想，這鋪子不會是宋家的吧？越想越覺得很有可能，不過現在是屬於自己的了。

韓香怡笑著，拿著鑰匙打開了門，這鋪子從外面看著與之前那個鋪子好似一般大小，可進來後才發現，這裡比之更大、更寬敞，後頭屋子的空間也相當寬廣。

叫人把箱子放下後，道了聲辛苦，他們便離開了。

「大少奶奶，這裡好大，比之前那裡好多了呢！大少爺果然厲害！」香兒一邊嘻嘻笑著誇讚，一邊四處轉悠，很是滿意的樣子。

韓香怡自然也是十分滿意，便笑道：「當然好，現在也算是放下了一樁心事，好了，咱們收拾收拾吧！」

「好！」

兩人開開心心將兩個箱子打開，把香粉盒一個個整齊地擺放在前面的架子上，又將屋子裡前前後後、上上下下收拾了一遍，才都笑著回到後面，此刻已經是晌午了。

韓香怡也不打算回去吃了，便與香兒一起找了附近一家小麵館各自叫了一碗牛肉麵，有說有笑地吃起來。

一邊吃，韓香怡一邊暗暗想到，自己應該將之前鋪子的鑰匙還給朝鋒大哥了。

翌日清晨，韓香怡寫了一封信，派人將信送給了韓朝鋒，約他晌午在茶樓相見，有事相談。

還未到晌午，茶樓二樓靠窗的位置，韓香怡與韓朝鋒已經相對而坐。

桌子上，一把鋪子鑰匙靜靜地躺著，兩人都沒有說話。

沈默片刻，韓朝鋒放下茶杯，輕聲道：「那件事情我知道了，當時我先回去書院，所以並不知情，後來我知道後也罵過她。」

「嗯。」韓香怡輕輕點頭。

「我原以為事情不會朝著這個方向發展下去，若有我在其中周旋，或許可以改變妳們的關係，可現在我才發現，是我太過天真了，有些事情不是我能改變的，有些人也不會因為我做出改變。香怡，讓妳受苦了！」

「哥，你不要這麼說，我並未受苦，我現在過得很好。」韓香怡急忙搖頭。

對於韓家，她可以恨，可以不在意，可對自己這個哥哥，她很是在乎；因為在這個不屬於她的地方，能關心她、在乎她的人真的很少，所以她格外珍惜。

韓朝鋒苦澀一笑，道：「妳也不必安慰我什麼，事情已經發生了，我也不能做什麼，不過這鋪子我不會收回，這鑰匙妳拿著，家裡那邊我會去說。」

「哥，不用了。」韓香怡搖了搖頭，輕聲道：「我找到新的鋪子了，是景軒幫我找的，就在他家附近，地方很不錯，我已經把東西都搬過去了，打算這兩天重新開張。」

「我的妹妹我不能保護，卻需要靠一個外人……呵呵。」他的笑聲有些苦澀。

可他還是點點頭，收起桌子上的鑰匙，道：「我知道了，等妳開張那天，我會去的。」

「嗯，有哥哥你這句話，我就滿足了。」韓香怡甜甜一笑。

這是她哥，不需要為她做什麼，只要給她關心，給她溫暖的話語，這便足夠了，她不是一個貪得無厭的人。

「妳這個傻妮子，讓我說妳什麼好。」

韓朝鋒笑著伸手在她的頭上揉了揉。

韓家書房。

屋子裡靜悄悄的，只有兩道身影，分別是韓景福與韓朝鋒兩人。

兩人一個坐著，一個站著。

半晌，韓朝鋒緩緩開口道：「為什麼您要這麼做？」

「哼，我做什麼了？早知如此，當初就不該讓她把那鋪子開下去，省得她現在如此對我。」韓景福一邊看書，一邊冷漠道。

「可她是您的女兒，即便她是丫鬟所生，那也是您的親生骨肉！您這樣對待她，難道您就不覺得愧疚嗎？」韓朝鋒聲音漸漸冰冷。

「愧疚？她還不配做我的女兒！」韓景福身子一顫，聲音也是低沈了下來。

「呵！」韓朝鋒笑了，笑中帶著深深的嘲諷。

他看著韓景福，看著這個自己從小到大都覺得無比自私，為了錢，為了利益可以拋開一切的人，這個他不願承認卻又必須承認的人。

「您知道嗎？我現在突然覺得我很可笑。」

「你說什麼？」

「在所有人都覺得我很幸福，在所有人都覺得我能出生在這樣一個家族裡面是我八輩子積攢的福氣，在所有人都羨慕我的一切時，我竟然厭惡，我厭惡這些，我厭惡生在這個家裡，我厭惡一切！」

「你……」

「不過我又十分慶幸……」

說到這裡，韓朝鋒抬起頭，冷冷看著韓景福，冷笑道：「因為我沒有選擇和您同樣的路！」

「放肆！」

似沒有聽到韓景福的話，韓朝鋒又繼續道：「若說以前的我迷惘，那麼現在，我不會再迷惘了，因為這條路，我不會走！現在不會，以後不會，永遠都不會！」

話音落下，韓朝鋒離開了，留下了面色複雜的韓景福。

搬遷至新鋪面後，一切都井然有序地進行著，韓香怡一時間竟突然覺得無所事事。

前幾天她寫了一封信給沈美娟，說明了自己這裡的情況，表示鋪子不會關門，以後一定會越來越好，至於她那邊，也不必太過著急。

對方也回了信，說她那邊已經選好工坊的地址，並且已買了下來，現在正在挑人，等人都選定後，會來信讓韓香怡過去教她們製作香粉。
因為器材方面已經讓宋景軒去辦，所以沈美娟做完這些便只剩下等待。
這一日，韓香怡正在屋內拿著毛筆寫字，門突然被人打開，香兒跑了進來，喘著粗氣道：「大少奶奶，大……大事不好了！」
「怎麼了？妳先喘口氣再說。」
韓香怡放下了毛筆，將寫好字的紙放到一旁後，才繞過桌子走過來。
只見香兒滿頭大汗，喘著粗氣的樣子，似乎真的有不好的事情發生。
香兒長長吐了口氣後，才拍著胸口道：「大少奶奶不好了，咱們鋪子……咱們鋪子被人砸了！」
「什麼？」韓香怡眉頭緊鎖，這件事出乎她的意料。
鋪子被砸了？這麼直接的做法是她沒有想到的。
「走，我跟妳去瞧瞧！」
說完，韓香怡拉著香兒走了出去。
當兩人來到鋪子前時，韓香怡的臉色也難看起來。鋪子剛開張沒幾天，生意還不算很好，畢竟換了新的地方，除了自己需要適應，也需要客人重新適應。
可這才幾天？
鋪子兩扇門上的窗子被打破，透過那些窟窿，可以看到鋪子內的櫃子也被打出幾個大洞。

兩人推開門走進去，櫃子上每一個格子內擺放的香粉盒都被扔到地上，好在香粉盒夠結實，沒有碎掉，但是掉在地上的那些香粉估計是用不了了。

這二十幾盒香粉是她花了很久的時間才做出來的，就在一個晚上被人毀掉了，這種心情她無法用言語來形容，若真的要形容，那就只有兩個字——憤怒，無比的憤怒！

她覺得自己真的一直在忍讓，一直在退，即便她被人扔在山上、被大雨淋得渾身冰冷、躺在床上高燒不退，她都可以忍，因為這些事還沒有到讓她發怒的地步。

沒承想，她一再忍讓卻讓對方更加囂張，當自己好欺負嗎？她不是任人欺負的軟柿子，只是沒有把她的想法付諸行動而已。

好吧，既然你們如此對我，那就不要怪我心狠手辣！

人是被逼出來的，這句話果然說得很對，這一刻，韓香怡決定不再隱忍，不再退讓。

既然做了，那就等著她反擊吧！

是夜，天空中星星點綴其上，將黑夜的布幕化作星河畫卷，夜風在空氣中迴盪，花香四溢。

坐在院中，望著滿天星河，韓香怡不由有些悵然。

韓家，那裡不是自己的家，那裡沒有屬於自己的位置；修家，雖說自己是修家兒媳，可自己與夫君卻並無夫妻之實……

拿被砸鋪子的事情來說，她還是會感到無助和恐懼，因為她發現自己好像還是一個人，還是孤零零的一個人！

娘親不在身邊，她又找不到倚靠，唯一的親人，她的夫君卻還是和她……

「夫君。」

「嗯？」

「我們一起睡覺吧！」

韓香怡說出這話時，身體有些顫抖，那不是害怕，是緊張。

修明澤那俊美的面龐在這一刻，有著一抹邪意閃爍，嘴角噙著一抹似笑非笑的表情，伸出修長的手指劃過韓香怡的面頰，柔聲道：「妳想好啦？」

「嗯，我想好了。」

韓香怡緊張卻倔強地抬起頭看向修明澤。其實她早做好了準備，只可惜對方似乎一直與她保持距離，她不清楚這是為什麼；可她想要打破它，寧可自己主動一些，由自己率先開口。

原本她沒有想要這麼做，可是今天發生的事情讓她感到憤怒的同時，心裡也升起了一絲徬徨與害怕。

在這裡，她就是一株無根的野草，她需要可以保護她的地方，她需要可以支援她、守護她的人——那個人就是修明澤，就是她的夫君，她能依靠的人只有他。

修明澤低頭看著韓香怡，韓香怡仰頭看著修明澤，屋內的燈光透了過來，照在兩人身上，顯得有些迷濛。

下一秒，修明澤一把抱起韓香怡，在韓香怡驚慌的目光中，抱著她朝著屋內走去。

韓香怡一顆心狂跳不已，雙臂不自覺摟住他的脖頸，腦袋也是緊緊地貼在他結實的肩頭。

這一刻，她覺得刺激又興奮。

還沒等她細細感受，突覺背後一硬，原來是被修明澤放在床上。

藉著燭光，韓香怡看著距自己上方幾寸的俊美面龐，心跳幾乎快要停止。

「現在後悔還來得及。」修明澤邪魅地看著韓香怡，目光中滿是笑意。

「為何要後悔？我……唔！」

韓香怡噘了噘嘴巴，話還沒說完，嘴唇便被堵住，緊接著，屋內燭光瞬間熄滅。

屋內頓時陷入黑暗之中，僅有窗外的月光還在散發著一絲絲清冷。

唔！

呻吟之聲在屋內響起，似痛苦，似愉悅。

夜色如水，平靜的水面漾起層層波紋，漣漪蕩漾，愛意綿綿。

這一夜，注定無眠！

清晨，鳥兒在外面嘰嘰喳喳地叫個不停，陽光灑下，明朗的天空中有著幾朵白雲飄過，雖不是萬里無雲，但也是一個好天氣。

日上三竿，屋內依舊是安靜的，沒有人打擾，也沒人吵鬧，只是靜靜的。

清晨的陽光透過床外薄紗照進來，暖暖的，亮亮的，讓韓香怡將枕邊人看得很清楚。

那張熟睡的面龐有著女人一般的柔美，卻又有著男人的堅毅，那不知何時出現的淺淺鬍渣讓這張臉多了一分霸道。

看著看著，韓香怡竟是看得癡了。她從小到大，從未與一個男人如此近距離的接觸，尤其是還……

一想到昨晚他的狂野，韓香怡便俏臉發紅，滾燙不已。

如今自己已經是他的人了，她那一顆不安的心也漸漸安定下來。即便可以裝得很堅強、很勇敢，可她終究還是一個女人，一個需要男人疼愛的女人，之前她一直不敢奢望可以從修明澤這裡得到什麼，可是現在，當她得知他不是傻子的那一刻，她便從他這裡得到很多。

他一次又一次地幫自己化解危機，一次又一次地為自己挺身而出，這讓她感動的同時，也想要為他做得更多，雖然她清楚自己不能為他做什麼……

韓香怡正想著，修明澤睜開了雙眼，看向懷中的人兒，見她正看著自己，不由笑道：

「醒了？」

「嗯！」

應了一聲，韓香怡立即反應過來，然後急忙將臉埋在他的腋窩下。

「害羞了？」修明澤揶揄著，伸手在她的胸前一抹，然後笑道：「身體還好嗎？」

韓香怡尖叫了一聲，然後羞紅著臉道：「要你管！」

「不要我管？妳都是我的人了，還不要我管？再說，又不是沒見過。」修明澤繼續調笑著韓香怡。

韓香怡只覺得自己的臉燙得嚇人，又不知道要怎麼反駁，只得咬著牙道：「你……你先起床，我等會兒再起。」

「真的？不需要我幫忙嗎？我瞧妳那裡都已經……」

「啊，你閉嘴！」韓香怡伸出小拳頭打在修明澤的胸口上。

這傢伙還真敢說！

修明澤心情大好，哈哈大笑著便坐起身子，光著身子走下床了，這一幕直看得韓香怡臉紅心狂跳。

這……這傢伙真是個色胚。

心裡罵著，韓香怡卻還是坐起身子，剛一坐起來便不由得皺起了眉。

好痛！昨天他……太生猛了……

咬了咬牙，她開始穿衣服，直到下床，她痛得額頭都冒汗了，真沒想到會這麼痛……下地走路，雙腿好像都不屬於自己了，顫抖得厲害。

韓香怡心裡苦笑著，卻見修明澤正坐在一旁笑看著自己。

韓香怡倔勁上來，直接一咬牙，瞪了他一眼。她朝著一旁走過去，一坐下來，雖然也有些痛，但比站著是好上很多。

「妳這丫頭，倔強什麼？」修明澤無奈搖頭。

在她驚訝的目光中，修明澤竟一把將她抱了起來，然後打開門走了出去。

「你……你要幹麼？」韓香怡嚇得一把抱住他的脖子，小聲叫道。

「還能幹麼，當然是為了妳好。」

韓香怡聽罷看了看前面，這個方向莫非是……

「妳要把我帶到娘那裡？」韓香怡驚訝道。

「妳說呢？妳都這樣了，我什麼都不懂，也幫不上妳，唯一能照顧妳的就只有娘了。」

修明澤聳肩道。

「可是你這麼去，會不會……」

修明澤自然明白她心裡在想什麼，笑了笑，道：「放心吧，娘已經知道了。」

「知道了？什麼時候？」

韓香怡正驚訝著他是何時告訴娘的，卻見娘的院子已經在眼前了。

「也沒多久，因為我要恢復身分，所以我需要告訴我的親人，包括妳和我娘。」

「那……修芸呢？」

「那丫頭啊，暫時先不告訴她，她的口風不嚴，再讓她說出去，就達不到我想要的效果了。」修明澤神秘一笑，說道。

「效果？什麼效果？」

「屆時妳就知道了。到了！」

修明澤沒說明，而是推門走了進去。

第十七章

此刻，周氏正坐在桌前，手裡拿著針線，似乎在縫著什麼，見韓香怡和自己兒子進來，先是一怔。

「兒子，香怡，你們這是……」

「娘，她受傷了，就交給您照顧了，我還有事。」修明澤說話間已經把韓香怡放在床上。

「你要去哪裡？」韓香怡有些不捨地問道。

「替妳報仇去！」修明澤眨了眨眼睛，在她的唇邊親了一下，轉身道：「娘，她就交給您了，再請娘好生照顧。」說完也不等周氏開口，便離開了。

周氏無奈地笑了笑，自從知道兒子不傻，她心情也是好了很多，這幾日都是笑呵呵的，很多人不知道情況，還以為她也傻了呢！

「香怡啊！妳哪裡受傷了？告訴娘，娘幫妳看看。」周氏走過來，見韓香怡還在愣神，便關心地問道。

韓香怡回過神，臉紅得不行。

受傷？那裡能說嗎？

可是看著周氏那殷切的目光，韓香怡只得一咬牙，低著頭小聲道：「娘，我……我沒受傷。」

「沒受傷？那……」

「昨天我和他……和他……圓房了。」韓香怡最後幾個字幾乎是蚊子音。

可周氏還是聽到了，先是一愣，隨即一拍大腿，笑道：「哈……原來受傷是指這個啊！呵呵，好說，娘知道怎麼辦。香怡啊，妳好好躺著，娘給妳弄點紅棗粥。」說著，便開心地離開了。

韓香怡躺在那裡，拿著被子捂著臉，羞面見人。

「修明澤，你這個大壞蛋！」

不過一想到他臨走前說要為自己報仇，想必他已經知曉自己鋪子被砸了，一想到這裡，她又是幸福起來。

有他……真好！

最近帝都發生了一件大事，韓家鋪子被人莫名其妙地砸了，而且發生在深夜，所有鋪子毀於一旦！

這件事驚動了官府，並已經派人調查此事。

三天過去，一無所獲，沒人看到是誰做的，沒人知曉是何時砸的，更沒人願意去管這件事情。

有人說韓家得罪了不該得罪的人，有人說韓家如今大不如前，是那些曾經被他們趕走的人前來報復等等。

總之，這件事情眾說紛紜，韓景福更是直接放出消息，若有人能抓到砸毀韓家鋪子的凶手，願出千兩白銀酬賞。

這更是一個如海浪一般的消息，一下子在帝都形成一個抓凶手的熱潮。

而真正的凶手此刻正坐在茶樓，一邊喝茶，一邊欣賞外面的景色，倒也自在。

「澤哥，你這件事情實在幹得漂亮，我早瞧韓家那些人不順眼，有錢就不把人放在眼裡，我也有錢，但我不顯擺啊！」

修明澤淺笑，俊美的面龐噙著自信，道：「該教訓便要教訓，不然人家會以為咱們很好欺負，咱們好欺負嗎？當然不是，所以這只是一個小小的警告，若再有下次，我可不敢保證會這麼簡單呢。」

宋景軒呵呵一笑，道：「還是澤哥你厲害，我真要好好跟你學習啊！」

「你這小子，也不必總對我拍馬屁，我讓你做的事情如何了？」修明澤笑罵著。

宋景軒這小子，這麼多年了，沒想到還是老樣子，倒是讓他多了很多溫暖。

當物是人非時，你發現有人還是沒有改變，那種心情，難以言喻。

說到正事，宋景軒也收斂起笑容，看了看四周，然後從懷中取出一樣東西遞給了修明澤。

「都在這裡了，我還真沒想到那個女人這麼厲害，竟然背地裡搞出這麼多事來。」

修明澤拿起那一疊紙，看了看，然後笑道：「她不這麼做，我怎麼抓她的把柄呢，有了這東西，她就不敢再囂張了。」

「澤哥，現在該準備的都準備好了，你打算什麼時候攤牌？」宋景軒雙眼露出精芒，問道。

修明澤嘴角一揚，笑道：「很快！」

月明星稀，夜晚空氣中瀰漫著花草香。

院中，韓香怡縮在修明澤的懷裡，看著天上的彎月，輕聲道：「夫君，這一切都是真的吧？」

「若妳指的是我強健的臂彎和我俊朗的面龐，那我明確地告訴妳，這是真的。」

韓香怡白了他一眼，不滿道：「你明知道我說的不是這個。」

想了想，韓香怡又道：「夫君，你這麼做雖然我也覺得很解氣，可這樣會不會被他們查到你頭上？我不想你為我受傷。」

修明澤伸手在她的臉上捏了捏，笑道：「妳是我修明澤的女人，妳被人欺負，我自然要討回公道；至於查我？呵呵，不是瞧不起他們，他們還真沒這個本事，韓家那邊如何，我管不著，也不屑去管，我這次只是小小給他們一個警告而已，若下次他們還對妳出手，我就不會只是砸他一些東西了。」

「這還算小？」

韓香怡不由翻了個白眼，心想帝都這麼多處鋪子都被砸了，哪裡還小？

「人不犯我，我不犯人，人若犯我，我必百倍還之。他們砸妳一間鋪子，我就讓他們用全部的鋪子來賠。放心吧，這點東西對於韓家來說還不算什麼，我也只是想讓他們丟丟面子而已，畢竟也還沒到那個地步。」說著，修明澤將韓香怡環抱在懷中，低頭在她的頭上親了一下，道：「等妳夫君我把該做的事情都做完，該解決掉的麻煩都解決掉，咱們就把娘接過來吧！」

懷中的人兒輕輕一顫，抬頭看著修明澤，一臉不可置信的樣子。

「你……」

「妳作夢都在喊著妳娘，我又怎麼會不曉得？放心，有妳夫君在，早晚會讓妳們母女倆團聚。」

抬頭看著修明澤，那俊美的臉上有著柔和且讓人迷醉的笑容，韓香怡一顆心跳得越來越快。

「夫君，謝謝你，我……」

話沒說完，修明澤一根手指已是觸碰到她的唇，輕聲道：「誰讓我是妳夫君呢，妳的事就是我的事，妳娘自然也是我娘，我把我娘接過來孝敬，自然是正常的事。妳啊，不要太感激我了，若妳真的想答謝我……」

說到一半，修明澤突然壞壞一笑，然後一把抱起韓香怡，在她羞澀的目光中，大步朝著屋子走去。

一時間，風月如花，輕雲遮月，美妙的滋味在這一刻蔓延……

韓家，書房。

砰！

茶杯重重地砸在地上，屋子裡靜得可怕。

韓景福站在桌子後面，臉色陰沈得很，站在他身旁的王氏以及趙氏連大氣都不敢出。

一個下人正跪在地上，瑟瑟發抖，被嚇得不輕。

「一幫廢物，一幫廢物！連個砸鋪子的人都找不到，我養你們做什麼？都給我滾，給我滾！」

那下人哪裡還敢待在這裡，急急忙忙朝外面連爬帶滾地跑了出去。

「老爺，您消消氣，別發這麼大脾氣。」王氏急忙走過去，扶著韓景福坐了下來。

韓景福喘著氣，轉頭看向一旁的趙氏，冷聲道：「妳給我跪下！」

趙氏身子一哆嗦，急忙走到桌前雙膝一軟，跪了下去。

「剛剛妳說的可都是真的？」

「老……老爺，是真的，我……啊！」

話沒說完，一本書便砸在她的臉上。

韓景福陰著臉罵道：「妳個混帳東西，老子好吃好喝地養著妳，妳還敢給我惹事，砸鋪子？現在那幫小子砸到老子頭上了！」

韓香怡的新鋪子就是趙氏暗中派人砸的，還以為做得天衣無縫，實則是作繭自縛。

「一定是宋家那小子做的，老爺……」趙氏被打得眼淚都流了下來。

「放屁，用得著妳來告訴我，我還不知道是他們？可是知道又能怎麼樣，我能把他們怎麼樣？」韓景福大聲吼著，臉色猙獰可怖。

自從韓家崛起，在帝都有現在的地位後，還從未有人敢對他韓家出手，那些出手的人都被他暗中解決掉了。

現在倒好，人家明目張膽地來砸鋪子，可偏偏自己還得罪不起，這種氣憋在心裡，真真是憋得難受得要死。

一轉眼半個月過去了。

這一日，韓香怡收到一封信，是來自林城楚家的信，信上說沈美娟那裡已經安排妥當了，只等她把器材運送過去。

韓香怡自然是希望可以去瞧瞧，因為早在半個月前宋景軒就已經把所有器材都弄到手了，只等著韓香怡一句話，所有人就能出發去林城。

現在這麼看來，既然已經準備妥當，那就可以出發了。

想到便做，韓香怡先回了一封信，然後又找到宋景軒，說明此事。

宋景軒聽完便拍著胸脯說沒問題，因為他還要在書院學習，所以叫了一個名叫阿四的下人，讓他陪著她們一起去，並叫她放心，這個人信得過。

韓香怡自然相信宋景軒，於是也沒多做停留，回到小院，將細軟收拾妥當，給修明澤留下一封信後，便與香兒一起離開修家。

上了宋景軒安排好的馬車，直向城門口駛去。

一路上，韓香怡與那阿四簡單地聊了一些，原來阿四是將那批器材運來的負責人。他對韓香怡說，其實這批器材是相當困難才弄到手的，好在宋家的人脈與勢力都能說得上話，加上宋家財大氣粗，所以花了一大筆錢才將這批器材弄了過來。

聽他這麼一說，韓香怡頓時心裡十分感激，感激宋景軒為她做了這麼多。

馬車一路行駛到城門前，待馬車停下，韓香怡兩人隨著那阿四下了馬車。

只見此時城門口已經停了四輛拉貨的貨車，每輛貨車上都是滿滿的器材，不過此刻都被黑色的布罩著，看不到其中的樣子。

打開一一檢查了一番，確定沒問題後，才再次出發。

帝都與林城雖說中間只隔一座山，可山路崎嶇難行，像他們這樣的貨車隊不能爬山，只能繞著山走，如果走山路，只須不到半天的路程，繞山的話，則需要近一日的時間。

換句話說，就是他們要在外面露宿一夜。這對韓香怡來說，倒也沒什麼，畢竟她是在村子裡長大的，小時候也曾隨著村子裡的人出去過，若是去得遠些，也會在外面露宿，所以並沒說什麼。

於是一行人加速趕路，於天黑前來到山腳下，點燃了篝火，幾人圍坐在一起，吃著帶來的乾糧。

不遠處幾個男人哈哈大笑著，似乎在聊著什麼，而韓香怡這邊除了她們倆，便只有那個沈默寡言的阿四。

三人吃完東西，便各自休息去了。

修家書房內。

孫氏一邊為修雲天倒茶，一邊看似隨意地說道：「老爺，這段時間我發現香怡似乎出去得有些頻繁啊！」

「有嗎？」修雲天一邊看著書，一邊喝著茶，不在意地回道。

「有啊，老爺。」孫氏藉機又道：「這段時間她隔三差五地出去，雖說她在外面有鋪子，出去逛逛鋪子這也沒什麼，可她畢竟已經嫁為人婦，本應待在家裡才對，如今她卻整日在外拋頭露面，這……成何體統啊！」

修雲天放下書，看向孫氏，笑著道：「那妳怎麼說？」

「我？」孫氏先是一怔，隨即一臉無奈地說道：「老爺，您這話說的，我能怎麼說呢……我雖說是她大娘，可也就僅僅是大娘而已，有些事情我也不好多說，而且您知道嗎，這次她更是離譜，竟然還出城了！」

「出城？」修雲天眉頭皺了起來，隨即問道：「她出城做什麼？」

「我哪知道啊！反正我就是覺得老爺您應該好好管教管教她了，她現在是咱們修家的兒媳，可不能因為做人的問題讓外面笑話咱們修家呀！」

聽到孫氏如此說，修雲天點了點頭，道：「好，我知道了，等她回來我會與她談談的。」

一夜無話，翌日清晨，一行人早早收拾妥當，趕著馬車上路了。

坐在馬車裡，韓香怡一邊揉著自己有些麻木的手臂，一邊撩起窗簾看著外面，眼前是一座綠色的大山，山上雜草叢生，看不到更上面，卻可以聞到草香，這對韓香怡來說，是一種放鬆心情的方法。

正想著，只聽一旁的阿四突然道：「咱們到了。」

韓香怡向外看去，果然，就在馬車前方不遠處，已經可以清晰看到林城的城牆了。

林城，是僅次帝都的繁華城池。一行人抵達林城後，隨處可見大商、小商，各種貿易繁多卻不繁雜，相比而言，帝都則顯得單調許多，因為帝都的生意都被三大世家壟斷，所以不可能會有林城這樣的景象。

從馬車內向外看，看到的是一片熱鬧景象，若說繁華，帝都當仁不讓，可若說熱鬧與人氣，這林城絕對比帝都要高出太多。

這對於韓香怡來說是一個吸引，同時也越發讓她覺得與沈美娟的合作是對的。

馬車駛入城內，很快地在一處相對安靜的地方停了下來，然後阿四向韓香怡主僕兩人說了一聲，便下了馬車。沒多久阿四又走了回來，不過並沒有上馬車，而是坐在外面，指揮著馬車繼續往前走。

韓香怡撩起簾子向外看，只見馬車來到一處很安靜的地方。

這裡是一群院落，看上去有些古舊，可每一座院子都不小。

馬車終於停下，阿四在外面道：「兩位可以出來了。」

聽見可以出去了，韓香怡便與香兒一起下了馬車。

只見不遠處正有一輛馬車朝著這邊駛來，馬車外觀很是樸實，坐在馬車上的車伕正揚著馬鞭，很快馬車來到近前，簾子被撩起，只見一美婦人從馬車上走了下來，正是許久不見的沈美娟。

「沈姊姊。」韓香怡急忙迎了上去。

沈美娟也是笑著走了過來，兩人握了握手。
只聽沈美娟道：「姊姊可是盼妹妹盼得好苦，終於把妳給盼來了。」
「妹妹也很想念姊姊呢！」韓香怡笑著客套。
「走，我帶妳去瞧瞧咱們的工坊。」沈美娟很在意此次的合作，所以也沒多做寒暄，便邀請韓香怡去看看工坊。
韓香怡看著那一間間院子，不由疑惑道：「沈姊姊，這些小院哪間是咱們的？」
沈美娟噗哧一笑，道：「哪間？每一間都是，這裡是沈家的地，這些院子也是沈家的。」
韓香怡心中一驚，從左到右，有五個院子，每一個都差不多有自己所住的小院大小，這麼多……竟然都是沈家的。
瞧見韓香怡的模樣，沈美娟格格一笑，便又繼續道：「之前和家裡也是費了一番工夫才說動了他們，不過這些也不是讓我白白使用，我也是要按時交錢的。」
聽沈美娟這麼一說，韓香怡點了點頭。畢竟動用到這些房子可不是小事，隨便就拿來做什麼工坊，又是頭一次，難免會讓人覺得不靠譜，所以有爭執也是正常的。
「沈姊姊，其實咱們也用不到這麼多啊！此次運來的器材，兩間屋子便夠了，剩下的……」
沈美娟眉頭一挑，笑著道：「那可未必，我沈美娟做事從來都是走一步、看三步，我覺得這香粉生意是個賺錢的買賣，現在或許咱們只需要兩間，可以後沒準兒這五座院子都能用得上呢！再說，我也準備把這裡當作咱們的倉庫使用，那些花粉、香粉之類的東西，需要存放的都可以放在這裡，集中起來也好處理不是？」

韓香怡不由暗暗讚嘆，這個沈美娟果然不簡單，難怪她的夫君願意上門提親，看這腦子和魄力，果然自己還需要學習。

「對了，沈姊姊，我還有一事想要與妳商量。」

「哦？說來聽聽。」

一間院門被打開，幾人相繼走入。

「姊姊已經買下一塊花田對嗎？」

「沒錯，怎麼？妹妹想要親自打理？」

「那倒不是。」韓香怡搖頭。「剛聽姊姊說這幾個院子，可以存放乾花瓣之類的物件，我在想那些乾掉的花瓣，並不是全部都用得上，而那些剩餘的、不好的乾花瓣，即便存放在這裡也是占地方，不如交給我，我有地方可以賣出去。」

「哦？還有收這些東西的地方？那倒不錯，妹妹妳拿主意便是，這些以後妳說了算，只要妳覺得是對咱們有利的，妳都可以去做，姊姊這邊都沒問題。」沈美娟笑著，主動挽起了韓香怡的手臂，與她一起走入院裡。

韓香怡見沈美娟沒有拒絕，心裡也十分高興，這樣一來，又是一筆可觀的收入呢！

與沈美娟一起參觀這裡的小院，果然不錯，不但地方寬敞，而且陽光充足，院子裡的青石也很大，可以擺放很多花瓣，比起自己小院裡的那兩塊青石實在是好太多了。

參觀完，一行人也不再浪費時間，招呼了一聲，便開始將車上的器材都卸下來，搬進院子開始安裝。

一個多時辰過去，兩個院子裡分別組裝完兩套器材，這樣一來，器材方面的問題也徹底解決了，接下來就是去看花田，然後再教那些沈美娟找來的人製作香粉。

看著最後一件器材也搬了進去，沈美娟伸了伸手臂，笑道：「瞧著天色也不早了，走，姊姊帶妳去吃頓好的。」說完，便拉著韓香怡，朝前走去。

一頓飯就在兩人歡快的聊天中度過。

這個時間，街道上的行人少了很多，基本都是小攤販。

馬車上，韓香怡與沈美娟一邊感受著從外面吹進來的風，一邊笑著聊天。

只聽沈美娟道：「妹妹有沒想過在咱們林城也開一家屬於自己的香粉鋪子呢？雖說咱們林城比不得帝都，但也是繁華之地，來這裡買賣的人也絕不比帝都少，而且在這裡開鋪子不會有那麼多規矩。」

頓了頓，沈美娟又道：「韓家基本已經將帝都的香粉壟斷了，想要在帝都有所作為怕是沒什麼希望，除非韓家可以放手不管，當然，這不可能。妹妹不要怪姊姊說話難聽，妹妹雖為韓家人，卻並不招韓家人待見，姊姊也聽說妹妹在帝都的事情。

「妹妹如今是靠著宋景軒那小子幫忙才能開鋪子，雖說不用擔心鋪子隨時被收回，可也未必就能開得安心，韓家不會縱容有人在帝都搶他們的生意，想必妹妹也深知這一點。」

韓香怡點點頭。「姊姊說得沒錯，妹妹也明白，可畢竟我的家在帝都，想要出來，並非易事。」

「妹妹這話就不對了，人在哪裡並不重要，重要的是想不想做，想做就總有辦法可尋。林城與帝都只隔著一座山，來回走動雖說路程有些遠，但也不是不能做到，妹妹若真想將鋪子開到林城來，姊姊可以為妳張羅，別的不敢說，在這林城，姊姊的話還是很管用的。」

說到這裡，沈美娟從懷中取出一張紙遞給韓香怡，笑道：「這是房契，妹妹若想好了，這房契便是妹妹的了。」

頓了頓，沈美娟又道：「妹妹不要覺得不可能，其實這很簡單，只要妹妹妳想，姊姊便幫妳。」

沈美娟笑著，眼中滿是親切之意。

韓香怡看了後不禁覺得自己似乎真的可以做到，可隨即又搖了搖頭，道：「多謝姊姊的好意，香怡想靠自己的能力來做，雖然現在還只是一間小鋪子，但香怡相信以後能發展得更好。」

沈美娟微笑點頭，道：「那好吧，既然妹妹如此堅決，姊姊也就不勸妳了，不過姊姊的話還是算數，不論何時，只要妳想要，姊姊都為妳留著。」

「姊姊打算在林城開幾家？」韓香怡笑著轉移話題道。

「肉吃多了嚼不爛，我打算暫時先開兩家看看，若生意真的不錯，我還會多開，若達不到期望，我會再考慮，畢竟這東西我也沒接觸過，不敢貿然投入太深，還是要一點一點地去試探。」

兩人聊得很多，也沒在意時間，轉眼間已經到了花田。

一行人先後下了馬車，映入眾人眼簾的是一塊花田，此刻花田裡百花爭豔，各色花朵競相綻放，那景象美不勝收。

這裡就是沈美娟買下的花田，在出城沒多遠的地方，林城城北附近就有一個小型的村莊，村莊裡大多都是種植莊稼的，只有幾戶是將自己的稻田改種花草變作花田。

據瞭解，這些花原本也是供給韓家的，不知沈美娟用了何種手段買下這塊花田，想必是花了不少錢。

幾人來到花田隴上，看著那隨著風齊齊擺動，散發著濃郁花香的花田，韓香怡彷彿回到自己還在村子裡的時光，無憂無慮地在花田中奔跑，每一朵花都像是自己的夥伴一樣，身處花叢中，那種感覺至今難忘。

「現在只是買下了一塊，等真的做大，我會把這附近的幾塊都買下來。」看著花田，沈美娟笑著說道。

那話語中的霸氣著實讓韓香怡為之讚嘆。這個沈美娟不愧是才女，無論頭腦還是魄力，都讓一般女子遙不可及。

一路走、一路看，韓香怡發現這裡所種的花朵雖然數量很多，可種類卻很少，基本上都是常見的花朵，如紫羅蘭和茉莉花等等，這些花製作出來的香粉在市面上很常見，所以較難勾起客人的購買慾望。

這不由讓她想到來時路上在山邊看到的花朵，那些花絕對稀少，若可以大量種植，或許可以有意想不到的效果。

正想著，便聽一旁的沈美娟道：「妹妹在想什麼想得這麼入神，不妨說給姊姊聽聽？」

韓香怡一笑，便將自己的想法說了出來。

「哦？姊姊還真是不知，若妹妹說得是真的，那姊姊便派人前去將那些花挖來。」

「不，姊姊萬萬不可。」韓香怡聽罷急忙擺手，心裡暗自好笑，沈美娟不懂，若真的叫人去胡亂挖來，估計那些花就真的活不成了。「姊姊放心，這件事情就交給妹妹吧，妹妹自會處理。」

聽到韓香怡這麼說，沈美娟也沒再堅持，看了看天色，道：「既然這樣，那姊姊也就不再多說。瞧天色也不早了，妹妹若不急著回去，到姊姊的家裡坐坐如何？」

「那妹妹就恭敬不如從命了。」韓香怡淺淺一笑，應了下來。

幾人上了馬車，駛向城內。

說起這楚家，在林城的地位相當於修家在帝都的地位一般，所以凡是楚家的生意，往往有很多人去光顧，而要說楚家是做什麼生意，就四個字——筆墨紙硯。

這倒與其出身有關。楚家祖上乃是書香門第，到了楚風爺爺那一代，家道中落，他爺爺為了能養活一大家子人，只得將家裡值錢的東西典當了，以此來維持生計。

可家裡的東西雖多，卻也禁不起這樣一件一件典當，不到幾年，家裡值錢的東西便少了一半，這可是讓楚老爺子心痛不已。

就在他打算將自己最為珍貴、最為珍惜的洮硯賣掉時，突然他的一個朋友上門來給他出了一個主意。

當時那人就說：「你雖世代書香，可如今也只是個落魄的，名聲雖好，卻養不了人，要想活下去，就要改變如今的生活方式。」

楚老爺子當時就問：「我都到了如此地步，該怎麼做才能改變如今的生活呢？」

那朋友回道：「楚家乃書香門第，對於紙墨筆硯這行當自然十分瞭解，既然書生、秀才當不下去了，那便改條路，做生意，當商人。」

楚老爺子是老思想、老傳統，對於「商本賤」這三個字十分在意，所以一開始是拒絕的，卻又苦於家裡的日子越過越不好，眼瞅著又要典當東西了，這時楚老爺子那朋友又來了，再次勸說楚老爺子，並且還說已經為他找到門路，只要他肯，一定會越做越好。

楚老爺子心裡十分糾結，無奈家中窮困，只得答應下來，於是從那時開始，楚家便從書香門第變成商戶。從一間鋪子慢慢做起，越做越成功，慢慢地，楚家已經完全變成商家，並在林城有一定的地位。

傳到楚風他爹楚林江，更是將生意越做越大，只用了短短幾年時間就把生意做到如今的規模，可以說楚家能有今天是因為楚老爺子的一個轉念。

馬車上沈美娟細說著楚家的事情，讓韓香怡心中對楚家也是十分佩服，楚家能放棄原本的身分，變成商戶，也是很有決心的。

很快，馬車緩緩停了下來，看樣子是到了。

「到了，咱們下車吧！」

幾人先後下了馬車，一抬眼只見「楚府」兩個大字。

其實到了這裡，韓香怡倒是十分想見見，這個被稱為林城第一俊美男且才華出眾的楚家長子楚風到底長得如何。

「既然咱們都要合作香粉生意了，我就想著趕明兒弄些花來，把這兩邊都種上花，這樣也更好看了不是？畢竟放著那麼大一塊花田，不用白不用嘛！」沈美娟指著路旁的草地，笑著說道。

沈美娟的脾氣與氣度，想來在楚家也是個厲害的角色，加上聽沈美娟說，沈家從上幾輩就定了一個不成文的規矩，楚家男兒一輩子只可娶一妻。

楚家楚林江只有一妻韓氏，而楚風也只有一個妻子沈美娟，這樣一來，也就沒了那許多的勾心鬥角。聽沈美娟說，韓氏是個溫婉的人，說起話來都是輕聲細語，不曾對自己大聲說話。

楚林江這門親事是他爹親自提的，而林城的韓家也是個書香門第，所以從韓家出來的人自然不會是那種村口潑婦，這樣說來，整個楚家反倒是沈美娟最有魄力呢！

走過石板路，入眼便是一座十分古舊、書香氣息濃郁的屋子，空間雖不是很大，卻很古樸，一眼就能看出這是飽讀詩書的人所住之地。

走過長廊，又來到一處相對安靜的地方，這裡是一個獨立的院落，不大，看著卻很舒服。

沒等走到近前，便看到那院內的石桌後正坐著一人，是一個白衣中年男子，那男子低著頭，手裡拿著一本書，此刻正津津有味地品讀。

「夫君，我回來了。」隔著老遠，沈美娟嬌笑著喊道。

那聲音聽著竟是細了些，柔了些，似乎在這個男人面前，她便如此女人了起來。這讓一旁的韓香怡與香兒都暗暗稱奇，這樣的女人在外面不管是如何霸道，回到家中都變成嬌弱的妻子，果然，都是一樣的。

心裡想著，腳步也跟了上去，那白衣中年男子聽到沈美娟的聲音後便放下了書，抬起頭看向這邊，也是到了這時，韓香怡才看到那人的臉。

那是一張中年男子的臉，卻沒有一般中年人發福抑或消瘦的模樣，他的臉很……

或許該說勻稱，或許該說恰到好處，就好似刀削一般，稜角分明，俊朗超群。

這哪裡是中年男子的模樣，分明就是一個青年男子啊！

就連一旁的香兒都被那中年男子俊朗的模樣看得一呆，隨即不由自主道：「大少奶奶，這楚風真是好生俊俏啊！」

按理說她也見過俊美的人，不說別人，只說修明澤便是一個俊美如女人一般的男子，可他是俊美到讓女人都自慚形穢的地步，而不是屬於男人的俊朗。

眼前這個楚風卻真是俊朗非凡，難怪被稱為林城第一美男子，香兒覺得自己的心都快不屬於自己了。

楚風被稱為林城第一美男子，不是沒有道理的，到了這個年紀尚且如此，那他少年時豈不是更俊朗非凡嗎？

「夫人辛苦了。」楚風站起身子來到沈美娟的面前，當著韓香怡的面，伸出修長的手，將沈美娟額前的青絲挽到耳後，眼中滿是柔情。

沈美娟也是十分高興地對著楚風笑，那笑有些傻。

「夫君，這便是我與你提過的韓香怡韓妹妹。」沈美娟與楚風親暱了片刻後，才走到韓香怡身邊介紹起來。

楚風也是直到這時才看向韓香怡，面帶柔和的笑容道：「早聽我夫人說起妳，一直都想要見見。」說著，伸出了手。

韓香怡也是忙伸手與他握了一下，隨即鬆開了。

楚風笑著又道：「夫人，外面熱，咱們進去吧。」

「好的，夫君。」沈美娟笑著也讓韓香怡與香兒一起進屋子。

韓香怡隨著沈美娟兩人進了屋子，屋子裡很寬敞、很簡單也很書卷氣。

因為屋子的四周都是書架，書架上滿滿的都是書，雖然她覺得會這樣擺起來應該是因為看著好看，不過看他剛剛在院子裡的架勢，或許真的會一本一本地讀吧！

心裡想著，韓香怡已經坐了下來，只聽沈美娟笑著道：「怎麼樣？瞧著我們這樣是不是很不舒服？」

「沒，我並沒有這樣想。」韓香怡急忙擺手道。

「好了，先不說這個，咱們說正事吧！」

說到這裡，沈美娟收斂起笑容，露出嚴肅的神色，這讓韓香怡也正色了起來。

只聽沈美娟輕聲道：「其實叫妹妹過來，是有一件比較重要的事情與妹妹說。」

「姊姊但說無妨。」

沈美娟想了想，道：「姊姊就想問問妹妹，妳的夫君，是不是真的傻？妹妹不要怪姊姊直言，妹妹雖為韓家人，卻沒有韓家的實權，再者咱們又是與韓家對立的一方，所以韓家指望不上，那只能與修家有更好的關係。

「其實話說白了，就是一句話，咱們需要一個靠山，韓家不行，修家行；不過這個前提得是妳的夫君不是傻子。」說到最後，沈美娟眼中有著精芒閃爍。

韓香怡不由思索起來，她心裡清楚，沈美娟說得沒錯，她們的鋪子想要長久經營下去，就只能找一個比她們更大的靠山，比如韓家、修家、宋家。

韓家一定不行，宋家關係不深，那麼就剩下修家。

先不說修家地位如何，最主要的一層關係是修明澤是自己的夫君，她如今也算得上是半個修家人。

韓家可以不把她當回事，可修家不行，如果修明澤不傻，那麼事情就簡單明瞭，只要修明澤出面，這件事情就好辦了。

可她現在不能說，因為修明澤那裡似乎還在準備著什麼，他說過，他自己會把真相揭開，但不是現在。

想到這裡，她苦笑著搖了搖頭。「姊姊，我夫君的情況想必妳也知道，他確實傻了，不但傻，而且還有些幼稚，總是到處搗亂；不過他對我很好，這一點我很欣慰，所以我才羨慕妳和楚大哥。」

韓香怡說得很認真，這讓沈美娟與楚風都不由得懷疑自己是不是真的猜錯了。

「嗯，要是這樣，姊姊就不問了；不過雖然如此，那也不算什麼，妹妹畢竟還是修家的兒媳，有些人想要動咱們也要想一想。」

見沈美娟似乎有了想法，韓香怡便不由道：「沈姊姊擔心什麼妹妹清楚，不過還請姊姊不必擔心，雖說修家與韓家不能指望得上，但是宋家或許還可以。」

「宋家？」沈美娟微微一怔。

她從未想過可以從宋家那裡得到幫助，在她看來，宋家的強大或許遠遠不像表面上那麼簡單，能在帝都或整個王朝擔得起鐵騎的家族，不會簡單；可以為皇家提供鐵騎兵器，這也是宋家強大的原因，很多人都在暗地裡說，宋家的背後有皇家撐腰，所以沒人能動得了他們。

沈美娟對於這點也是深信不疑，所以她也從未想過這方面，今兒個聽韓香怡這麼一說，反倒有些懷疑。

「不瞞姊姊，宋景軒與我夫君關係甚密，雖不是親兄弟，卻勝似親兄弟，這次的器材也全靠著他幫忙才能買到，所以我想咱們需要的並非只有修家，宋家或許也可以。」

「妹妹這樣說，那就是有把握了？」

韓香怡含笑搖頭，道：「把握我不敢說一定有，但我能保證的是，韓家不能對咱們如何。」

瞧著韓香怡如此自信的模樣，沈美娟一時間也拿不定主意，因為她看不準她是從哪裡來的自信，但她們既然合作了，她也只能選擇相信，想到這裡，她露出笑容，笑著道：「既然妹妹如此說了，姊姊就信妳。」

送走了韓香怡，沈美娟回到屋子裡，見楚風正靠在床上思索著什麼，便走過去笑著道：「怎麼樣？看出了什麼？」

「這小丫頭是個聰明的，她沒說實話。」楚風睜開雙眼，淺笑道。

「怎麼說？」

「如果我沒猜錯，那個修明澤沒傻。」

沈美娟點了點頭，道：「你說得沒錯，這個丫頭不簡單，她的話不能全信，但也不能不信，起碼我覺得宋家或許真的可以成為我們的幫手。」

「幫手倒不可能，不過就如她所說，有宋家在，韓家就不敢動咱們，這樣一來，妳要做的事情就能做到。」說著，楚風伸手握住沈美娟的手，目光柔和地道：「妳這麼累，我不希望妳看不到結果。」

沈美娟雙眼泛起淚光，只見她搖了搖頭，將楚風的手貼在自己的臉上，輕聲道：「我不怕累，即便再累我也要做，有些事也只有我能做了。」

「傻丫頭，妳又何苦如此呢？妳這樣，夫君會很心痛的。」說著，楚風坐起身子，摟住了沈美娟的肩。

沈美娟緊靠在楚風的胸膛裡，這一刻的她，是那樣的脆弱，那樣的惹人憐愛。

第十八章

離開了楚家，韓香怡兩人上了早已等在外面的馬車。

一路無話，來到客棧，韓香怡獨自一人躺在床上，心裡想了很多，不知為何，她的心裡總是隱隱有些不安，可這不安因何而來她不清楚，或許是自己太累了。

想著想著，她便閉上雙眼，進入了夢鄉。

清晨，陽光如往日傾灑而下，將一切沈睡的事物叫醒，新的一天開始了。

韓香怡出了客棧，沒想到沈美娟已經在門口等候，這才急忙上馬車，跟著沈美娟一起朝著目的地趕去。

今天她們要做的就是教人製作香粉，她們來到的地方是一處小院，院內有二十個十幾歲的丫頭，看樣子似乎皆是丫鬟出身。

見韓香怡疑惑的目光看來，沈美娟解釋了一下。原來，這些丫頭都是她從人販子手裡買來的，如果是雇人來上工，按照她打聽到市面上的工人價格，每人每月起碼也要五十枚銅板，二十個人那就是一兩銀子。一個月一兩，一年就是十二兩。

若是買這些丫鬟回來，兩個丫鬟一兩銀子，二十個也才十兩銀子，這錢一年就賺回來了，重點是不需要發工資，只要供她們吃住就好，這樣也更划算。

聽了沈美娟的話，韓香怡不由豎起大拇指，果然還是她更會算計，對錢也掌控得更加準確；若是自己，怕是想不到這一點，只能雇來一些人工作而已。

一旁的香兒聽到那些丫鬟都是從人販子那裡買來的，再想到自己的身分，頓時覺得和她們同病相憐，主動對韓香怡說要教她們製作香粉；如今香兒已經從韓香怡這裡學到全部的香粉製作方法，對於香兒，韓香怡也是信任的，便點了點頭，讓她去教了。

韓香怡則是與沈美娟兩人一起走到樹蔭下，一邊坐下來聊天，一邊看著那些丫頭在那裡開心地忙活著。畢竟都是小孩子，沒了顛沛流離，日子好過了，自然都很高興，聚在一起，這裡儼然成了一群孩子的樂園；加上有香兒在，她的年紀在這群孩子裡也是最大的，便有了大姊姊的派頭。

「這些孩子也不容易，我不是善人，不能幫助所有人，但我能做到的，我也會做。我是商人，除了考慮賺錢與否這方面的事，也希望幫這些孩子們找一個可以棲身的地方。現在她們都還小，等幾年後她們都長大了，我也不會困著她們，到時候我會把賣身契還給她們，是去是留由她們選擇，若是想要進入沈家或者楚家，我也歡迎，每個月發工錢給她們，讓她們養活自己。」

「這些孩子都沒有爹娘了？」韓香怡有些心疼地問道。

沈美娟搖了搖頭，吐氣道：「哎，哪裡還有爹娘，就算有，那種爹娘不要也罷！這些孩子可憐得很，不是爹娘死了被人販子抓了，就是爹娘為了生活把她們賣了，她們哪裡還有爹娘？如今被我買下來，也算是她們命好吧！」

沈美娟本不是一個多愁善感的人，不知道想到了什麼，似乎情緒有些低落。

韓香怡見狀，便轉移話題道：「對了姊姊，妳打算讓這些孩子都到工坊裡面上工嗎？那些器材很大，我怕她們不好操作。」

「當然不會，工坊那邊我已經雇了工人，只要教他們如何操作，每個工坊裡留五個人就夠了。」

「那她們？」

「她們啊？呵呵，自然也不能閒著，她們學會製作香粉後，就在這裡做，一來不會無聊，二來或許以後也能靠這個養活自己呢！其實我有自己的想法，咱們的香粉鋪子不要用統一的價格來買賣，要知道，我可是去過妳的鋪子和韓家的鋪子，你們做出來的香粉不同，用器材做出來的遠遠沒有妳手工製作出來的精細，所以我打算到時將手工製作和器材製作的香粉劃分成兩種價位，手工的自然要高一些，這樣也能刺激更多的客人前來購買，很多人都很看重手工這一塊的。」

聽沈美娟說了這麼多，韓香怡心裡對她的佩服也更加多了，不得不說，她真的是一個合格的商人，不但有很好的計劃，也有聰明的頭腦，很多事情自己想得或許已經很好，可到了她這裡會變得更好。

似乎看出韓香怡心裡所想，沈美娟一笑，拍了拍她的手，道：「妳也不必多想，任何人都能開鋪子做生意，鋪子有錢便能開，可做生意卻需要很多考量，前者簡單後者難，做生意不僅需要頭腦，也需要經驗。

「妳的頭腦不錯，缺少的只是經驗，我在這方面做了十多年，妳才多久？若妳在這麼短的時間內能想到這麼多，我只能說，妳天生就是做商人的料子。」

兩人又閒聊了一會兒，直到香兒走了過來。

「大少奶奶，香兒已經把自己會的都交給她們了，有幾個人學得挺快的，剩下的都可以跟著她們學了。」香兒臉上滿是興奮的神色。

韓香怡不禁笑了笑，然後看向一旁的沈美娟道：「沈姊姊，時間也不早了，我想我們也該回去了。」

「哦？不多在這裡待一晚嗎？」

「不了，我想今天就回去，器材既已運送完，回程速度也會快上許多，我想晚上差不多就能到家了。」

沈美娟也沒再多留，而是笑道：「姊姊明白的，妳是想妳男人了吧！好好好，姊姊不留妳，妳回去便是。」

韓香怡俏臉一紅，嬌嗔道：「姊姊可不要取笑妹妹了。」

於是韓香怡和香兒回到房間收拾一番後，與阿四一起坐著馬車離開了。

卸下器材，馬車行進的速度快了一倍之多，天邊夕陽西下，夜色降臨，他們終於趕在城門關閉前進入到帝都。
想想在林城的一切，韓香怡不由得露出笑容，自己學到很多，對自己以後的路真的很有幫助。
心裡想著，自己也舒服了，一旁的香兒也沒說話，只是坐在那裡靜靜地發呆。
韓香怡見狀，便不由問道：「香兒，妳想什麼這麼出神？」
要是平時，她總是很歡快的，絕不會像現在這般安靜。
香兒抬起頭，看著韓香怡，那雙大眼睛竟是泛起淚光，不由一驚，急忙道：「香兒，妳怎麼了？」
香兒擦了擦眼淚，搖了搖頭，道：「大少奶奶，香兒沒事，只是覺得自己好幸福。」
「嗯？這話怎麼說？」
香兒看著韓香怡，道：「早上看到那些和我年齡差不多的孩子，她們也是和我一樣，被父母賣掉，被人販子拐走，都好辛苦，可她們還是很開心、很快樂，現在她們也有了好的住處，有吃有喝，我替她們開心，而且我覺得自己很幸運，可以服侍您，您是好主子。」
聽著香兒說這麼一番話，韓香怡倒有些不適應了，伸手摸了摸她的頭，笑著道：「是啊，每個人活著都不容易，好與壞都是命，不過香兒覺得自己開心，那就好。我是在村子裡長大的，不是生下來就過著錦衣玉食的生活，所以香兒以後就把我當成姊姊，不要當成主子，這樣咱們相處起來才能更開心，妳說對嗎？」

「嗯，大少奶奶說得真好。」香兒又擦了擦眼角，然後開心地笑了起來。說笑間，馬車停了下來，已經抵達修家。

韓香怡這才與香兒一起下了馬車，目送阿四走後，兩人一起走入修家。

一路上靜悄悄的，這個時間大家都已經休息了，她與香兒悄聲回到自己的住處。

韓香怡支開香兒讓她去休息後，便回到屋子，屋內點著蠟燭，卻沒有修明澤的身影。

這麼晚了，不知道他都在忙些什麼，總是不見人影，也不知道他何時才將揭開真相，她倒滿期待的。

韓香怡坐在屋子裡，很是無聊，躺下去沒一會兒便睡著了。

她夢到自己回到村子裡，看到那些大爺、大娘，以及和自己一起玩耍的小夥伴，也看到了她日夜思念的娘親。

娘親的頭上有些許白髮，整個人似乎都蒼老了一些，娘親看著她，握著她的手，也不說話，只是笑得很美、很柔和，這笑容也溫暖著韓香怡的心。

她想要張口喊娘親，可嘴巴張開，卻沒有聲音，突然，她的娘不見了，四周的一切都不見了，彷彿那幸福在一瞬間都被吞噬掉了。

她嚇得大叫，可是任憑她如何喊，都沒有一絲聲音，她害怕了、驚慌了，就在這一瞬間，好似有一個人朝她走了過來，那是一個老人，看不清她長什麼樣子，可那穿著卻似乎是個女人，正一步步朝著自己走來。

自己想要動卻發現自己動彈不得，就在這時，突然那老人伸出了手，一把掐住了她的脖子。

她發出一聲尖叫，從睡夢中驚醒過來。

「娘子，妳作惡夢了。」

韓香怡睜開雙眼時，天已大亮，額上冷汗還沒有乾。

修明澤坐在床邊，目光柔和地看著她，說話間，又伸出手擦了擦她的額頭。

韓香怡醒來，一看到修明澤，心情放鬆了下來，她伸手抓住修明澤的手緊緊地貼在自己的臉上，感受著他的溫暖，平靜自己的心。

見韓香怡如此，修明澤心疼地伸出另外一隻手去撫摸她的背。

「等我恢復了身分，咱們就去將娘接過來。」

韓香怡身子微微一顫，然後抬頭看向修明澤，那明媚的雙眸內含著淚光，她猛點頭道：「嗯，都聽你的。」

見韓香怡這梨花帶雨的模樣，修明澤心裡不禁更是柔軟。他伸手在她的眼角擦了擦，柔聲說道：「若我不說，妳還打算這樣到幾時？我是妳夫君，妳有事就與我說，明白嗎？」

「嗯嗯，我明白了。」韓香怡喜極而泣。

「傻丫頭。」

隨即韓香怡將她昨日去林城的事情都與修明澤說了，並著重在沈美娟問起修明澤是不是真傻的問題。

修明澤聽罷，不由笑道：「娘子妳做得很好，現在還不是說出來的時候，不過想必他們這麼問，心裡已經有了答案，只是還不確定而已，妳的回答也會讓他們保持這種態度，這就足夠了，因為很快我就要恢復身分，到時候，欺負我們的人、侮辱我們的人，我們都要找回公道。」

吃過早飯，韓香怡也沒急著去鋪子，而是待在家裡收拾自己的東西，滿腦子都在想著城外那座山上的花，她忍不住想要去那裡採摘，於是她將需要的小鏟子，還有一些必備的東西都帶全後，便與香兒一起離開修家，坐著馬車直奔城外而去。

韓香怡與香兒出了城，乘著馬車來到山腳下，一看見那些稀少的花朵，她興奮地下了馬車，與香兒一起爬山而上。

這山不算陡峭，徒步也算好爬，兩人很快爬上了幾丈高，然後開始採摘花朵。

這裡的花，在普通花田裡很少見，現在摘下來慢慢培育，到時也可以將它們都栽種到花田內，韓香怡光想都覺得興奮。

兩人速度也不慢，小心翼翼將四周的土鏟掉後，才將一株曼陀羅摘起，放入隨身攜帶的花盆內，又心滿意足地繼續下一株的移栽。

時間過得很快，韓香怡與香兒將採摘的十多株花朵放入馬車內，她數了一下，大概再七株就足夠了。

正想著要再拿小鏟子去挖時，山腳下傳來了馬車輪子滾動的聲音，韓香怡不由疑惑起身去看。

只見山腳下此時多了一輛馬車，馬車上走出一個人，韓香怡一眼便認出來那人——正是趙氏。

怎麼又是她？

皺了皺眉，韓香怡沒有理會，又繼續蹲下身子去挖，可是有些人並不想讓她這麼做，只聽下面傳來了趙氏的喊聲。

「妳們是誰？誰讓妳們來這裡挖我們韓家栽種的花？都給我下來！」

聽到這話，韓香怡的手不由一頓。

韓家的？怎麼可能？這裡的花明明就是自生的野生花朵，根本不是韓家栽種的，這話若是騙騙別人還好，騙她？那還不行。

想著，韓香怡站起身子，招呼著香兒繼續，然後獨自一人朝下面走去，因為香兒個子小，又蹲著身子，加上野草茂盛，也沒人注意到她。

見韓香怡走了下來，趙氏才佯裝一臉驚訝地道：「香怡？怎麼是妳呀？妳怎麼會來摘韓家種在這裡的花呢？」

早先，趙氏與朋友在茶樓喝茶，碰巧看到修家的馬車，於是動了心思，叫來下人跟著這輛馬車，看看車上的人是去做什麼。

待得下人來報，說這馬車是韓香怡的，且她正在城外山上採花。一聽到這話，趙氏心中便有了主意，於是才有了現今這一幕。

韓香怡心中冷笑，這種謊話虧她想得出來，韓家的花田雖足有十塊，可哪裡會挑這裡種花？且不說這裡是山坡，就算不是，這地方荒郊野外的，怎麼想也不可能選在這裡種植，她就算再想教訓自己，也要找個好一點的理由啊！

韓香怡心中覺得她可笑，臉上卻同樣驚訝地看著趙氏道：「是二娘啊！這大熱的天，您怎麼出來了？還親自來這裡，真是辛苦了。您這是在和我開玩笑嗎？這是韓家栽種的花？可這裡荒郊野外的，怎麼看都不像啊！」

「香怡啊，妳有所不知，咱們韓家當初也是看中這裡的土地好，適宜種花，才在這裡種了那麼多花，本想著這段時間就叫人來把這些花朵摘走，可沒想到被妳給摘去，妳說說，這可怎麼是好呢？」

韓香怡捂著嘴巴，一臉錯愕地看著趙氏，然後不解道：「我書讀得少，您可別騙我，我在村子裡長大的，為韓家看花田也有些年了，別的不敢說，這花是人工栽植的還是野生的我還是看得出來，這裡的花明明就是野生的呀，正因為如此我才敢摘，若是人家栽種的，我定然不會摘取，您……在和我說笑吧？」

趙氏臉一紅，心裡暗罵混蛋，自己竟然把這事給忘了，這丫頭和她娘可都是為韓家看花田看了十幾年了，想必這丫頭小小年紀對花卻很是熟悉，這麼一想，她不是打自己的臉嗎？

該死的，怎麼會這樣。

來不及多想，趙氏急忙又道：「我自然是與妳說笑的，這花確實不是韓家種的，不過這山是韓家的，韓家的山裡長出來的花自然是屬於韓家的。」

韓香怡聽完皺著眉頭，若剛剛的話她覺得她在說謊，可這段話她就有些拿捏不準了，雖說她可以確定那些花是野生的，但是這山是誰的她就不得而知了。

趙氏見她臉色不好看，便知她上當了，心裡大喜，急忙沈著臉道：「哼，香怡呀，雖然咱們都是韓家的人，可妳現在已經嫁給修家，俗話說得好，嫁出去的女兒，潑出去的水，水潑出去可就收不回來了呀！妳現在是修家的人，這親兄弟還明算帳呢，更何況是妳呢！「我們韓家的東西，妳若想要起碼也先說一聲、打個招呼，給與不給我們自會給妳答覆，可如今妳這麼私自動手摘花，可就不好了。」

趙氏越說越是一副小人得志的模樣，真是恨不得一口將韓香怡咬碎了才解恨，所以此刻能羞辱她，趙氏就絕不會嘴軟。

韓香怡聽她這麼一說，臉上也不好看了。

她是摘了花，可是以韓家的實力，這根本算不得什麼吧！就算這山是韓家的又能怎樣？自己摘了幾朵花就要把自己說成十惡不赦之人？

韓香怡便冷漠道：「您不必說得這麼難聽，我雖然嫁入修家，可好歹我的姓還是韓，你們可以不承認我，但我不能允許你們這麼侮辱我。我是不經你們的同意摘了你們的花，好啊，我都還給你們，我摘的那些花都在車上，您若想要全都拿去便是，你們也不必謝我幫你們把花摘了。」說完，便轉身要去喊上面的香兒。

就在這時，身後的趙氏氣得尖叫了一聲。

「韓香怡！妳……妳真是太不像話了，我好歹也是妳二娘，妳竟不把我放在眼裡，妳這是……這是成何體統！」

韓香怡張開的嘴閉上了，轉身看向趙氏，冷冷地道：「成何體統？不像話？我叫妳一聲二娘，是因為彼此的身分，可我不欠妳什麼，我是我娘一手帶大的，從出生至今，十五年來我沒拿過韓家一分一毫，還想要我對妳怎樣？莫非妳還要我見了妳，跪地磕頭不成？」

「妳……妳放肆！妳簡直太……」

「太什麼？二娘，我叫妳一聲二娘，妳就只是我二娘而已，其餘的什麼都不是。我姓韓，這個我改變不了，可就像妳說的，如今我是修家的人，我是那潑出去的水，既然如此，我做什麼妳也無須多管。我摘花錯了，好，我都還給你們；我私自摘花未與韓家商量，我向妳道歉，這是我的錯，這些我做了，我也認了，妳還要我如何，二娘？」

韓香怡一句又一句的話直接說得趙氏啞口無言，原本還想要好好教訓她的話卻骨鯁在喉，怎麼也說不出來。

看著臉色變得青紫的趙氏，韓香怡的心格外舒坦，正要再說什麼，便聽那趙氏突然冷笑一聲，道：「差點讓妳給糊弄過去，好吧，妳是修家人，我也管不到妳，既然如此，那妳就給我滾出這山吧！那些花也都一株一株給我栽回去！」

「妳……」

「我什麼我？我說錯了嗎？我讓妳摘了嗎？這是韓家的東西，妳動了就是不應該，所以，妳怎麼挖出來的就給我怎麼種回去，要不然，哼，這件事情沒完，我會找你們修家算帳！」

趙氏此刻在心裡冷笑。小丫頭還嫩得很，這就想糊弄過去，自己怎可能這麼輕易就被她給騙過去呢！

韓香怡臉色難看起來。

是的，她不得不承認，她剛剛那一番話雖然說得慷慨激昂，可那裡面確實有希望可以將她唬住的想法，沒想到這個老女人竟然沒有上當。

種回去？自己瘋了才會這麼做，正在想接下來該怎麼做的時候，上面卻突然傳出香兒的聲音。

「大少奶奶，這些花我都挖完了，需要裝進花盆裡嗎？」

這一段話讓韓香怡差點摔倒。

這個香兒，關鍵時刻怎麼能……

果然，這回趙氏更加得意了，只見她雙手扠腰，冷哼道：「哼哼，好啊，妳們還兩個人一起挖，還都挖走了，妳們還真行！不管妳們挖了多少，這回都給我栽回去，少一株我都跟妳們沒完。老劉，你去看著她們！」

「是！」隨著趙氏話音落下，一個中年男子從她身後走了出來，那架勢就是要看著韓香怡把花一株一株地栽回去。

韓香怡心裡把這個趙氏恨得要死，真恨不得走過去踹她一腳，她竟這麼壞心腸！

正想著，突然遠處又有一輛馬車駛了過來。

待得馬車來到近前，車簾一掀開，只見宋景軒從馬車裡走了出來。

看到幾人後，宋景軒嘿嘿一笑，快步走到韓香怡的身邊，道：「大嫂。」

「景軒，你來了。」韓香怡硬擠出一個笑容給他，因為她現在心情很不好。

「喲，這不是景軒嗎，你怎麼來了？我們家小靜對你可是日思夜想呢！」趙氏看著宋景軒，頓時露出笑容。

她清楚韓柳靜喜歡宋景軒，也知道韓景福想要與宋家聯姻，這才如此熱情；可是讓她沒想到的是，自己的熱臉卻貼了冷屁股。

「哦，是您啊，您在我家的地盤做什麼？剛剛我的人說，有人在這裡又吵又鬧，我還當是怎麼回事，一來才發現，您……想幹麼？」

宋景軒這話一出，眾人頓時安靜下來。

韓香怡一怔過後，露出嘲諷的笑容。

趙氏的臉色則是一陣白、一陣紅的，說不出來的彆扭。她此刻的感覺就好像是被無數螞蟻在自己的臉上咬著，那個感覺真是生不如死啊！

要是有個地縫她都恨不得鑽進去，自己真的是丟死人了。

宋景軒的出現讓氣氛變得十分怪異，趙氏一張臉紅得彷彿要滴出血，身子也顫抖著，那樣子別提多可笑。

宋景軒似乎沒有發現一般，繼續以一副不解的語氣道：「我還在想呢，我家的山礙著您了？您莫不是想要將這山剷平了？那我只能說一聲抱歉，這山還真不能剷平。」

那語氣滿是嘲諷，任誰都聽得出來。

趙氏不傻，自然也聽出來了，她冷哼一聲，道：「我來這裡還不是因為她，她這樣隨便挖別人家的花，我這是在管教她。」

「哦，這樣啊，那還真是對不住您，我家山上這些花，大嫂可以隨便採，隨便挖，就不勞您管教了。」宋景軒依舊笑著說道。

「你……」趙氏指著宋景軒，點了點頭，咬著牙道：「好，很好，你們都很好！韓香怡，妳給我等著。」說完，便轉身離開了。

看著馬車離去，韓香怡也是長長吐了口氣，看著宋景軒道：「景軒，謝謝你！」

「謝什麼，應該的。」宋景軒擺了擺手，笑道。

「對了，這山……真是你家的？」韓香怡面色古怪地問道。

宋景軒撓了撓頭，嘿嘿一笑道：「當然不是，這山是澤哥的。」

「我夫君？他買下的？」韓香怡一臉詫異。
「嗯，就在剛剛。」
「剛剛？」
宋景軒點了點頭，於是將剛剛的事情說了一遍。
原來修明澤一知道趙氏派人跟著韓香怡，也知道她的目的是這座山，便在剛剛派人去衙門將這座山買了下來。這裡的四周都歸官府所有，所以想要納為己用，拿錢辦事就成了。
由於修明澤不方便出面，就由宋景軒出面解決了，此刻馬車簾子再次被撩起，只見修明澤正一臉笑意地看著自己，韓香怡立刻露出幸福的笑容。
自己不管到哪裡，似乎只要自己有困難，他都會出現，她真怕自己會越來越依賴他。
此刻香兒也走了下來，待看到下面幾人後，先是一怔，然後笑著行過禮，這才道：「大少奶奶，花我都挖好了。」
韓香怡看著香兒，無奈地揉了揉她的腦袋，心想這小妮子，真是不知該對她說些什麼才好了。
「來吧，我幫妳們。」宋景軒也挽起袖子，一副要大幹一場的架勢。
一個上午就這樣過去了，眾人滿載而歸，帶著一車的花回到住處，韓香怡也不耽擱，將挖來的花一株一株地栽在自己的院子裡。
忙活了大半天，已經到了晌午。

看了看火辣辣的日頭，韓香怡忙得一身汗，也沒心情吃東西了，就讓香兒弄了一桶水，清洗了一番，頓感清爽。

韓香怡正準備好好睡一覺時，門外卻傳來敲門聲。

「有事嗎？」韓香怡坐起身子問道。

「少奶奶，老爺讓您過去一趟，他在書房等著您。」外面下人回道。

爹找我是為了何事？

韓香怡暗自思量了一下，卻也沒想到是何緣由。

「我稍後便去，你先回去吧！」

「是。」

整理了一下，韓香怡便出了屋子，來到書房前。

韓香怡沒來由得緊張起來，但還是敲了敲門。

「進來吧！」屋子裡傳出修雲天的聲音。

「爹，您找我。」韓香怡來到修雲天面前，恭敬道。

「香怡妳來了，坐吧！」修雲天放下手裡的書，笑著道：「下人剛來報，說妳出去忙活了一上午的時間，爹可以問問妳在忙些什麼嗎？」

韓香怡微微一怔，沒想到修雲天會有此問，但還是道：「是這樣的……」

於是韓香怡便將這兩天發生的事情與修雲天說了一遍。

聽完韓香怡的解釋後，修雲天點了點頭，道：「原來是這樣。不過香怡，妳知道有些事情妳可不能親力親為，畢竟妳現在已經是修家的兒媳，妳已為人婦，就不應在外面拋頭露面。」

頓了頓，修雲天又道：「之前妳說要開鋪子，我沒阻止，每日去鋪子我倒也可以接受，不過像前兩日發生的事，我希望不要再發生了。」

聽到修雲天這麼說，韓香怡哪裡還會不明白他的意思呢？就是不想讓自己出門，怕給修家丟臉。

「爹，香怡知道了，以後若非要事，香怡絕不會再出遠門了，請爹您放心。」

「嗯，香怡是個懂事的人，明白就好，那行了，妳回去吧！忙了一上午，也該休息了！」

「那香怡就先回去了。」

離開書房，韓香怡的心裡有些不舒服，可爹已經開口了，她只好照做。

回到屋子，韓香怡直接躺到床上，想多了也是煩心，與其如此，倒不如不想了，於是沒多久便睡著了。

等她醒來的時候，已經是晚上了。見明月當空，她下了床，看了看屋內，靜悄悄的沒有一個人影。

又不知道他跑哪兒去了，晚上想看到個人影都難……

韓香怡搖了搖頭，摸了摸自己的肚子，有些餓了，便穿好鞋子走了出去。

外面月明星稀，空氣中瀰漫著花的味道，讓她心情好了很多。

看了看香兒的房間，燈已經滅了，許是睡著了，韓香怡也沒叫她，自己一個人朝著廚房的方向走去。

這個時間雖還不算晚，但也過了吃飯的時間，所以當韓香怡來到廚房的時候，裡面已經沒人了。她四處看了看，見桌子上還有幾疊盤子，便一一掀蓋打開，見是三葷兩素五道菜，她也真的是餓了，拿出一雙筷子，替自己盛了一碗飯，搬了把椅子，吃了起來。

她才吃沒幾口，就聽到外面有人說話，腳步聲是朝著這邊走來。原本她沒想躲起來，畢竟這個時間在這裡吃飯也沒什麼稀奇，可是等來人離得近了她才聽清楚，那說話的人竟是修明海。

該死的，怎麼會是他，他這個時間來廚房做什麼？

來不及多想，她急忙將菜盤蓋起來，拿著飯碗整個人躲到桌子下，用布將自己的身影藏在裡面。

很快，廚房半開著的門被打開了，聽腳步聲還不只一個人。

韓香怡透過桌布的縫隙看見一雙鞋，判斷出是丫鬟的鞋子。

修明海一把將那丫鬟推到門上，然後撲上去就親了起來。這一幕，讓躲在桌子下的韓香怡一顆心都加快了跳動。

「二……二少爺，二少爺你輕點，二少爺。」

那丫鬟的聲音有些迷醉，可即便如此，韓香怡還是瞪大雙眼，因為她聽出那聲音的主人——正是周氏身旁的一個丫鬟，如果她沒記錯，應該是叫小紅，長得挺可愛的，沒想到他們竟然會搞在一起！

韓香怡心裡震驚的同時，就聽見那修明海壞笑道：「妳不是喜歡我用力點嗎？瞧妳這騷樣。」說著就聽到了衣服被解開的聲音。

韓香怡一下子臉就紅了，這兩人竟然在這裡……在這裡……

「二少爺，二少爺！」小紅忘情地叫著，修明澤似乎也更加興奮了。

韓香怡聽得臉紅如血，即使她捂住耳朵，還是可以聽到呻吟聲，這種聲音持續了約莫半炷香的時間，才緩緩停了下來。

頓時廚房內只剩下兩人的喘息之聲，韓香怡紅著臉，放下捂住耳朵的雙手，她此刻身子都熱了，只覺得喉嚨有些發乾。

只聽那丫鬟輕聲道：「二少爺，你好厲害呀！」

「那是當然，我是誰啊！對了，小紅，最近妳那裡可有什麼動靜？」修明海一邊穿著衣服，一邊問道。

小紅搖了搖頭，道：「沒有，二夫人還是整天都在屋子裡面刺繡，不過這幾日，大少爺倒是往二夫人的屋子裡跑得很勤，不知道有什麼事情。」

「那個傻子嗎？哼，一個傻子還能怎樣作怪，不過妳還是要好好盯著，有什麼事一定要第一時間向我彙報啊！」

「嗯，二少爺您放心吧，有事小紅一定會告訴您的。」

隨即兩人又是一陣卿卿我我後，才各自整理好衣服，開門走了出去。

待得兩人走得遠了，韓香怡才從桌子下面鑽出來，長長地喘了口氣，揉了揉自己火紅的臉，她又看看桌子上的菜，此刻哪裡還有食慾，於是拍了拍身上的灰塵，走了出去。

一走出去，涼風吹來，她才感到好一些，剛剛真的是太讓人驚訝了。

沒想到修明海竟然這麼混蛋！想來那個丫鬟也只是他的一顆棋子而已，最多就是玩一玩，她可不相信他會找一個丫鬟當夫人，別說夫人，就是小妾都不可能。

想想自己，她不由苦笑，自己的娘不就是一個丫鬟嗎？

不過她不恨娘親，只恨那個要了娘親的身子卻不負責的男人。同樣，她也知道這不怪小紅，小紅也是被修明海的甜言蜜語給欺騙了，即便她有錯，也不是大錯，一想到以後修明海拋棄小紅時的畫面，她就覺得心裡很不舒服。

想一想，她得去周氏那裡，必須將這件事情告知周氏，要不然身邊跟著大房的眼線，終歸還是不好，若將來做了什麼事情被她給傳出去，到時候可就後悔莫及了。

不過看現在的天色已晚，韓香怡也沒急著去，而是回到自己的住處，打算明天再去找周氏，卻沒想到，回來時正好看到走入院子的修明澤。

韓香怡笑著迎上前道：「夫君。」

修明澤似乎已經發現韓香怡了，也不驚訝地轉頭看著她道：「大半夜的還出去偷吃東西，也不怕被人當小偷抓了去？」

韓香怡一臉驚訝地看著他道：「夫君你……你是怎麼知道，我去廚房吃東西的呀？」

修明澤無奈一笑，走到她身前，伸手在她嘴角一劃，原來有一顆飯粒黏在她的嘴角，現在被他捏在手中，道：「妳說呢？」

韓香怡俏臉一紅，伸手在他的胸口敲了一下，道：「你取笑我！」

「我哪裡取笑妳了，我只是在說一個事實。」修明澤一笑，然後伸手在她的額頭上一拍。「妳若不是去偷吃東西，我怎麼會說妳。不過妳都沒吃飯嗎？」

「晌午忙完後，便睡了一會兒，晚上醒來後已經過了吃飯的時間，才到廚房去想要吃些東西。對了！」韓香怡一拍手，急忙拉著修明澤朝著屋子走去。

進了屋子，修明澤見韓香怡一副神神秘秘的模樣，還趴在門口向外張望了一番，這才關上了門。

「怎麼了？」

「夫君，你知道我剛剛在廚房見到了什麼？」

「啊，妳見到什麼了？」修明澤一怔，問道。

「我看到修明海了。」

「他？他大半夜的去那裡做什麼？莫不是也去吃東西？」修明澤皺了皺眉，道。

「當然不是，你知道嗎？和他一起去的還有一個小丫鬟。」韓香怡伸出一根手指，神秘道。

「丫鬟？莫不是他們在那裡……」修明澤說著，一臉古怪地看著韓香怡，還伸手做了一個脫衣服的動作。

韓香怡見狀不由詫異道：「夫君，你……你也看到了？」

「我當然沒看到，我猜的。」修明澤忙搖頭。

韓香怡頓時一臉古怪地看著修明澤道：「你猜得真準，還真是你說得那樣。當時我都快要瘋了，他們也真是太……」

「那妳現在覺得怎麼樣？」修明澤突然大步上前，伸手摟住韓香怡的腰，緊貼著她壞笑著問道。

看著修明澤那俊朗的臉緊貼過來，韓香怡腦海中不由迴盪著廚房裡的聲音，一張俏臉頓時紅得如血，就連呼吸都急促起來，急忙轉頭道：「夫君，你……你先聽我說完。」

「好啊，我在聽，妳說。」修明澤沒有鬆手，而是笑著在她耳邊道。

「你……你先鬆開我，你這樣我沒法說了。」韓香怡聲音如蚊子在叫，小得可憐。

修明澤也不再逗她，在她的耳朵上親了一下後，這才鬆開她。

他這一親，差點讓韓香怡癱軟在地，好在她穩住了。

韓香怡瞪了他一眼，喘了幾口氣，才道：「你知道那丫鬟是誰嗎？」

「誰？」

「小紅！」

「小紅？我娘身邊的那個丫鬟？」修明澤這回臉色凝重了。這一點他倒是沒有想到，沒想到那個小子已經把自己的手伸到娘親的身邊去了。

「嗯，就是她！他們既然在一起，想必娘那裡的事情修明海應該全部都知道，或許連孫氏都知曉了。」韓香怡有些擔心地說，畢竟修明澤不傻的事情還不能暴露。

修明澤點了點頭，沈聲道：「還真是沒想到啊！這個修明海倒也聰明，知曉要從我娘身邊的丫鬟下手，那個小紅我有印象，長得不錯，野心也大，像她這樣的女孩子，最容易被修明海利用，只要修明海給她一些承諾，她就會幫他，並且不惜一切代價。」

說著，修明澤想了想，又道：「這樣說來，妳是打算將這件事告訴我娘了？」

「嗯，我打算明天就告訴娘，好歹也要讓她有個準備。」

「好吧，那就由妳去告訴娘，不過妳還要告訴娘，暫時不要揭穿小紅，咱們就當什麼都不知道，看看他們想搞什麼鬼！」

「好，我會告訴娘的。不過夫君，我還是擔心你每日都出去，真的好嗎？真的不會暴露嗎？那個小紅現在都成了孫氏的人，我真怕我們身邊也會有這樣的人。」韓香怡一臉擔心地說道。

修明澤笑了笑，伸手在她的腦袋上揉了揉，道：「我的傻娘子，妳就放寬心吧！我做事，妳放心，我雖然常在白天出去，可是絕不會有人懷疑的。」

「啊？這是為什麼呀？」韓香怡疑惑不解地問道。

「想知道？」修明澤雙眼一眯，一臉神秘地說道。

「嗯，我想知道，夫君，你就告訴我嘛！」韓香怡拉著修明澤的手臂，不停地晃動著。

「因為……她在咱們這邊安插了人，我也在他們那裡安插了一個人。」修明澤笑著說道。

「什麼？」韓香怡驚訝地捂住嘴巴，一臉不可置信。

「所以妳就放心吧，我既然敢做，就不會被人發現的，孫氏母子，說真的，我還真沒放在眼裡。」修明澤冷笑一聲，說道。

說完，修明澤再次露出一抹壞笑，在韓香怡害羞的目光中，一把抱起她。

頓時，月影朦朧，如泣如訴，雲卷雲舒，美妙蕩漾。

第十九章

清晨，陽光正明媚。

韓香怡簡單地吃過早飯，便獨自一人來到周氏的住處，將小紅已經是修明海的眼線一事告訴她。

她沒想到的是，周氏聽完也不驚訝，只是點了點頭，道：「其實我早猜到小紅不對勁了，只是不知道她真的變成這樣，也罷，隨她去吧！咱們就裝作不知，且看看他們有何作為。」

「娘，小紅這麼做，您不怪她嗎？」對於周氏的話，韓香怡倒是覺得詫異。

周氏搖了搖頭，道：「怪她又如何？她也是個命苦的，當年我之所以讓她做我的丫鬟，就是瞧著她可憐又機靈，她待在我身邊也有幾年了，人非草木，孰能無情呢？我只不過是替她感到惋惜而已，跟了那個小子，她……算是毀了。」

由於周氏不追究，再加上修明澤也不想打草驚蛇，小紅的事情算是告一段落，知情者都當這件事情沒有發生過，韓香怡也繼續過著每日忙碌的生活。

這種忙碌是快樂的，一想到很快就能見到娘親，韓香怡覺得再累都值得，同時更加堅定自己要好好地賺錢、買房，給娘親一個住的地方，最好是距離自己近一些，這樣便能常常去看她。

這些日子，修明澤倒是沒怎麼出門，每天都在院子裡老老實實待著，而且還拿著一本書，有模有樣地看著。

每每看到他，韓香怡都會想，他到底會以怎樣的方式將自己不傻的真相說出來呢？

就這樣，一轉眼三天過去了，這三天過得很是平靜，平靜得讓韓香怡都覺得像是錯覺。不過，平靜不過幾日，一件大事就要發生了。

近日有消息傳來，巡撫大人李明匡將到明尚書院考察，屆時明尚書院會舉行一場學生之間的友誼賽，有很多大人物會到場觀看。

修家自然也接到通知，時間就在明日辰時一刻。像這種大事，每個大家族的子弟都會摩拳擦掌，想要在那一刻綻放光彩。

「你明天會去嗎？」

是夜，夏風輕撫肌膚，帶著一種溫柔的感覺。韓香怡靠在修明澤的懷裡，坐在窗前，吹著風，心情舒暢。

「當然。」修明澤笑著，聲音中滿是自信與不凡。

「那你一定會是萬人矚目的焦點。」韓香怡捂嘴笑道。

「自然，妳的夫君出場必定不會平凡。」

若用一個詞語來形容今日的日頭，那就是毒辣。

未至仲夏，天氣已經很熱，馬車的簾子掀開著，吹進來的風都是熱的，熱得讓人嗓子發乾。

韓香怡拿起水袋喝了一口，溫溫的，即使嗓子還是不舒服，但聊勝於無。

「大少奶奶，大少爺怎麼沒跟著一起來呢？」香兒坐在一旁，不時向外張望，十分地興奮。

這種重大日子，她可從未見識過呢，想必到時一定會有很多大人物吧！

「他啊，會去的。」韓香怡笑著看向外面。

前面兩輛馬車都是修家人，只有韓香怡和香兒獨自乘坐後面的馬車，不過她無所謂，等過了今天，相信不會再有人敢無視她的存在，因為她的男人會在今天鋒芒畢露！

明尚書院，今日張燈結綵，顯得十分喜氣，此時院門外停著一輛馬車，那馬車正是巡撫大人李明匡的馬車。所有的馬車來到近前都會自動停下，恭敬地排在其後，就這樣，形成一個大排長龍的場景。

修家抵達的時間不算晚，但前面已有十多輛馬車在等候，各族子弟的家眷依次下車。

修芸從前面跑到後面，一把挽住韓香怡的手臂，嬉笑道：「還是跟大嫂在一起好，跟她們相處真是煩死了。大嫂，我哥他怎麼不來呢？真是的，回頭爹又該罵他了。」

韓香怡笑而不語。這個小姑子別的都好，就是嘴巴太不牢靠了，若她知曉她哥沒有傻，說不定早就說溜了嘴，所以只好不說，等會兒自然知曉。

見韓香怡不說話，修芸還以為她也因為這事生氣，便急忙安慰道：「大嫂，妳也別難過，我哥他就這樣，大剌剌的，這個時候不知道在哪裡玩呢！」

「嗯，我沒事，我理解。」韓香怡不能多說什麼，只能閉嘴不談。

見韓香怡不想說，修芸只好吐了吐舌頭，不再多說。

修家眾人朝著書院走去，沒想到卻正好遇見韓家人。

韓香怡明顯看到幾道不友好的目光，尤其是趙氏，那目光恨不得要吃了她似的，不過韓香怡倒也不懼，反而是十分淡定地淺淺一笑，直接忽略趙氏的存在，朝著王氏微微欠身，王氏則淺笑點頭作為回應。

「大嫂，那個人瞧妳的眼神好凶惡啊！妳們之間有什麼過節嗎？」修芸看著趙氏那惡狠狠的目光，不由縮了縮脖子道。

「我們？我們哪裡會有什麼過節呢，她可是我二娘，或許是她瞧不起我吧！」韓香怡一副委屈模樣地道。

「哼，那個女人真可惡，一看就不是什麼好人。」

修芸話剛一說完，便被周氏一個手指敲到腦袋上，小聲罵道：「妳個口沒遮攔的，這話妳都敢說，也不怕人聽到，小心妳爹罵妳。」

說著，周氏朝著韓香怡點了點頭。

韓香怡也笑著點頭，所有人之中只有她們兩個才知道今天要發生的事情。

周氏的情緒明顯很激動，此刻正拚命忍著呢！

韓香怡握住周氏的手，周氏點點頭，忍住激動，拍了拍她，小聲道：「我沒事，還挺得住。」

「娘，大嫂，妳們……有事瞞著我！瞧妳們的眼神就不對勁，什麼叫還挺得住？」修芸一下子便察覺出不對勁，立刻鑽進兩人之間，雙手扠腰問道。

「妳啊，哪兒都有妳的事，趕快走。」

周氏瞪了她一眼，拉著她朝前走去。韓香怡則是無奈搖頭，跟在後面。

習武場此刻已經坐滿人，一個又一個棚子被搭起，一個又一個叫得出名字的帝都大家族都被請來這裡，還有些人是不請自來，畢竟有這種盛事，怎麼能錯過呢！

待修家眾人坐定後，所有家族基本也都到齊了。

坐下後，只聽孫氏笑著道：「老爺，咱們家小海說他這段時間很努力地學習，今兒個保證給您長臉呢！」

修雲天聽罷，滿意地點了點頭，道：「嗯，小海這段時間的勤奮我都看在眼裡，相信他不會讓我失望。」說著，目光卻掃向韓香怡這邊，並沒有看到他想要看到的身影，不由搖了搖頭，又轉過頭去。

或許，這輩子自己都看不到那一天了。

就在此時，十幾道身影從不遠處走來。為首的兩人，一個是明尚書院的院長王壽山，而另外一個一身官服的國字臉男子想必就是巡撫大人李明匡了。

隨著他們的到來，所有家族的家主都齊齊起身，朝著他們走去。

很快地，十多個家主都聚集在那裡，眾人便在習武場中央處有說有笑地談論起來。

韓香怡坐在椅子上，看見家主們身後跟著韓朝鋒、韓朝陽兄弟和宋景軒、宋景書兄弟，也看到修明海等人，卻唯獨沒看到她的夫君。

這不由讓她藏在袖中的雙手緊緊地握在一起，一路上她強裝淡然，可她心裡卻並不平靜。

這一日對她夫君來說是一個十分重要的日子，對她來說又何嘗不是？

隨後眾家族家主紛紛散去，各回各的位置，李明匡也隨著王壽山一起朝著主位走去。

從兩人走路的前後順序可以看出，即便是巡撫大人，也刻意落後王壽山一步的距離，這一步看似很小，卻足以說明王壽山的地位。

想到這裡，韓香怡不由得思考，自己夫君到底是用了什麼辦法，才讓這個地位超然的院長大人認同他的呢？

所有人都落了座後，這場所謂的友誼賽也正式開始了。

今天比賽的比試科目分別是：樂、射、御、書。

首先考的是樂，其中樂考還細分為眾人齊奏與單人奏。

眾人齊奏部分，最先登場的是韓朝陽領頭的隊伍，共有十五人，只見所有人依次排開，站成三排，每人手中都握有一支簫。

嗆！

隨著一聲清脆的鐘聲敲響，十五人在韓朝陽的帶領下齊齊吹奏起來，頓時，習武場內簫聲悠揚，忽高忽低，時而高亢，時而嘹亮，這支由十五人齊聲演奏的曲子彷彿水波蕩漾一般，將所有人的心神都撫慰了一番，讓所有人都為之震撼。

一曲終了，在所有人都還沈醉於那美妙簫聲時，韓朝陽領頭的隊伍已悄然退去，隨後，身穿白色長衫的韓朝鋒獨自走入習武場的正中央，只見他手拿一支玉笛，放在唇邊，那模樣十分儒雅俊朗。

嗆！

隨著鐘聲迴盪，玉笛發出了一聲清脆聲響，緊接著，接連不斷的笛聲此起彼伏，猶如水滴大海，生生不息；前一刻是小溪流水淙淙，下一秒，卻如波濤翻滾，綿延不絕。

笛聲悠揚，如夢似幻，一曲笛聲吹入眾人心扉，讓人為之沈醉，無法自拔。突然，笛聲戛然而止，就在所有人還沒有反應過來的時候，那聲音竟是消失了，消失得那樣突兀，卻又似乎是在情理之中，像是到了那一刻，就該停止，若多了一分則餘，少了一分則缺，恰到好處，美妙猶存。

「嗯，不錯，不錯！」李明匡眼中滿是讚揚之色，看著韓朝鋒十分滿意。

這讓一直注視著主位的韓景福也露出笑容。他在意自己兒子出色的表現，更在意巡撫大人李明匡的反應，此刻看到後，他也是鬆了口氣。

接下來，出場學子演奏的是蘆笙，表演得也很不錯，但整體似乎比剛開始表演的簫聲差了一些。一曲終了，雖也贏得掌聲，但所有人都期待著接下來的單人演奏。

接續表演的是修明海，一身黑衣，若不看他的人品，倒也長得俊朗，只見他手拿琵琶，坐在椅子上，面向所有人一鞠躬，這才準備就緒。

鐘聲過後，修明海手指輕彈，琵琶聲油然而起，一曲悲傷一曲淚，琵琶特有的聲音帶給人們不一樣的感受，雖然明顯比不上韓朝鋒的笛聲，但還算不錯。

演奏後，李明匡也是微笑點頭，這讓不遠處的修雲天露出微笑，但他清楚，比起韓朝鋒，修明海還是不行。

接著第三支隊伍走了出來，為首的是宋景軒，就在此時，在場所有人的目光都被隊伍中的一人給吸引了。只見那人身材修長，一身雪白的長衫隨風擺動，筆挺地走在一側，臉上戴著面紗，將嘴巴以上的面容全部遮住，以至於所有人都看不清這個人究竟是誰。

所有人的心中都想著一句話：他是誰？

這是所有人心中的疑問，一個可以讓宋景軒都承認的人，那會是誰？他們想破頭都想不到，猜不透。

「不可能，不可能會是他。」一旁的休息區內，修明海搖著頭，一臉不可置信地自言自語。

「老大，你這是怎麼了？什麼不會是他？他是誰啊？」一旁的一個少年詫異道。

修明海沒有回答他的話，而是雙眼緊緊盯著那道身影，一臉不可置信，嘴裡一直嘟囔著「不可能、絕不可能」。

而在休息區的另一邊，韓朝鋒同樣看著那道身影，雙眼微微瞇起。那身影十分熟悉……

在看到那道身影的剎那，修雲天從椅子上站了起來，恨不得走過去將那面紗撕去，隨即他似是想到什麼，猛地轉頭朝後看去，此刻周氏正與韓香怡坐在一起，卻見兩人都是一臉淡定，心底的一絲想法不由有了動搖。

「老爺，您怎麼了？」孫氏沒太在意那個面紗男是誰，她只想著自己兒子表現得如何，卻見修雲天有如此舉動，也是嚇了一跳。

「沒事。」修雲天吐了口氣，然後不再說話。

孫氏感到一臉莫名，轉身看了一眼周氏與韓香怡，見沒什麼不妥，便哼了一聲，轉了回去。

此刻，韓香怡與周氏表面上雖淡定，可內心還是很緊張，兩人的手已經緊緊地攥在了一起。

當那道身影一出現，她們兩人便認出了他。

他出來了，以這樣的方式出現了！

「咦？這個人是誰呢？為何我有種很熟悉的感覺呢？……莫非我見過？到底是誰呢？」一旁的修芸看著那人，揉著腦袋，卻怎麼也沒個頭緒。

就在所有人議論紛紛時，演奏開始了。由宋景軒帶領，所有人都盤腿坐了下來，每個人的面前都擺放著一把古箏。

隨著鐘聲敲響，十五人便一起開始演奏，古箏是美妙的樂器，伴隨著眾人的演奏，美妙的旋律緩緩流出，如一潭清泉，將在場所有人的疑惑之心拉了回來，很快融入曲子之中。

不得不說，這一曲比之前兩個群奏要好上很多，一曲終了，所有人都覺得很舒服；不過，他們卻更為期待那個面紗男子究竟會演奏出怎樣的曲子。

就這樣，在所有人期待的目光中，宋景軒等人依次退下，場中只剩下面紗男子一人，他走到場地中央，盤膝而坐，面前放著一把古箏，這古箏十分特別，剛剛宋景軒等人的古箏皆為十三弦，這把則是十八弦。

當然，這還不是最特別的，最特別的是他的古箏兩端竟然都是用翠綠色的玉石鑲嵌而成。

在看到這古箏後，突然有學生叫道：「這……這是王先生所用之琴，名為玉月。」

王先生是明尚書院極為有名的樂師之一，教的便是古箏，所以在看到這古箏後，所有人都震驚了，要知道樂師都將自己的樂器視如己出，不會讓他人輕易觸碰。

這個王先生更是如此，他對自己的古箏可謂是愛護有加，誰要是敢擅自觸碰，就要被罰面壁一日，不許吃飯；可讓他們萬萬沒想到的是，這把他珍愛非常的玉月，竟然讓這個不知是誰的男子彈奏……

所有學生的目光都不由看向此刻正坐在院長旁的王先生，可他卻沒有絲毫憤怒，反而是十分淡然地坐在那裡，看著場中央，那眼中竟似充滿了期待。

這就讓所有的學生都不淡定了。

這……這人到底是誰啊？

所有人皆對面紗男子的身分感到好奇的同時，鐘聲再次敲響。隨著鐘聲漸漸消散，男子修長白皙的手指也觸碰到古箏的琴弦。

噔！

第一聲一出，頓時所有人都安靜了下來，緊接著，琴弦緩緩撥動，聲音如小橋流水一般，緩緩地、輕輕地流淌而出。

當眾人好似聽到溪水輕流一般時，突然曲調聲一轉，好似水流自高空直直落下，打入水面，瞬間蕩起層層波浪一般，波濤洶湧，隆隆作響。

時而如高山流水，時而如萬馬奔騰！

每一個聲音彷彿都直直擊入人的心扉，頓時，所有人都被這好似前無古人、後無來者的音律所吸引，如癡如醉。

時間流逝，那悠揚的曲聲還在繼續，大雨過後歸於平靜，滴滴答答，如屋簷落下的雨滴般清脆，充滿舒服的氣息。

叮叮咚咚！那是風吹樹葉沙沙響，那是鳥兒雙雙鳴叫之音。隨著樂曲，好似在所有人眼前都呈現出一幅美妙的景象，如同有一幅巨大的畫卷正在緩緩展開，上面是人間仙境。

隨著曲調流轉，一切都在這一刻變得美好起來。

突然，曲調再轉，平和瞬間化作猙獰，好似來到了戰場，廝殺，嘶吼，鮮血淋漓，氣勢如虹。

那是一曲壯歌，似乎所有人都身臨其境，為了自己的親人，為了自己的朋友，拋頭顱、灑熱血，那是一種壯士斷腕的瘋狂。

就當所有人都激動得渾身顫抖之時，曲調又驀然一轉，竟從那瘋狂之中歸於平靜，不過這一次，平靜之中卻流轉著悲戚，痛苦，難過。淚水在人們的眼中打轉，似是在為死去的朋友哀傷，又似在為懷中的親人痛苦，一切都在這一刻變得淒淒慘慘。

淚水已流出，可隨之而變的是一曲歡快的旋律，歡快中帶著勝利的喜悅、莫名的輕鬆，好似家園故土重現，好似歡歌笑語齊聚。

突然，聲音消失，眼前的畫面如同被一個錘子重重砸下，使得所有人的身體都為之一震，然後便從那環境之中脫離開來。

頓時，所有人都不由得看向那場中的面紗男子，他已經收回了雙手，緩緩站起，抱著古箏，向外走去。

不知是誰第一個鼓掌，緊接著掌聲依次響起，最後伴隨著雷鳴般的掌聲，面紗男子回到休息區。

「好、好、好！」李明匡眼角還有些濕潤，卻是哈哈大笑著連說了三聲「好」，聲音中透著一股激動。

「確實很好！」王壽山也是滿意地點了點頭，看著那面紗男子，滿是讚許之色。

再看那王先生，此刻更是激動地身子都在輕輕顫抖。

好，真的是好，好得不能再好！好劍配英雄，好的古箏自然要配上好的樂者，他自問自己不是，所以他有了決定。

「香怡！妳聽到了嗎？那是掌聲，是他們給他的掌聲！」此刻周氏的雙眼已經濕潤，身子也在顫抖。

這麼多年，一次一次的打擊，一次一次的強撐，讓她很是疲憊；可似乎所有的委屈、所有的不甘都在這一刻變得不重要了，因為自己的兒子做到了，他真的做到了，她很高興，也很欣慰。

「嗯，聽到了，香怡聽到了。」韓香怡也十分激動，可她還是控制住自己。

再看一旁的修芸，早已經淚如泉湧，一邊擦著眼淚，一邊哽咽道：「好好聽哦！他到底是誰啊，竟然這麼厲害。」

韓香怡與周氏對視一眼，皆露出了一抹笑意。

「王院長，您可知曉這個學生是誰？為何戴著面紗？」李明臣也忍不住問道。
王壽山呵呵一笑，伸手捋了捋自己的白色鬍鬚，搖頭道：「不可說，不可說。」
「王院長……」
「李大人，您就先等等吧，時機到了，您自然會知曉的。」
聽王壽山這麼一說，李明臣即便再好奇，也只能等了。他雖然身分不低，可無奈對方不是官，地位卻比官大。
皇上的老師，你敢得罪？除非不想活了，且皇上是個如此敬師之人，若是被他說上一句，那麼保准明兒個城門前就會掛著自己的腦袋了，所以他只得忍下好奇，等待王院長所說的那個時機。
樂的比賽已經結束，接下來比試的是射。
射的規則是所有學生分為三組，每組選一人出來比試。
第一個上場的是韓朝鋒，他在比試的白線前站定，只見他雙眼微微眯起，看著一百公尺外的靶子，取出了一支箭，將箭搭在弦上，拉緊。
鬆！
嗖！
第一箭剛射出，緊接著是第二箭，第二箭後緊跟著第三箭，這三箭竟是一箭追著一箭，好似在空中連成一條線。

隨著幾聲響，剛剛射出的三把箭全部射中靶心，而且三支箭全部穿透靶心，箭頭射穿靶子，釘在後面牆上。

頓時，叫好聲響起，所有人都被他這三箭折服。

李明匡也是一臉讚賞。

這韓朝鋒是個人才！

第一組比試完畢，第二組的代表人物則是修明海，此時的他還有些恍惚，目光看著不遠處休息區的面紗男子，嘴裡還在嘟囔著不可能。

直到一個小弟在一旁輕輕地推了他一下，修明海才回過神來，然後吐了口氣，暗暗想著：不管是不是自己想的那個人，自己都不能輸，不能！

他深深吸氣，再緩緩吐出。以前的他雖然玩世不恭，不怎麼愛學習，可這段時間他聽了娘的話，已經很努力在學習，其他的或許不敢說最好，但是射箭這項目，自從上次被自己老爹表揚後，他可是很努力地在練習。

這次一定不能丟臉，一定要讓所有人對自己刮目相看！

想到這裡，修明海從背後取出一支箭，搭在弦上，看準目標，嗖的一聲便射了出去。

砰！第一箭，正中靶心。

「好！」孫氏忍不住叫了出來。

一旁的修雲天瞪了她一眼，也看了過去，心中有些安慰，這小子終於有出息了。

緊接著，第二箭射出，依然是正中靶心；第三箭，箭搭弦上，他沒有馬上射出，而是雙手用力，雙臂肌肉鼓起，雙眼好似要看穿那箭靶子。

嗖！

下一秒，他手一鬆，那箭帶著呼呼之聲射了出去。

砰！

第三箭射中靶心——不，是射穿靶心，兩箭正中靶心，第三箭直接將靶心射穿。

頓時，在場的不少人也鼓起掌。

孫氏得意地笑著，彷彿在說，那是我兒子，可厲害著呢！

「沒想到他還有兩下子！哼！」修芸卻是在後面小聲嘟囔著。

韓香怡與周氏無奈搖頭，不過她們都清楚，比起修明澤，修明海還差得遠呢！

三箭射完，對於這成績還是很滿意的。修明海吐了一口氣，露出一抹得意的笑容走回去，路過宋景軒那組時，他還特意看了一眼那面紗男，卻發現他並未看自己，瞧那樣子似乎是在閉目養神。

修明海不由得心裡冒火，心道：哼，等會兒看你能拿出什麼樣的成績。古箏彈得好不代表箭就射得好，我等著看你出糗。你不可能是他，絕不可能！

「第三組上場。」

隨著話音落下，緊閉雙眼的面紗男子也在這一刻睜開了雙眼。

第三組出場的不是宋景軒，而是面紗男。

在「樂」的比試中，所有人都見識到面紗男的厲害，也能夠感受到他對樂的理解與演奏技巧都是所有學生中，當之無愧的第一。

所有人拭目以待，在接下來「射」的比賽中，他是否會再次獲得矚目呢？

就這樣，在所有人的屏息凝視下，面紗男緩步走到白線前站定，目光看向一百公尺外的箭靶，手裡拿著弓，從一旁的桌上取了一支箭，箭搭弦上，看準標的，一箭射了出去。

這一箭，似乎並未使出多大力氣，砰的一聲，箭射中了靶心，可是，僅僅只是射中靶心而已，並未將靶心射穿。

這一幕，不由讓在場所有人提起的一股氣瞬間鬆了下來，不少人好笑搖頭。

想想也是，古箏彈奏得那麼好，箭術應該不會同樣厲害，哪裡有樣樣都好的人呢？

「哼，果然，我就說你不會是他，絕對不會！」修明海呼出一口氣，那懸著的一顆心也放鬆了下來。

可就在所有人都覺得失望的時候，面紗男再次拿起一支箭，這一次他沒有急著射出，而是調整了一下力度，弓弦鬆鬆緊緊，幾下之後，他手臂向後用力，然後手指猛地一鬆。

嗖！這一箭的速度明顯比之前那一箭要快上許多，緊接著，砰的一聲響傳出，然後有木頭碎裂的聲音響起。

所有人定睛看去，頓時驚訝地瞪大了眼睛。

只見第二支箭竟然直接將第一支箭從箭尾射穿，箭身裂成兩半，在箭頭處停了下來。

第一支箭則是瞬間穿透箭靶，箭頭甚至都被射穿一半，而第二支箭則是順利地射中箭靶靶心。

這一幕，讓在場所有人都震驚不已。

這……這是怎樣的力量與準度啊！可以一箭將第一箭射穿，並且準確無誤地將第一箭劈成兩半，竟有如此厲害的眼力。

但這不是最令人震驚的一幕。當所有人還在回味那一箭的威力時，面紗男取出第三箭，第三箭與之前兩箭有所不同，因為他竟是將箭頭給掰了下來。

所有人都疑惑起來，這是要做什麼？沒有了箭頭，如何將箭射出？

當然，面紗男似乎在用行動為所有人解釋。

只見他將沒有了箭頭的箭羽搭在弦上，然後看著那箭靶靶心，手臂後送，將弦拉至全部緊繃，整支弓竟被他拉出一個最大的弧度，好似這個弧度就已經是極限，稍微再用力一些，弓就會斷為兩截。

就這樣，這個弧度與力度持續了五個呼吸的時間，他的手鬆開了！

離弦之箭恍若將周圍的空氣都射穿一般，在箭射出的一剎那，似乎有一股氣流在沒有箭頭的地方形成一個氣流箭頭。

呼嘯之聲在練武場漸漸顯現，這一箭太快，快得驚人！

在所有人還沒有反應過來時，那箭已經射中第二支箭的箭尾。

砰！嘐嚓！

第二支箭應聲碎裂開來，可是第三箭勢頭不減，又直接將箭身射在第二支箭的箭頭之上，這樣一來，就好像這第三箭的箭頭被第二箭所取代。

可隨即出現的一幕，卻幾乎讓所有人驚訝地張大嘴巴，因為這第三箭直接將第一箭推射穿了箭靶靶心，然後嗖的一聲，竟直接射在不遠處的一根木樁上。

而第一支箭的箭頭赫然狠狠地射入木樁內。

這樣神奇而又可怕的一幕讓在場的人都為之震驚，同時也在想，若是在戰場之上，這一箭的可怕力量足以射殺三人。

此刻，李明匡早已坐不住了，他雙眼直勾勾地盯著那面紗男，眼中露出一種想要將其抓在手裡的渴望。

王壽山則是在驚訝過後，也同樣滿臉的微笑，讚賞之色更濃。

「怎麼可能，這……怎麼可能！」修明海再也忍不住了，他似瘋掉一般地站起來，朝著那面紗男狂奔而去。

他要撕掉他的面紗，他要看看他到底是誰，搞得如此神秘，到底是誰！

「修明海，回去坐好！」一個先生大聲喊著，可他彷彿沒有聽到，繼續瘋狂地朝著面紗男跑去。

那先生見狀不由看向王壽山，卻見他依舊是一副淺淺的笑，那樣子，絲毫沒有要阻止的意思，於是只好忍了下來。

所有人的目光看著這兩道身影，由於他們也想看看這個面紗男到底是誰，心中希望修明海能撕下他的面紗。

不過，眾人當然失望了，只見那面紗男站在那裡，手裡的弓沒有放下，而是再次拿起一支箭，箭搭弦上，竟是將箭尖指向朝著自己跑來的修明海。

「不要！」發出一聲尖叫的是孫氏。

隨著她的聲音落下，面紗男手中的箭已射出。

嗖！

箭快若閃電一般地朝著修明海射了過去。

箭身似是帶著極大的殺傷力，直接從修明海的臉側掃過去，順便帶起一抹血花。

看那修明海，早已被嚇得呆立當場，再看他的褲子，竟是被尿給浸透了。

這一幕，讓他幾乎要崩潰。只聽他「啊」的一聲慘叫，轉身踉蹌地跑出了習武場。

一場鬧劇落幕，所有人卻沒有絲毫憐憫，反而是帶著看好戲的心情，再看修雲天，他的臉色已陰沈了下去。

王壽山卻開口了，只聽他淡淡地說道：「修明海擾亂比賽，接下來的比賽他不必參加了！好了，其他人繼續比賽。」

這話一出，所有人幾乎齊齊地看向修家這邊，孫氏更是被氣得直接昏了過去。

修雲天也是強忍怒火，可他還是穩穩地坐在那裡，一雙眼睛直勾勾盯著那面紗男。

那種熟悉而陌生的感覺，他到底是誰？

韓朝鋒深深地看了一眼面紗男，他的心中似乎已有答案，可他不願承認。

第二十章

接下來進行的比賽是御。

御，是指駕馭馬車的技術，一般用於戰場上。

從明尚書院出去的學生皆為全才，無論是做官還是上戰場，都比一般學生出類拔萃。

沙場上的戰車，是由四匹馬拉著的兩輪馬車，車上可站三人，左者拿長矛，右者拿弓箭，中間的人負責趕馬車，三人需要極佳的默契才能夠在戰場上配合得天衣無縫。

此次出戰的隊伍是韓朝鋒三人對戰宋景軒三人，至於修明海那一組則自動棄權，原本他們就不擅長御術，加上修明海已經不能參加比賽了，所以他們選擇退出。

習武場的兩邊各有兩輛戰車，不過這裡的戰車與沙場上的戰車不同，它是由兩匹馬拉著的，所以相對而言難度要小上一些，即便如此，駕駛起來還是有其難度。

畢竟一匹馬還可以控制，想要好好控制兩匹馬，不讓其分散開去，負責駕駛的學生必須具備很厲害的操控能力。

兩組各自來到自己的戰車前，韓朝鋒組裡的胖少年率先上了馬車，拿起馬韁繩，他是負責駕車的，而韓朝鋒與韓朝陽則分別負責長矛和弓箭。

宋景軒這一組，讓大部分人出乎意料的，選擇駕車的竟然不是宋景軒兄弟，而是箭術很好的面紗男。

莫非他駕車技術也很好？

宋景軒手拿長矛，宋景書手拿弓箭，兩組學生準備就緒，只等鐘聲敲響，比賽開始。

「哥，你有幾分把握？」拿著弓箭的韓朝陽看著對面的三人，尤其是那個面紗男，小聲地詢問道。

「四成。」韓朝鋒同樣目光灼灼地看著面紗男，低聲回道。

韓朝陽皺了皺眉，四成嗎？他了解自家大哥，他在做一件事情之前，都會分析這件事情的成功機率有多大，若沒有達到八成他是不會去做的。

可眼前的比賽，他卻只有四成的把握，也就是說，對面那個三個人真的是勁敵，尤其是……

想到這裡，他看向毫無露出樣貌表情的面紗男，不禁有些無奈。

這個傢伙到底是誰呢？搞得神神秘秘的，偏又這麼強，難怪哥哥會連五成的把握都沒有了。

正想著，卻聽一旁的胖少年道：「不管怎麼樣，你們就放心吧，駕車交給我，你們只管動手就好。」

「好，那車子就交給你了，小胖。」韓朝陽拍了拍胖少年的肩膀，對他的駕車技術，很有信心。

鐘聲一敲響，只見小胖一甩馬韁繩，兩匹馬頓時發出一聲長鳴，向著前面衝了出去。

比賽的規則是這樣的，兩組學生的身後各有五個不動的稻草人和五個移動的稻草人，雙方互為攻守對象，攻守時間每一輪為半炷香，哪組率先將對方的十個稻草人打倒，就算贏。

一方進攻、一方防守，進攻方不可使用長矛、弓箭抵擋對方攻勢，只能用武器打倒對方的稻草人；防守方則可以使用長矛，因此駕車的技術是勝負關鍵。

第一輪開始，韓朝鋒組為攻，宋景軒組為守。

只看宋景軒這一邊，面紗男駕著戰車快速向前奔馳，眨眼間便跑出很遠的距離，面紗男熟練地駕駛馬車，似乎早已經將駕車技巧爛熟於心。

兩輛戰車眼看著要衝撞在一起，就在這時，胖少年一拉馬韁繩，同時往左一擺，兩匹馬發出一聲長叫，隨著他向著左邊改變方向跑去。

可是，面紗男卻沒有讓他們過去的意思，只見他一甩韁繩，兩隻手同時將兩匹馬的韁繩分別往左右一扯。

只見那兩匹馬竟然朝著相反的方向齊齊地向著中間撞去，那兩匹馬竟然步調相同，朝著那企圖繞過他們的兩匹馬撞了過去，同時戰車上的宋景軒手中長矛一抖，直接向著其中一匹馬的後腿刺去。

要是刺中，必定有大量鮮血噴出，這匹馬也會瞬間倒地不起。

當然，胖少年也不是省油的燈，只見他兩隻手持續擺動，頻率越來越快，那兩匹馬似是感受到來自使韁人的意思，頓時齊齊往後退去，同時朝著另外一個方向扭轉。

面紗男見狀，也不著急，只見他雙手擺動間，兩匹馬已經齊齊後退，瞬間擋住對方的前衝之勢，就這樣，雙方一時間僵持不下，韓朝鋒這方竟是在幾次衝撞之下，都不能衝破對方的防線。

噹！

伴隨著鐘聲響起，第一輪時間到，韓朝鋒一方未能成功打倒對方一個稻草人。

緊接著第二輪開始，換作宋景軒一方進攻，韓朝鋒一方防守。

「小胖，你要加油啊！千萬不要讓對方過去！」

「放心吧，交給我。」

隨著小胖的聲音落下，只見對面的面紗男已經駕著戰車朝著這邊奔了過來。

「來了，堅持住！半炷香的時間！」

伴隨著韓朝陽的大吼，宋景軒的車已出現在近前。

韓朝鋒的戰車還沒有駕駛出多遠，便被對方的速度給震懾住了。

太快了，比剛剛還要快上許多。

只見面紗男雙手不停地舞動著韁繩，兩匹馬也不停閃躲，小胖漸漸變得有些吃力起來。

就在這時，面紗男抓住了一個空檔，一甩韁繩，兩匹馬直接從左側衝了過去。

就在這時，韓朝鋒反應十分快，兩匹馬剛剛過去，他一個轉身，手中長矛瞬間刺了過去。

眼看那長矛的矛頭快要刺中其中一匹馬的後臀時，就在這一剎那，那匹馬好似有了靈性，整個身子往前一縮，躲過了這一波攻勢。

原來，是面紗男察覺到了，也不知是做了什麼動作，竟讓那馬躲過了這一擊。

然後只聽小胖一聲大叫，調轉戰車追了上去。

可是前面的面紗男絲毫沒有在意，一邊甩動韁繩，一邊低聲道：「射！」

隨著面紗男低沈的聲音響起，眼看著進入射程範圍的宋景書更是毫不遲疑，從背後取出一支箭，箭搭弦上，嗖的一聲，那箭已經射了出去。

砰！

箭狠狠射在一個原地不動的稻草人胸口處，讓那稻草人隨著箭力仰倒在地。

噹！

鐘聲響起，這一輪，宋景軒組率先打倒對方的一個稻草人。

習武場四周掌聲雷動，剛剛兩組的戰車對戰實在精彩，看了以後讓人不禁熱血沸騰起來。

李明匡更是忍不住點頭，只覺得這些學生都是未來的希望啊！

接著，第三輪比賽開始。

韓朝鋒看著對方，突然低聲道：「這次咱們都慢點，不要著急，看見機會再衝過去，進入射程範圍看準便射箭，求穩！」

「好的，鋒哥！」小胖連忙點頭，然後駕著戰車朝對面駛去，這一回他們的速度倒是真的慢了很多。

面紗男依舊用著和第一輪一樣的速度，因為防守一方只能站在中線上抵擋，所以他停在那裡等待著對方的到來。

小胖駕著戰車來到中央，這一次他們沒有急著衝過去，而是駕著馬，企圖尋找可以突破的間隙。

不過面紗男不給他機會，反而選擇主動攻擊，只見他手一甩韁繩，兩匹馬便齊齊朝著對方衝撞過去。

小胖見狀，韁繩急忙往旁一甩，兩匹馬也向著一旁閃去，小胖又一扯韁繩，同時一揮，伴隨著啪啪兩聲，兩匹馬蹬著蹄子，朝著前方快速奔去。

就在這時，當小胖以為已經被他甩到一側的戰車不知何時出現在他們的面前，只見宋景軒手舉長矛，猛地往下一揮，直往韓朝鋒組左邊的馬刺了過去。

小胖見狀大驚失色，急忙勒住韁繩，同時往後撤去，這一次的機會便沒了。

時間流逝，這一輪也結束了，他們還是沒有打倒對方一個稻草人。

小胖此刻已經是滿頭大汗，累得氣喘吁吁。他對自己的駕車技術還是很有把握的，沒想到對方竟然更加厲害！

隨後的幾輪，攻守互換，每一次韓朝鋒這邊都沒能打倒對方的稻草人；反觀宋景軒這邊，已經連續打倒韓朝鋒組的四個稻草人，其中還包括會移動的，這樣一來，勝負已經十分明顯了。

韓朝鋒突然舉起手中的長矛，高聲道：「我們輸了！」

儘管他十分不願意說出這四個字，可他清楚，己方完全沒有贏的希望，繼續比賽下去也只是浪費體力罷了，所以他主動認輸。

小胖此刻已經累得快要趴下了，韓朝陽也放下弓箭，喘著粗氣。

他也很累，對於兄長主動認輸他倒沒有意見，畢竟這樣下去也沒有意義。

比試結束，勝利的一方是宋景軒三人，雖然如此，可所有人都清楚，真正配得上勝利兩字的人是那個面紗男。

從開始比試到現在，一局局下來，每一次他都給人全新的震撼。

先是讓人身臨其境、如夢似幻的古箏演奏，美妙絕倫的感覺讓人不得不驚呼此曲只應天上有，人間難得幾回聞；射箭比試時，每一箭都恰到好處，卻又十分震撼，讓所有人不得不將目光轉向他，因為他真的是很厲害；再論駕駛戰車，他又再次向所有人證明了他的非凡。

他可以彈奏，可以射箭，更可以駕駛戰車在戰場上所向披靡。

幾乎所有人都在猜測他的身分，對他感到十分好奇，這種好奇心也驅使著他們想要看到他更多的表現。

不得不說，他是全能的，他是無所不能的。

韓香怡默默地看著這一切，心裡的感受頗深。

她的夫君，靠著自己一步步走到現在，從小時候為了娘親而選擇裝傻，到現在為了讓娘親與自己不被欺負而選擇揭開真相，這一切都不是為了他自己，而是為了他身邊至親至愛之人。

他所做的一切，韓香怡都看在眼裡，也記在心中，同時也為自己可以成為他的女人而感到自豪。

「娘，大嫂，為何我覺得那個面紗男會是我大哥呢？我是不是產生錯覺了呀？我是不是糊塗了呢？為何我會有一種奇怪的熟悉感呢？」一旁的修芸一邊揉著眼睛，一邊無奈地說道。

韓香怡與周氏都是不由搖頭苦笑，越是到了這個時候，她們越是不能說出來，因為很快地，屬於他的時刻即將到來，到時候所有人都會知道他的存在，所以這段時間她們必須忍住。

見韓香怡與周氏都不理自己，修芸便嘟囔著不再說話了。

不過此刻，已經有人無法繼續淡定，那個人就是孫氏。隨著比賽一步一步進行著，她的注意力也不得不從自己兒子身上轉移到這個面紗男身上。

孫氏看著那面紗男恨得牙癢癢，又不能做什麼，所以只能狠狠地盯著他，可是隨著時間推移，她越看越心慌，越看越覺得彆扭，腦海中突然冒出了那個身影。

不可能是他！這絕對不可能的……那傢伙是個傻子，傻了這麼多年，那個面紗男怎可能會是他？再說他現在不知道在哪裡玩呢！這麼厲害的人怎麼可能會是他呢？

「我一定是想多了，一定是這樣的！」孫氏一邊搖著頭，一邊安慰著自己道。

眾人休息片刻之後，緊接著進行最後一場比試「書」，所考的是書法。

雙方派出的參賽代表，分別是韓朝鋒與面紗男。

韓朝鋒先出場，只見他手持毛筆，刷刷刷地寫了起來。他的字形變圓為方，筆劃改曲為直，字形優美，扁而較寬，韓朝鋒這麼一寫出來，頓時讓眾人感覺到一種不一樣的美感。

在其之後，便是面紗男了，在眾人期待的目光中，面紗男走到桌前，拿起筆，想也沒想便寫了起來。

他所用的書體也是與他的為人性格極其相似的草書。

狂亂中帶著霸氣，霸氣中帶著柔美，收放自如，無比灑脫，一篇文章寫下來，當真是筆走龍蛇，讓人嘆為觀止。

「好！」

王壽山滿意地點頭稱讚，然後不再多說，轉頭看向眾人，笑道：「想必考到這裡，大家也不需要我再考了，這最後一局，兩組全是滿分。」

王壽山說完，轉頭看向韓朝鋒，示意他可以下去了。

韓朝鋒看了一眼面紗男，立刻明白了意思，行禮離去。

王壽山走到面紗男的身邊，看向眾人，拍了拍他的肩，道：「想必大家都很好奇，這個少年到底是誰，他可是我明尚書院的學生？我可以告訴大家，他在很多年前便是我明尚書院的學生。」

說到這裡，他似是感慨地道：「一晃這麼多年過去，我這一把老骨頭所教的學生數也數不過來了，可是這麼多年能讓我深深記住的學生卻不多，呵呵，說來慚愧，年歲大了，腦子也是越來越不好了，想記住卻記不住，唯獨他，這個小傢伙卻是讓我記住了。

「無論是一年還是五年，抑或是十年，我都記得住，所以當他找到我時，我想也沒想便答應了。這是個好苗子，想必大家也都看得清楚，他有才、有能，像他這樣的小子不該被埋沒。來吧，解開你的面紗，讓所有人看看你的樣子吧！」

隨著王壽山的話音落下，在場所有人都不由往前傾了傾身子，目光灼灼地看著面紗男，只期待這面紗快點被摘掉，好讓他們看看這個如此厲害的少年到底是誰。

面紗男點了點頭，可他並未馬上摘掉面紗，而是緩步朝著修家所在的地方走去。

所有人都帶著奇怪的目光看去，好奇他這是要做什麼？

可他接下來的動作卻讓所有人都驚訝了。

只見他走到韓香怡與周氏的面前，伸出了兩隻手，輕聲道：「讓妳們久等了！」

韓香怡與周氏在這一刻激動地伸出手，淚水早已止不住地流下來。

一旁的修芸則是呆呆地看著這一幕，這一刻的她腦子顯然不夠用了。

這是……什麼情況？

可是還沒等她反應過來，面紗男已經拉著韓香怡與周氏朝著習武場中央走了過去。

就在他經過修雲天身邊時，修雲天叫住他，低聲道：「你到底是誰？」

面紗男轉頭看了他一眼，卻沒有說話，而是逕自帶著韓香怡與周氏走到王壽山身旁，朝著他點了點頭，三人站在了一起。

面紗男目光掃過眾人，笑著道：「對於我的身分，想必很多人都在好奇，我是誰？我為何會出現在這裡？我為何會戴著面紗？其實這些疑問只有一個答案……待我揭下面紗便清楚了。」

話音落下，他伸出手，抓住自己耳後的面紗，輕輕一拉。

面紗被他揭了下來，隨著吹來的風，飄向天空。

這一刻，幾乎所有人都伸長脖子看去。

當他們看見面紗男的真面目，眾人都在那一刻驚得呆住了，所有人的表情都從驚訝到詫異再到不可思議。

因為隨著面紗摘下，所有人都清楚地看到，面紗後竟然是一張眾人十分熟悉的臉，那個人竟是修家的長子——修明澤！

這名字在所有人的腦海中迴盪著，彷彿一道雷擊中所有人的神經，使得他們都目瞪口呆地看著，或張大著嘴巴，或伸著脖子，都不敢相信自己的眼睛。

這個人，這個古箏彈得好，箭術精湛，駕車熟練，且書法習字如行雲流水般的男子竟然是修明澤？這怎麼可能？一定是自己看錯了，一定是自己眼花了……

所有人都如是想，也有很多人伸手揉了揉眼睛，可再睜眼時，依舊是那道身影、那張臉。打死他們也不會看錯，於是所有人在瞬間明白了一個答案。

那就是他……不傻！

一個傻了六、七年的人突然不傻了，讓眾人在一時之間反應不過來。

尤其是修家人，除去韓香怡與周氏以外，其餘人也都是一臉不可置信的模樣，孫氏更是直接昏了過去，這個刺激比起剛剛的來說要更大。

修雲天則是瞪大雙眼看著，他一直都覺得這個面紗男很熟悉，可就是想不起來；他也曾想過這人或許是自己的兒子修明澤，可他很快就否定了，自己兒子傻了，是不爭的事實，雖然他不願承認，也必須要接受。

如今，當修雲天看到那站在習武場中央的身影，挺拔地向所有人證明他不傻時，他的第一反應就是，想搧自己一巴掌。

老子不認識兒子，在他看來，可笑，實在可笑！可他更多的還是驚喜與欣慰，驚喜的是修明澤不再癡傻，欣慰的是自己終於有了繼承家業之人，即便現在死，也無憾了！

不得不說，在修雲天心裡，即便還有修明海，他也不想讓他接手修家！如今在知曉修明澤不傻後，他前傾的身子靠回到椅背，然後長長地吐出一口氣。

這回他是真的輕鬆了！

同樣震驚的還有宋家與韓家，尤其是韓家，上上下下都對修明澤不是傻子這件事情耿耿於懷。

只聽韓如玲恨恨地道：「他竟然不是傻子，而且還這麼厲害，我的天啊，那不是便宜了那個賤女人嗎？我的天，氣死我了，真是氣死我了！」

韓柳靜眼中也閃爍陰冷的光芒。

有些人注定只應該低賤地活著，可偏偏韓香怡天生就有那狗屎運氣，這不得不讓人懊惱，原本不在乎她的韓柳靜在這一刻，於心底生出一顆嫉妒的種子。

有些人就是得不到才嫉妒別人，而韓柳靜就是這樣的人。

至於韓朝鋒，他倒是這裡面最為鎮定的人了，因為他在面紗男出現的時候就開始懷疑，當第一局比試結束後，他就已經確定，此人就是修明澤。

因為他很早之前就曾懷疑修明澤在裝傻，只不過一直沒有得到證實，也只能將這疑惑放在心裡。

不過當他看到面紗下的面孔時，儘管心中早有定論，等到親眼所見時，還是有些吃驚。

「哥，你怎麼都不驚訝啊？莫非你早知曉他不傻？」韓朝陽已經驚呆了，轉頭卻見韓朝鋒表情淡定，絲毫沒有驚訝的神色，不由詫異問道。

「之前只是懷疑，只不過現在得到了證實，所以也就沒什麼可驚訝得了。」韓朝鋒淡淡地說著，站起身子，朝著習武場外走去。

這裡現在已經沒有他的事了，他心裡很清楚，今天所有的一切只不過是為了襯托修明澤而已，至於自己，充其量也就是推他上去的一雙手罷了，全場焦點，已不屬於自己。

韓朝陽見韓朝鋒走了，也大叫著追了上去，不過跑時還不忘回頭深深地看了那道身影一眼。

「澤哥真的很耀眼啊！」宋景書慵懶地靠在椅背上，臉上蓋著打開的扇子，輕聲道。

「嗯。」宋景軒點了點頭，一臉激動。

所有人都驚訝，所有人都不解，所有人都恍然。

當所有人都看著修明澤時，修明澤緩緩開口了，只聽他微笑著說道：「從大家的表情，想必已經猜到，沒錯，我不傻，或者說，我從未傻過！今天我站在這裡，除了想告訴大家我不傻以外，還有一件事要讓大家知道。」

說到這裡，他的目光掃過眾人，然後聲音漸冷地說：「我回來了，所以有些債也該還了！以前欺我、辱我之人，你們可以準備接受我的回擊了！」說到這裡，他嘴角上揚，再次驕傲地說道：「請你們記住今天，記住今天的我，我是修明澤！」

話音落下，如滾滾雷音，在所有人的耳畔迴盪，久久不散。

他是修明澤，真正的修明澤在沈寂六、七年之後，回來了。

看著呆滯的眾人，修明澤不再多言，拉著韓香怡與娘親離開了，這就是他要的結果。早在半個月前他就已經告訴王壽山真相，王壽山當時很驚訝，但更多的是欣喜。正如他自己所說的，他老了，記性不好了，可是有些人、有些事即便記性再差，也都記得住，說的便是修明澤。

於是這半個月裡兩人一直暗中有來往，修明澤在夜晚沒事就到書院看書、射箭、騎馬，反正大晚上的也沒人看著他，因此這段時間韓香怡總是在晚上看不到他的人，他都在書院做這些事呢！

看著修明澤遠去的背影，王壽山滿意地捋著鬍子，眼神充滿著溺愛。

巡撫大人李明匡已經從其他人議論的話語中知曉修明澤的事蹟，也不由暗暗吃驚，因為他早聽說過修家有個傻子，傻了很多年，沒想到他竟然是在裝傻，這就真的讓他覺得不可思議了。

「王院長，這……」

「巡撫大人，您也都看到了，他就是修明澤，修家大兒，論才華，琴棋書畫樣樣精通；論武功，他更是騎馬射箭無一不能，這樣的人才您覺得如何？」

李明匡之前還在猶豫，現在聽王院長這麼一說，頓時倒吸了口涼氣，這樣的人若是能為朝廷所用，必定會為朝廷帶來一股強大的力量。

所以他激動地道：「王院長，此子的確不俗，剛剛所有比賽還歷歷在目，他是個百年難得一見的人才，不知您可否讓他……」

「李大人，實不相瞞，我曾私下跟他談過了，可他志不在此，所以老夫實在愛莫能助；不過若大人真的喜歡他，不妨自己去試一試，成不成暫且不說，起碼不會後悔。」

聽著王院長的話語，李明匡覺得甚是有理，便點頭道：「王院長您說得對，我是該親自去拜訪。」說著，他將目光看向修家所處方位，看來自己真的要去修家一趟了。

修家，大廳。

大廳裡安靜至極，似乎連一根針掉落在地上都可以清晰聽到。

此刻，修雲天坐在椅子上，看著下面站著的那道身影，只是看著，卻沒有開口。

而修明澤也是站在那裡看著他，沒有開口，父子倆你看著我，我看著你，誰都不知該說些什麼。

十一歲就開始裝傻的他，直到現在，已經六年了！這六年來他們父子倆從未正正經經地說過一句話，甚至都不曾認真看過對方一眼。

六年，時光流逝，曾經不懂世事的小孩子如今已經變成樣樣精通的男人，這六年的時光，讓兩人之間的關係在這一刻變得有些尷尬、有些陌生，似乎不知該怎樣開口打破這樣的局面。

終於，在沈靜了一炷香左右的時間後，修明澤開口了，只聽他輕聲道：「您還失望嗎？」

修雲天身子一顫。

失望？是的，他曾經失望過，而且十分失望，自己一直看好、一直想要好好栽培的兒子，在一夜之間變成只會傻笑的癡傻兒子。

望子成龍這是每一個做爹都會有的心情，可當這個期望被無情地刺破時，那種痛就是蝕骨的痛。他這個從不流淚的男人也在那一夜一個人躲在書房裡偷偷哭過，他恨自己，恨自己沒有保護好他，他恨自己讓他變成了這個模樣，那時的他，心很痛，卻無力回天。

如今，時隔六年，再次看到修明澤站在自己面前，以一個正常人的狀態問自己，他突然骨鯁在喉，很多話在這一瞬間都不知該如何去表達。

失望嗎？曾經確實有過，可現在，他只有驕傲。

修雲天搖了搖頭，長長吐了一口氣，才道：「現在，我不失望，因為我的兒子不一般，現在的你，是我的驕傲！」

修明澤笑了，笑得很開心，如孩童一般地笑了。六年來被人欺辱、被人暗地裡辱罵，他都默默地承受，可他不恨他的父親，錯只錯在他娶了一個不該娶的女人。

害自己的是她，不是他。

修明澤其實也十分愧疚。自己這六年來從未幫爹爹做過什麼，當父親坐在書房裡暗自流淚時，他看到了，他也感到心酸，可他卻只能維持原定計劃，因為他想要變強且安穩地生存下去。這府裡有太多人想要害自己，那時的修家還沒有如今這樣強盛，所以都是靠修雲天一個人獨自扛著這一切。

如今他做到了，他也可以面對父親了。

父子兩人相視而笑，六年的陌生似乎都在這一笑間消散而去，留下的，只是親情，父子之情。

看著兒子開心的笑容，修雲天臉色卻突然有些暗淡。

「其實我早該想到的，我兒如此聰明，又怎麼變成傻子呢？兒啊，你這麼做是不是因為……」後面的話他沒說，因為他知道，卻不願意去想。

修明澤看著修雲天，臉上的笑容也收斂了起來，

父子倆似乎刻意避開這話題，閒聊片刻後，修明澤便以今日比試身心較為疲倦為由先行告退。

出了大廳，走在院子裡，修家所有的下人看向修明澤時，眼神都是十分怪異。因為他們都聽說了，修家大少爺不是傻子，這些年都是裝的，也就是說，這些年他們對他所做的事情，他其實都清楚，可都忍下來了。

所以很多下人在看到他時，都是一臉驚恐，生怕他會衝上來對他們大打一頓，或者直接叫他們滾蛋。

可是修明澤不會這麼做，原因很簡單，人善被人欺，人傻被人鄙，這他很清楚，所以他不在乎這群下人怎麼看自己，他也懶得投注過多心神在他們身上。

讓他在乎的另有其人，即便要報復，他也早有人選。這些年，他已暗暗將那些對自己不好、對修家不好的人一一記下，並且將他們的把柄狠狠抓在手裡，如今真相曝光，他要做的，就是一個一個扯下他們的面具，讓他們原形畢露。

他自認不是一個大度的人，如今有了這個實力，他還不踩死他們？要是放過他們，那才對不起自己呢！

自己傻了六年，能白傻嗎？顯然是不可能。

所以當他決定把自己不傻的事情公布出去前，就已經做好一切準備，只等著時機一到，全部解決。

這樣，自己這六年才不算白過啊！

第二十一章

隨著修明澤不傻一事被人口耳相傳，不少人都對這個修家大少爺能隱忍六年的行徑感到十分佩服。大部分人心裡都跟明鏡似的，知道修明澤之所以裝傻，想必是為了躲避某些人的迫害。

不過也有少數人對於修明澤的做法表示不解，當然，每個人都有每個人的想法，修明澤也沒心情去理會，既然他選擇將自己不傻一事說出來，就沒想過要讓所有人都理解。

在他恢復成正常人之後，有些事情也產生變化。有些人對他沒了以往的那種不屑，遠的不說，光說修家大院內的丫鬟婆子、男男女女，見到修明澤都是大少爺長、大少爺短的，這讓他還有些不太適應，畢竟這麼多年自己早已習慣走到哪裡都沒人管、沒人問，倒也樂得自在。

可是現在自己走到哪裡，都有人來問好，即便是隔著老遠，都要跑來說一聲大少爺好，才肯離去，讓修明澤哭笑不得。

這些傢伙，一個個牆頭草的性格還真是……

修明澤回到小院，見韓香怡正用雙手撐著下巴發呆，便笑著走過去，坐到她身邊，道：

「想什麼想的這麼入神？」

韓香怡見來人是自己夫君，搖了搖頭，道：「沒什麼。」

修明澤哪裡瞧不出她在想什麼，伸手拉住了她的手，笑著道：「放心吧，答應過妳的事情我不會忘的，過兩天咱們就去將娘接過來吧！」

「真的？」韓香怡立即露出驚喜的表情，隨即又擔心道：「可是你的事情都解決了嗎？」

她清楚，修明澤揭露真相後，會有很多事情要做，這個時候叫他陪自己去接娘，也不知道好還是不好。

修明澤見狀，不由伸手在她的腦袋上揉了揉，親暱道：「傻丫頭，再大的事情也比不上將娘接過來重要，放心吧，這一天、半天的也耽誤不了什麼。」

「嗯，那好吧，過兩天咱們就把娘接回來。」韓香怡開心地點著頭。

這些天，她確實很想念自家娘親，恨不得早點見到她，期盼著早點接她過來享清福。她覺得這是自己應該做的，也希望看到娘為她驕傲的笑容。

就這樣，兩天的時間轉眼即過，修明澤不傻一事依舊是帝都百姓茶餘飯後的聊天話題。

這一日，院子裡來了個丫鬟，說老爺叫他們去書房一趟，有事要說。

修明澤和韓香怡兩人便一起離開院子，朝著書房走去。

「爹爹這個時間叫咱們會有什麼事情呢？」

「不清楚，去了就知道了。」修明澤搖了搖頭，表示自己也不清楚。

兩人來到書房前，見門半掩著，屋內的燭光透了出來，將青石板地面照出一道長長的光影。

兩人推門走了進去，見修雲天坐在那裡藉著燭光看書，便道：「爹，您叫我們來有何事？」

修雲天放下手裡的書，藉著燭光，韓香怡看到那是一本棋譜。

修雲天看著兩人，笑著道：「都坐下吧，坐下說。」

待兩人坐下後，便聽修雲天道：「香怡啊，這段時間也是苦了妳，沒想到這臭小子竟然是在裝傻，這一裝就是六年，妳不會多想吧？」

「不會的，爹，我嫁給夫君的時候就已經接受他的一切，即便他現在仍然是以前的樣子，我也不會改變，還請爹爹放心。」韓香怡忙搖頭說道。

雖然不清楚修雲天為何會有此一問，但她還是老老實實地回答了。

修雲天點點頭，笑容不減，思索了片刻，然後再次看向韓香怡，道：「香怡啊，妳看，妳和明澤成親也有大半年了，當時明澤是因為裝傻，所以……」

後面的話他沒說，但那意思很明顯，當時因為修明澤是個傻子，所以才娶了妳，要不然怎麼輪得到妳呢？

「爹，您想說什麼？沒什麼事我們就回去了。」修明澤皺了皺眉，說著便站起身。

「臭小子，你爹話還沒說完呢，你要去哪兒？給我坐下。」修雲天低喝了一聲。

這臭小子，也太不給自己面子了，自己好歹也是他爹啊！

韓香怡也拉了拉他的袖子，修明澤這才又坐了下來。

「咳咳。」修雲天乾咳了幾聲，然後想了想，又道：「現在明澤這小子不傻了，又有之前在明尚書院的那些表現，所以現在很多人都來提親，說要讓自己的女兒嫁給這臭小子；原本我也沒想答應，可是妳也知道，有些人是咱們修家不能得罪的，所以……」

所以要讓他再娶一個、兩個？

韓香怡心裡一沈，原本並未想到這麼多，因為那個時候修明澤是個傻子，誰願意嫁？平民百姓門不當、戶不對，門當戶對的又不可能把自己的女兒嫁給一個傻子，而她恰好是屬於兩者之間的存在，她的身分低微，偏又是韓家的女兒，加上修、韓兩家想要交好，所以才結下這門親事。

如今卻不同了。他不傻，且文武全才，長得也如此俊美，又有很好的家世，這樣的男子哪個姑娘不想嫁？這不，才兩天的時間，就已經有超過五家來詢問親事了。原本修雲天也不想理會那些人，畢竟當初自己兒子是傻子時，他都上門拜訪過，可他們當時是怎麼說的？

「實在是抱歉，小女年紀還小，不能嫁人啊！」

都是些狗屁話，十五、六歲嫁人哪裡小了？

所以修雲天都斷然拒絕了，當初你們拒絕我，如今我也不會答應你們。

可是，今天下午，卻來了一個他得罪不起的人——巡撫大人李明匡，他拜訪修府，很明確地表示希望可以將自己的小女兒嫁給修明澤，且必須要做妻。

李明匡在來之前已經調查過，修明澤現在的妻子韓氏只是個丫鬟生的丫頭。當然，他向修府提出這門親事很明顯是想要拉攏修明澤，畢竟當時修明澤在明尚書院表現得實在太出眾，他不動心才不正常。

修雲天不能拒絕，也不想拒絕，因為對方的身分，也因為對方的態度，所以他才思考再三，決定找他們談談。

至於為何不只叫修明澤一人？因為他瞭解自己兒子，以他的脾氣幾乎不可能答應；而他清楚韓香怡是個好說話且聽話的人，所以才想叫兩個人一起來談這件事，或許可以說動兒子。

韓香怡沒說話，可修明澤卻開口了，只聽他冷哼一聲，道：「我不會再娶，今生我有她一人足矣！」說著，他握住韓香怡的手。

修雲天沒有生氣，他瞭解自己兒子，也早預料到會有這種情況，他看向了韓香怡，笑著道：「香怡啊，妳說說妳的想法吧！」

韓香怡的想法還需要說嗎？當然是不同意啊！可是她現在能說什麼？

就在她猶豫不決時，修明澤再次開口了，只聽他冷漠道：「爹爹您也不必問她了，她聽我的，我說不行就是不行，沒什麼好說的了。」說著，便站起身子，要拉著韓香怡離開。

「坐下，我還沒說完呢！」修雲天又是大聲喊道。

修明澤想不理會，直接走掉，可韓香怡卻拉著他，他也只能無奈地再次坐下。

待兩人坐下，修雲天才長嘆了一口氣，看著修明澤無奈道：「臭小子，你就知道自己喜歡，你可知道來咱們家提親的人是誰嗎？」

「是誰與我都沒關係。」修明澤卻冷哼一聲道，他根本不想知道。

「你……哎，你啊，耍性子也不看看時候，來咱們家提親的是巡撫大人。」修雲天無奈地搖了搖頭。

「是他？」修明澤眉頭皺了起來。

若是一般家族，無論是誰他都不在乎，可李明匡是官，又是個大官，這樣一來，確實就有些困難了。

「他怎麼會想要來咱們家提親呢？」修明澤皺眉輕語。

「因為什麼？還不是因為你這臭小子表現得太好且優秀，人家李大人看上你了，把女兒嫁給你不就是想要拉攏你嗎？」

修明澤也清楚，只是不想承認而已，此刻見自己老爹已經說明，他也只能搖頭，正要說些什麼，修雲天卻急忙道：「你爹我沒想要給你找什麼女人，香怡是個不錯的丫頭，其他人我也看不上，他們來了我全都一一拒絕了；可是明澤啊，這個不同，他是官，是巡撫大人，咱們得罪不起。」

說著，他又看了看一旁低著頭的韓香怡，嘆了口氣，道：「李大人來的時候說得很明確，說要他的女兒嫁給你做妻。」

「做妻？哼，我的妻只有香怡，其他人都不能取代。」修明澤冷哼一聲說道。

韓香怡聽罷，心裡一暖，輕輕握了握修明澤的手。

這個情況下，她什麼也不能說，怎麼說都不對，她能做的就是聽修明澤的話。

「哦？那你的意思，做妾也成？」修雲天抓住了修明澤話中的漏洞，喜道。

修明澤想了想，然後皺眉道：「您去跟巡撫大人說，叫他先把女兒帶來讓我看看，萬一是個歪瓜裂棗想要硬塞給我，我可不要。」

「那你的意思是……你能接受她做妾？」修雲天驚喜地問道。

「我沒說，我只是說先瞧瞧而已。」說完，他便拉著韓香怡離開了。

韓香怡自始至終都沒有多說什麼，可在聽到夫君說要見對方時，她心裡不由一顫。果然男人都是這樣的嗎？她倒也沒有多麼抗拒，畢竟在這樣一個地方，男人三妻四妾本就平常，有錢有權有勢的男人更是可以娶個三房、五房。

因此她很羨慕沈美娟，她嫁的男人這輩子只娶她一人，她是幸福的，她不需要將自己的男人與別的女人分享。

韓香怡此時腦子裡思緒很亂，以至於她都不曉得自己是何時回到住處的，被修明澤喚回神後，她愣愣地看著他。

由於思緒複雜，她也不知要說些什麼才好。說什麼？叫他不要再娶？若他執意要娶，自己又能怎樣？

看著韓香怡那呆呆的模樣，修明澤就知道她想多了，伸手在她額頭上一敲，笑著道：「妳啊，有事沒事就會胡思亂想，妳是不是以為我要娶那個巡撫大人的女兒？」

「難道……不是嗎？」韓香怡傻傻地問道。

「妳連妳夫君都不相信？」修明澤佯裝生氣地道：「妳覺得妳夫君是這樣的人嗎？」

「不是！」韓香怡忙搖頭。

修明澤嘴角揚起，道：「嗯，我不是這樣的人。」

「那你剛剛……」

「哎！」修明澤一把抱住韓香怡，摸著她的頭，柔聲道：「我若不答應，爹不會放咱們走的，況且我這樣說也是因為不想要讓爹為難，他不好拒絕，那就由我去拒絕，雖然這樣不好，可我也只能如此做了。」

聽到修明澤這麼一說，韓香怡懸著的一顆心總算放了下來，靠在修明澤的懷中，感受著他的溫暖。

韓香怡不由心中一動，裝作語氣酸酸地說道：「你若真想，娶了便是，我不會反對的。」

「有了妳以後，我的心裡再也裝不下別人了。」修明澤深情地說完這句話，隨即不等韓香怡感動，便又戲謔道：「當然，若妳想，我娶了便是。」

韓香怡一怔，隨即氣道：「討厭，你若真娶，我就不理你了！」

「不理我？那我就讓妳不能不理我。」說著，修明澤一把抱起韓香怡，朝著屋內走了過去。

「香兒還沒睡呢，你不要胡來啊！」韓香怡驚叫著，伸手就要推開他。

可修明澤哪裡肯放手，只見他嘿嘿一聲怪笑，道：「怎麼叫胡來呢？咱們這可是為了給修家傳宗接代呀！這是大事，說不定妳懷了修家的孫子，爹就不會再給我找小妾了，哈哈哈！」

伴著修明澤大笑之聲，屋內一片春光明媚，繾綣纏綿不休。

對於韓香怡來說，今天絕對是最不好過的一天，因為她的夫君要去與巡撫大人的閨女見面，而她也選擇一同前去瞧瞧那女子長得如何。

兩輛馬車一前一後，行駛大約一炷香的時間，最後來到一家酒樓前。

因為他們提早到達，所以兩人一起上樓，之所以沒有坐在一起，是怕被一些人看到後說出去，這樣會讓巡撫大人難堪。

這次會面安排了兩間包廂，待賓客到來後，韓香怡會進到另外一間包廂；由於包廂之間僅用屏風擋住，可以輕鬆地拉動，她不僅能聽到隔壁的聲音，也可以透過屏風的縫隙看清對面包廂的一切。

「妳看起來很緊張。」修明澤看著臉色有些僵住的韓香怡，不由調笑道：「是不是怕我等會兒看上那個巡撫大人的女兒？」

「我才沒有緊張，我也不會擔心。」韓香怡強裝鎮定，眼看時辰差不多了，她轉身往另一間包廂走去。

修明澤笑著搖了搖頭，他喜歡逗她，每次看她這樣都會覺得很舒服，他不希望自己的女人愁眉苦臉。

正想著，門外就傳來敲門聲，修明澤收回目光，走上前打開門。

只見三個人站在門外，有兩男一女，男的是李明匡，另外一個看其裝扮應該是護衛，至於那個女的應該就是巡撫大人的閨女了。

這是一個不算漂亮卻模樣可愛的女孩子，估算著也就十五、六歲，見修明澤看向自己，她便害羞地低下頭，一副嬌羞的模樣惹人憐愛。

不過修明澤僅是淡淡地轉過頭，看向李明匡道：「見過巡撫大人。」

「在這裡就不必如此客套，咱們裡面聊吧！」

修明澤讓開身子，讓三人走入，待幾人坐下後，小夥計已經準備上菜了。

「也不知道您喜歡吃什麼，我便吩咐他們把這裡的好菜都送上來。」修明澤微笑地說著，目不斜視，配上那俊美的外形，真是讓一旁的小女孩看得心花怒放。

「好。」李明匡笑著點頭，隨即看了一眼自己的女兒，道：「我就叫你一聲明澤吧！明澤啊，我這個人也不是個喜歡拐彎抹角的人，有些事情咱們就說明白一些。」

說著，他頓了頓，才道：「我的事情你爹應該已經告訴你了，你有什麼打算？我女兒阿玲你也見到了，雖不能說是傾國之貌，但長得也不錯，你若喜歡……」

「李大人。」修明澤打斷了李明匡的話，然後微笑著道：「這件事情咱們暫且不談，先吃飯吧，吃完了再說。」

李明匡見狀，摸不清他的想法，只好點點頭，表示同意。

很快，飯菜都上齊了，擺滿一大桌子，三人有說有笑地吃起來，沒一會兒大夥兒便都吃飽了。

等夥計們撤下菜盤，又上了兩盤水果，李明匡才接著剛剛的話題道：「明澤，你也見過小女了，你覺得如何？可配得上你？」

修明澤吃了一塊蘋果，然後面帶微笑地說道：「阿玲小姐很好，不要說配不配得上我，該說我能不能配得上她。李大人……」

「別叫李大人，生分，叫我明叔。」

「明叔。」修明澤也沒在意，接著說道：「您的女兒嫁給我，實在是委屈了她，您也知道，我已經有夫人了。」

「這有什麼，男人三妻四妾再尋常不過，我也娶了三個，這沒什麼；而且我女兒嫁過去是做妻，沒什麼委屈不委屈的，就是怕你看不上。」李明匡一擺手，說道。

修明澤搖了搖頭，道：「明叔，這不可能的。」

「什麼不可能？」

「即便阿玲小姐嫁給我，也只能是妾，因為我已經有妻子了。」修明澤看著李明匡，目光中沒有絲毫的妥協。

李明匡微微一怔，心想：這小子這話是什麼意思？莫非想讓他的女兒去給人做妾？這怎麼可能！以他巡撫大人的身分，自己的女兒若是給人做妾，那他這張老臉該往哪裡放？這是萬萬不行的。

所以他皺了皺眉道：「明澤啊！你若真想娶我女兒，我是堅決不會同意讓她給你做妾的，她只能是妻。」

修明澤點點頭，道：「我明白您的意思，您不想讓您的女兒做妾，可我又不可能讓我的夫人做妾，這樣一來，咱們就有了衝突，所以我想，還是算了吧！以您的身分，阿玲小姐一定會找到一個比我更好的男人，所以也不必在我這裡如此委屈了她。」

李明匡這回算是聽出他的意思了，敢情他說了這麼多，就是不想娶自己女兒啊！什麼妻、妾的，都是藉口。

一旁的阿玲聽到修明澤的話後臉色明顯一暗，似乎也聽明白他話裡的意思，他不想要娶自己。

李明匡臉色一下子就沈了下去，這小子把自己叫來，還讓自己女兒來，然後當面拒絕，是在戲耍自己嗎？

想到這裡，李明匡冷哼了一聲，道：「明澤啊！你是個聰明的小子，想必你也猜得出來我想讓阿玲嫁給你的原因。沒錯，我是很喜歡你這樣的晚輩，這年頭像你這樣的全才真的不多，所以我希望你可以幫我；那日在習武場上你的表現我都看在眼裡，用文武全才形容你，我覺得一點也不過分，你很不錯，我看好你。

「所以我才會主動找上你爹，想要將我的女兒嫁給你，我不介意你已經娶妻，因為我在意的是你這個人；可你剛剛的表現讓我很失望，你若不想答應這門親事，大可不必搞出今天這些事情來。」

修明澤沒有說話，也沒有反駁，只是靜靜地聽著，因為他清楚，這件事情是自己做得過分了，可他別無選擇，他不想因為自己連累到親爹，他不能這麼做。

等到李明匡說完，修明澤才站起身子，先是對著李明匡深深行了一禮，然後又朝著阿玲欠了欠身，道：「李大人，我還是這樣叫您吧，這樣我會覺得舒服些。李大人，阿玲小姐，今天的事情的確是我做得不對，您說得沒錯，我其實不該這麼做，我若不想，直接回了便是，大可不必再讓您和令千金來此。

「可是這件事情因我而起，我不想連累我爹，或許您並不會做什麼，您可以說我是以小人之心度君子之腹，但我不想有這個可能，所以我才要見阿玲小姐。阿玲小姐是個好女孩，以她的身分，絕對可以嫁一個比我要好上千百倍的男人，在我這裡，她只會受到委屈。

「您的想法我也很清楚，可您若真看重我，大可不必因為如此就將阿玲小姐嫁給我，我對做官毫無興趣，也沒什麼大的理想，我只想過好我的日子，安安心心地活著，不必為了一些人、一些事整天勾心鬥角，這樣我會瘋掉。」

「可是你要知道，只有走上這條路，你們修家才可以真正擺脫商人這兩個字。」李明臣臉色漸漸緩和，沈聲說道。

「商人，這兩個字怎麼了？有何不好？我不覺得不好，商人又如何，官人又如何？人活著還不就是為了有個睡覺的地方，可以吃飽穿暖嗎？如果這些都可以做到，那麼做個商人又如何？起碼自己賺錢自己花，過得舒坦。

「仕途這條路並不是每個人都想要走的，有些人或許一輩子讀書識字就是為了可以考取功名，成為一個大官，為國家出一分力，可有些人就不是如此；就好比我，我讀書識字，也只是為了不讓自己一無所知而已，起碼我可以識文斷字、明白價格，這些便足矣。至於我為何連琴棋書畫、騎馬射箭都要學，其實這些也都是我自己的愛好而已，喜歡便做了，這並沒什麼。」

說了這麼多，修明澤相信李明臣已經明白了自己的意思，於是最後說道：「所以李大人，您的好意小子只能心領了，若您真的想要選擇一人幫助您，那麼我想我可以給您推薦一位人選。」

「哦？你說的是誰？」李明臣聽了修明澤的一番話，心裡雖然有氣，可也知道他說的都是事實。

修明澤不想做官，也不能趕鴨子上架要他做官，這太不切實際，不過一聽說他有其他人選，李明匡不免感到好奇。

「韓朝鋒。」

「韓朝鋒？你是說……韓家的小子？」

「沒錯，就是他，他一心想要入朝做官，而且他的表現您也看到了，他不比我差，您若重用他，他絕對不會讓您失望的。」

見修明澤說得信誓旦旦的模樣，李明匡也心動了。修明澤確實很出色，可他不想做官，自己就算強迫他做了，他也未必能做得好；可韓朝鋒不同，他原本就想要入朝為官，加上他資質不差，在習武場時的表現也十分出色，只不過相比修明澤稍遜一籌，這樣的人也是個人才。

所以思來想去，他覺得修明澤說得很對，自己不能死抓著一棵樹，他不答應，還有別人可取代。

起碼韓朝鋒就要比自己身邊現有的人手要強上許多，且他自己也有這方面的想法，如此一來，自己只要稍加利用，他一定會成為自己的左膀右臂。

想到這裡，李明匡腦中又是靈光一閃。韓家小子似乎還沒有娶妻，嗯……這個人可以考慮，讓女兒嫁給他。

這邊李明匡陷入沈思，那邊阿玲卻突然抬頭看向修明澤，輕聲問道：「修公子，我能問你一個問題嗎？」

「可以，妳問吧！」修明澤坐下來，面帶迷人的微笑看著阿玲。

阿玲俏臉微微一紅，道：「你很愛你的夫人嗎？」

「當然。」修明澤毫不猶豫地答道。

阿玲點點頭，又問道：「你這輩子只會娶她一人嗎？」

「是的。」

「那……若我說我願意做你的妾，你會娶我嗎？」

這話問得修明澤微微一怔，他看見阿玲的眼神中似乎有一絲期待，可他還是搖了搖頭，道：「阿玲小姐，妳是個好女孩，其實妳不必……」

「好了，你不必再說了，我已經明白了。」雖然她有些失望，但她還是笑著道：「你的夫人一定很幸福。」

其實今天見這一面，她對修明澤充其量就是有好感而已，還不到因為被他拒絕，自己就難過得要死要活的地步，她只是想要知道，自己與他的娘子，孰輕孰重？不過想想也可笑，她當然是前者。

可她還是想要有個結果，這樣她心裡也能真正放下。

「雖然我覺得有些難過，不過我還是要對你說，你能這樣當面告訴我，我還是很滿意的，若你只是叫人回覆我，見我都不見就拒絕，我或許會更加難過。」

修明澤微笑點頭，沒有再說什麼。

這時李明匡也從自己的思索中回過神來，見兩人還在聊，搖了搖頭，道：「好了，飯也吃了，事也都說清楚了，那我們就先離開了。你放心，我不會對你爹做什麼的。」

說完，李明匡站起身子，朝外走去，阿玲與另外那個男子也急忙跟了上去。

很快，三人便出了酒樓，消失在人群之中。

「人都走了，妳還不出來？」修明澤雙手抱胸，笑看著屏風。

屏風一打開，韓香怡走了出來，此刻的她笑看著修明澤，修明澤也笑看著她，兩人就這樣對望了好一會兒。

韓香怡才緩緩道：「夫君，你剛剛說得可是真的？」

「千真萬確。」

「那我……」

沒等韓香怡說完，修明澤已經閃身來到她的面前，摟著她的腰，一俯身，便吻了下去。

什麼也不必說，千言萬語都在這個吻裡。

這個吻足足吻得韓香怡快要呼吸不暢時，他才鬆開了她。

看著她那紅腫的唇，修明澤不由憐惜地道：「痛嗎？」

「你說呢？」韓香怡白了他一眼。

這傢伙還好意思問！

「娘子。」

「嗯？」

「明天咱們就去把娘接回來吧！」

第二十二章

涼風習習，難得的好天氣，也是出行的好日子。

天剛亮，韓香怡就起床了，因為她實在太激動了，昨夜也沒怎麼睡，倒是修明澤睡得很香。

悄悄下了床，韓香怡坐在梳妝檯前，看著鏡子裡的自己，不自覺露出了一抹笑容。

她終於可以回家了，這種心情很難用言語形容，總之，就是很高興。一想到不用多久就可以見到自家娘親，她更是興奮地想要跳起來。這段時日她一直日思夜想，盼著可以早點回家見見娘親，然後把她接過來，即便母女倆不住在同一屋簷下，可是能將娘親安置在帝都，那也是好的，起碼距離近了，自己有空閒就能隨時去探望她了。

娘，妳等著香怡，香怡馬上就要回去看妳了。

「娘子。」

韓香怡正想著時，修明澤卻是伸出一隻手，在空中抓著。

「娘子，快扶我起來。」

「扶你起來？你怎麼了？」韓香怡一驚，急忙站起身子走了過去。

韓香怡剛要伸手扶他，卻被修明澤一把拉住，然後往他懷裡一帶，她的身體不受控制地往下倒去，直接倒入他的懷裡。

韓香怡這時才反應過來，正要掙脫，卻被修明澤一把抱住，他一邊緊緊地抱著，一邊輕聲道：「娘子，妳是不是一夜沒睡？」

「是啊，我太激動了，睡不著。」韓香怡見自己不能掙脫開，只好任由他抱著，聽著他的心跳。

「娘子，妳說我去見娘，要帶什麼去呢？」修明澤在思考這個問題。

「不用帶東西去，咱們去看娘，是要把她接過來住啊！所以帶了也要拿回來。」韓香怡笑著說道。

「是嗎？可我覺得至少也要替娘買一件合適的衣服，妳說呢？」

韓香怡聽罷，點點頭，道：「嗯，你說得對，應該給娘買件好看的衣服，讓娘也美美地來這裡。」

沈默了片刻後，韓香怡問道：「你還有話要說嗎？」

「沒了。」

「那你還不放開我，我拾掇拾掇，咱們吃過早飯就可以出門了。」

修明澤哦了一聲，放開手，不過放手前還是不老實地在她的臉上捏了一下，惹得韓香怡嬌嗔了一聲。

早飯吃完後，韓香怡迫不及待地拉著修明澤離開修家，坐著馬車朝著城門駛去。

途中路過一家鋪子，兩人精挑細選地買了幾件衣服後，才繼續乘著馬車向前駛去。

出了城門，馬車走在官道上，按照之前她來到帝都的時間估算，若不是很急的話，兩個時辰左右應該就能到了。

不過，這兩個時辰對韓香怡來說就好像二十個時辰一樣漫長。

看著韓香怡那如坐針氈的模樣，修明澤不由伸手握著她的手，安慰道：「娘子，妳不要著急，這不是已經快到了嗎？兩個時辰而已，很快就到了，別急。」

「夫君，我……我也不想著急，可我的心就是不爭氣地跳得厲害，害得我無法控制。」韓香怡苦笑著說，目光不由自主看向簾外。

官道一望無際，似乎望不到盡頭，韓香怡只能在馬車裡默默等待時間一分一秒過去。終於，平整的道路變成坑坑窪窪的土道，韓香怡這才長長吐了口氣，下了官道，距離村子就近很多了，要不了一炷香的時間就能到達。

想到這裡，她覺得自己的心都快要跳出來了，也不知道村子裡的人看到自己後會是什麼表情。

她心裡正暗暗想著，馬車行進的速度逐漸趨緩。

韓香怡忙撩開簾子向外看，只見一個小村子映入眼簾，那正是她之前所住的地方，她生活了十五年的村子。

馬車行駛在村子的土路上，韓香怡的感受是五味雜陳。

一晃眼，她也有半年的時間沒回來了，也不知道大家都還好嗎？可是讓她感到奇怪的是，路上沒看到半個人，一般這個時間他們應該已經起來了，不可能還在睡覺啊……

正納悶的時候，突然看到一個屋子裡走出一個小孩，那小孩看到馬車上的韓香怡，正要說什麼，卻急忙被一個婦人拉回屋內。

韓香怡認得那婦人，正要喊她，她卻急忙關上門，似乎並沒有看到自己一樣，這一連串舉動讓韓香怡感到十分詭異。

大家是怎麼了？她的心裡不知為何升起了一絲不安，總覺得似乎有什麼不好的事情發生了……

「夫君。」韓香怡不安地看向身旁的修明澤。

修明澤也察覺到不對勁，握住韓香怡的手也是緊了緊，安慰道：「別擔心，不會有事的。」

韓香怡點點頭，臉上還是露出緊張的神色。終於，馬車按照韓香怡的吩咐停了下來，韓香怡與修明澤下了馬車，出現在兩人面前的是一間破舊的小院，院內雜草叢生，竟然足有人高，這讓韓香怡臉色一變。

娘親怎麼都不除院子裡的雜草呢？到底發生了什麼事？

韓香怡的臉色變得十分難看，她顧不得那些比人還高的雜草，撥開它們就衝了進去。

院子裡靜悄悄的，韓香怡急忙大聲喊道：「娘，娘，您在嗎？娘，娟子來看您了，您在嗎？」

韓香怡瘋狂地大聲喊著，一把推開房門，頓時，一股霉味撲面而來，嗆得她險些昏倒，可她還是不顧一切衝了進去。

只見屋子裡破舊不堪，到處都是蜘蛛網，桌子上的灰塵也是厚厚一層。

韓香怡被眼前的這一幕驚呆了，隨後進來的修明澤在看到屋內景象後也是皺起眉頭。

一定是有事發生，要不然不會這樣。

「娘！娘！」韓香怡大聲地喊著。

她跑到床邊，見床板已經破了，似乎是被老鼠咬壞的，再看床上，被子整齊地疊著，卻積了一層灰塵，她真的快要崩潰了。

怎麼了？這到底是怎麼了？娘親在哪裡？她在哪裡？

韓香怡的淚水在眼眶積聚，眨眼間便奪眶而出，順著她的眼角流了下來。她正要再次呼喊，猛然發現，在被子下面，有一個小小的紙角露了出來，她急忙擦掉眼淚，彎下身子一把將被子掀開，也顧不得漫天飛舞的灰塵，一把抓住了那張紙。

紙是摺著的，她急忙打開，當她看到上面的字後，立刻傻掉了。

修明澤見狀，也急忙走過來朝那紙看去，只見上面歪歪扭扭地寫著幾個字。

娘已不在，兒勿念。

「香怡！妳……」

修明澤正要安慰她，韓香怡卻猛地撞開他，朝著外面踉蹌跑去。

修明澤急忙追上去，只見韓香怡跑到最近的一家農戶前，「砰砰砰」敲著大門，可是任憑她怎麼敲，都無人回應；她不死心，再次跑到另外一家，還是「砰砰砰」地敲門，依舊沒人應門。

她一邊流著淚，一邊找下一家，可這次卻被修明澤一把攔住了，只見他眼中寒光一閃，直接對著那木門就是一腳。

砰！

修明澤是練武之人，這一腳的力量足有幾百斤重，所以這一腳下去，木門頓時被他踢開，更有一扇門被他踢得直接掉了下來，哐噹一聲掉落在地。

修明澤沒理會，扶著有些虛弱且泣不成聲的韓香怡走了進去。

「有人就給我滾出來，否則休怪修某動手。」

隨著修明澤一聲低喝，屋內頓時傳來了窸窸窣窣的聲音，很快便有一男一女快步走了出來。

那是兩個中年男女，目露驚恐地看著修明澤兩人，待看到已經泣不成聲的韓香怡後，兩人也都是一臉無奈。

看到兩人的目光，修明澤冷聲問道：「你們一定知道些什麼，說吧，我不為難你們。」

兩人對視一眼，那中年男子才無奈地嘆了口氣，上前一步，苦著臉，喊著韓香怡的舊名道：「娟子，妳要節哀呀！」

節哀？

聽見這話，韓香怡險些沒昏過去，她看著中年男子，顫抖著聲音道：「王叔，您這話是什麼意思？我娘……我娘她……她怎麼了？」

見韓香怡這麼激動，修明澤急忙伸手撫著她的手臂，然後看著那中年男子低聲道：「你說我岳母已經……去世了？」

那中年婦人點點頭，道：「是啊，死了，在這丫頭走後不到一個月就死了。」

「到底是怎麼回事？你們說清楚，要是不說清楚，我定饒不了你們！」

修明澤眼神森冷，聲音陰森，嚇得那兩人身子一哆嗦，急忙說出事情的經過。

原來，就在韓香怡被接走的二十天後，村子裡突然來了兩個蒙臉黑衣人。村子裡的人對外地人相當好奇，便有不少人暗中跟過去，只見那兩個黑衣人是朝著韓香怡家而去。

有些好事的人跟了過去，可是接下來便發生了讓他們一生都難以忘懷的事情。

看見黑衣人走進屋內，屋子裡靜悄悄的，什麼動靜也聽不到，沒一會兒，那兩個黑衣人走了出來，看也沒看村子裡的人就朝外走去，很快消失在村人的視線。

那些村人都好奇地往韓香怡家裡面張望，突然一個人驚叫了一聲，朝裡面跑去，其餘的人也急忙跟進去。

有膽大的村人推門而入，只見韓香怡的母親趴在窗前，嘴角溢出鮮血，那人走過去伸手往她鼻下一放，頓時嚇得一屁股坐到地上。

原來韓香怡的母親已經氣絕身亡了。

一向平靜的小村落發生命案，村子裡的人都人心惶惶，之後凡是看到有外地人來到這裡，他們都是大門緊閉，免得惹上麻煩，這也是為何韓香怡怎麼敲門，他們都不敢開門的原因了。

聽完那中年男子的話，韓香怡終於忍不住，大聲痛哭起來。

娘死了，在她離開後不久就死了，可她卻什麼都不知道，還嫁了人；其實她早該回來，若她早些回來，說不定娘親就不會死。

都是她，都是因為她……

韓香怡越來越傷心，越哭越虛弱，一旁的修明澤看著也感到心痛，同時臉色陰沈得可怕。

到底是誰，那麼明目張膽地殺人，若讓他查出來，定要將他們碎屍萬段！

那對中年男女帶著韓香怡他們來到她娘的墳墓前，看著豎起的木板上面寫著「梅氏之墓」四個歪歪扭扭的字後，韓香怡忍不住悲傷地撲倒在地，淚水如決堤一般，不停地流下。

人世間最大的痛苦，莫過於子欲養而親不待，作為兒女，無法常伴自己爹娘身旁，臨死前也見不到最後一面，這樣的痛，怎能不深！

韓香怡是在村子裡長大的，整整十五年都是與娘親相依為命，在她的心裡，娘的位置絕對是最重要的，所以她才會這麼努力想要完成將娘親接到帝都去住的心願，這樣她就可以天天見到自家娘親，那樣的日子才是幸福的，才是完整的。

可是現在，她日子好了，娘親卻沒等到她回來……

淚水不停地流著，韓香怡心裡如針扎一般痛，似乎連呼吸都不再暢快。

一旁的修明澤看在眼裡，痛在心裡，可他卻什麼也不能做，他能做的，只是在一旁默默地守護著她。

不過他在心裡發誓，即便耗盡所有，也定要將殺害香怡娘親的凶手抓到，替她報仇！

待回到韓香怡原本的家後，修明澤簡單地將屋子收拾了一下，把韓香怡平放在床上，由於哭了一個多時辰，她也哭累了，現在已經昏睡過去。

修明澤搬了把椅子過來坐下，伸手將她額前黏在一起的頭髮輕輕撫開，又在她的額頭上摸了摸，發現她現在有些發燒。

剛剛外面下了一場小雨，雨雖然不大，卻也有些涼意，加上她哭得那麼傷心，身體有些虛弱，他現在唯一能做的，就是讓她好好休息。

看著呼吸均勻的韓香怡，修明澤站起身子，四下看了看，看到不遠處角落裡有一個盆子和一條已經落了灰塵的毛巾。他拿著這兩樣東西走到井旁，打了一桶水，先是將毛巾的灰塵抖落，然後仔細地清洗了幾遍，才又打了一盆清水，走回屋子裡。

他為韓香怡擦拭了一下臉頰，然後將毛巾浸濕，擰得半乾後，摺成小方塊，放在她的額頭上。看著睡著時還不時皺眉的妻子，修明澤臉上的憤怒勝過擔憂，他怪自己，若早些將娘接回去，或許她也不會死。

「黑衣人嗎？」修明澤冷聲呢喃，眼中殺機盡現。

韓香怡醒過來的時候，天色已經黑了下來，院子裡蛐蛐兒的叫聲此起彼伏，窗外被蔓生的野草覆蓋，將清冷的月光遮住了大半，僅有少許的光亮能透過窗子灑進屋裡。

韓香怡醒了，可她沒有動，只是呆呆地看著前方，目光沒有焦距，或許自己在作夢吧！

韓香怡想要動動手臂，感覺到手臂有些沈，緩緩轉頭看去，只見修明澤正趴在床邊睡覺，自己的手也被他攥著。

興許是她的動作驚醒了他，修明澤猛地抬起頭，見韓香怡迷茫地看著自己，不由心裡一痛，急忙柔聲道：「娘子，妳好些了嗎？」

「夫君，咱們什麼時候出發去把我娘接回來啊？我剛剛作了一個夢，夢到我娘不在了，我好害怕啊！咱們現在就出發吧！早點把娘接回來，我也早點安心。」

看著韓香怡那呆愣的樣子，修明澤心裡一驚，不會是被嚇傻了吧？

他急忙道：「娘子，妳還好嗎？咱們已經到了，娘她……已經不在了，妳不是在作夢，妳……」

話說到一半，修明澤就再也說不下去了。

因為他看到韓香怡此刻正一邊流著淚，一邊搖著頭，輕聲道：「不是的，不是的，這不是真的。」

「娘子，妳不要這樣。」修明澤到了這時，竟然語塞，也不知該說些什麼才能讓她不再哭泣。

這個事實是殘酷的，世上唯一的親人死了，還是在不知情的情況下被人殺死的，這對她來說實在是太過沈重了。

可他又能做什麼？只能默默地陪著她罷了。

「夫君，你告訴我，這不是真的，這不是真的，我娘她沒死，她沒死！」韓香怡越哭越傷心，越哭淚水流得越多，她想要控制卻怎麼也控制不住。

她知道這是真的，可她不想接受這個事實。

她心心念念，一心想著可以見到自己娘親，可她等來的卻是這樣一個消息，這讓她如何不痛苦？

「娘子，妳清醒一點，娘死了，已經死了，是被那兩個黑衣人殺死的，妳要面對這個事實，咱們要把那些始作俑者都抓起來，這樣才能為娘報仇。所以娘子，妳不要再難過了，妳這樣……我的心很痛。」修明澤大聲地說著，希望韓香怡可以振作。

韓香怡看著修明澤，淚水漸漸止住，哽咽道：「夫君，你一定要幫我把殺害娘的凶手找到。」

「妳放心吧，我一定會幫妳找到的，到時候我會親手交給妳，讓妳處置他們。」修明澤點點頭，聲音之中帶著自信。

他想要找的人，還沒有找不到的。

清晨，暖日被烏雲遮住，天空也顯得灰濛濛的。

離開村子的時候，韓香怡已經睡在馬車裡，昨夜她一晚沒睡好，直到清晨才睡了片刻，他不忍叫醒她便抱著她上馬車。

修明澤坐在馬車上，回想著臨走前，那中年婦女說的一段話。「我清楚地記得那兩個黑衣人中，一個人的脖子上有黑色印記，那印記像是一條蛇。」

修明澤皺著眉頭。在他的印象裡，身上帶有蛇形胎記的殺手並未有出名的，所以他也不清楚到底是誰，看來勢必要好好調查了。

回到帝都時，已近晌午，修明澤親自送韓香怡回到小院，將她放到床上，看著她仍在熟睡，這才放心地離開。

如今他已恢復正常，可以堂堂正正地走正門，也沒人敢多說什麼。

離開了修家後，修明澤直接鑽進一個胡同內，眨眼間消失不見。

一條安靜的小巷內有一間破舊的屋子，此刻屋內正有數個黑衣人站立。

身穿白衣的修明澤站在這幾個黑衣人前方，顯得十分顯眼。

只見他眼睛掃過幾個黑衣人，然後看著最前面的那個人道：「今天叫你們來，是要你們給我查一個脖子上有蛇形胎記的人，是個殺手。我給你們兩天的時間，你們替我把人找出來。」

「大哥放心，兩天足夠。」那為首的黑衣人點了點頭說。

「嗯，很好，記得找到那人後，先不要打草驚蛇，回來告訴我，我親自去抓他。」

「是，兄弟們明白。」

「嗯，去吧！」

「是！」

幾個黑衣人快速消失在破屋內。

修明澤看著門外，眼神冰冷，輕聲呢喃道：「不管你是誰，都要付出慘痛的代價。」

兩天的時間轉眼即逝。

這兩天裡，韓香怡還是躺在床上不下來，睏了就睡，醒了就躺在那裡看著窗外的天空，似乎傻了一般，這讓修明澤很擔心，可又無能為力，只能等她自己走出來。

這痛雖深，卻不至於無法自拔，所以他能做的，只有等待。

深夜，修明澤離開了修家，來到一間破廟內。

破廟裡面靜悄悄的，一個人都沒有，直到修明澤走進來，暗處忽地竄出幾道身影，正是兩日前那幾個黑衣人。

幾個黑衣人在看到修明澤後，齊齊行禮，然後那為首的黑衣人道：「大哥，我們查到了。」

「說。」

「帝都確實有一個殺手幫派，名叫殺幫，幫主叫殺生天，外號殺上天。他們專門接雇主的活，從不問對方是誰，只要給錢，便會直接派人殺了目標。我們打聽到，殺幫裡面確實有個人脖子上有蛇形胎記，所有人都叫他黑狗，這人是個心狠手辣的，殺人從來都不見血，據說是個用毒的。」

修明澤點了點頭，道：「他們幫派在哪裡？」

「就在城北的一個鐵匠鋪內，那裡表面上是個鐵匠鋪子，暗地裡則是殺手幫派。」黑衣人又說。

修明澤點了點頭，道：「知道了，你們先去休息吧！我自己去走一走。」

「大哥，要不要我們……」

沒等黑衣人說完，修明澤已經是一閃身，消失在破廟內。

那黑衣人見狀，無奈搖頭，他們清楚，以他們大哥的身手，他們去也幫不上什麼忙，只好各自散去。

夜已深，冷月當空，街道上空空蕩蕩沒一個人影。

就在這時，街道遠處緩緩走來一道身影，那是一襲白衫的俊美男子，離得近了才看明白，那人正是修明澤。

城北就這麼一間鐵匠鋪，所以他很輕易地就找到了，來到鐵匠鋪子前，想也不想便一腳將緊閉的木門給踹開了。

哐噹一聲巨響，直震得兩邊門板嗡嗡作響。

「哪個小子三更半夜敢來這裡撒野！找死！」

隨後，一聲粗狂的喝聲響起，很快便聽到急促的腳步聲傳來。

很多人，很雜。

沒一會兒，只見二十多個男子從鐵匠鋪後面跑出來，有的壯碩異常，有的卻是骨瘦如柴。

修明澤目光一掃，停在一人身上，那是一個皮膚有些發黃，臉上帶著鬍渣的中年男子，他的脖子上就有一個蛇形胎記。

一發現他，修明澤也不停頓，幾步走到那中年男子面前，在所有人還沒反應過來時，閃電般出手，一把抓住他的左手手臂，然後猛地一用力。

喀嚓！

「啊！」

伴隨著骨肉碎裂之聲響起的是那中年男子的慘叫。

「小子，你找死！」一個壯漢見自己的兄弟被人扳斷了手臂，立刻大吼一聲。

正要動手之際，卻聽修明澤聲音陰寒地說：「不想死的就給我滾開！」

說完，他毫不理會那中年男子的慘叫，反而抓住他另外一隻手臂，又是猛地一扳！

咔嚓！

手臂又是直接被折斷，乾淨俐落。

這一幕讓在場所有人都驚呆了。

他們都是殺手，可誰也沒有像他一樣這麼狠毒啊！這還是人嗎？

「啊！啊！你是誰，為何要扳斷我的雙手……啊！」

中年男子話還沒喊完，修明澤已經一腳踹出，直接踹在了那人的膝蓋上。

由於力道很大，直接將他的腿給踹折了。頓時那中年男子又是一聲慘叫，偏偏他又沒有昏倒，只是倒在地上慘叫著。

「這位小兄弟，你深夜來此，不問原因就對我兄弟動手，你認為這樣對嗎？」一個頭髮花白的老人從人群中走了出來，不過從老人那銳利的眼神就能看出，不是個簡單的人物。

修明澤沒有繼續動手，而是轉頭看向那個老人，冷聲道：「你是誰？」

「我？呵呵，兄弟們抬舉，叫我一聲殺上天。」老人呵呵一笑，似乎並未被剛剛的一幕嚇到。

修明澤點點頭，道：「看來你就是殺幫的幫主了，也好，那就請你不要插手此事，也不要問，等會兒你們自會知曉。」說完，不再理會老人，而是轉身看向倒在地上、臉色慘白的中年男子。

此刻中年男子也不叫了，畢竟十多年來他殺人，也被人傷過，所以經過那一陣劇痛後，也漸漸冷靜了下來，同樣冷冷地看著修明澤道：「我不知道你是誰，但是你今日這麼對我，若我不死，他日我定殺你！」

修明澤沒有理會他的威脅，而是將一隻腳踩在他另外一個沒有受傷的膝蓋上，冷聲道：「我只問你，你可還記得半年前在距離帝都不算遠的村子裡，你殺死了一個村婦？」

中年男子先是一怔，隨即似乎想到了什麼，臉色猛地一變，然後急忙道：「你到底是誰？」

因為這屋內沒有點燈，所以眾人僅憑著月光也看不清他的容貌，正在這時，不知是誰點亮屋內的燭光，待他們看到修明澤的臉後，都是面色一變。

修明澤，竟然是他！

當所有人都感到驚詫時，修明澤卻毫不在意地看著那男子道：「告訴我，另外一個人是誰？」

男子的身子輕輕一顫，隨即咬了咬牙，道：「我不知道你在說什麼！什麼村婦，什麼村子，我不知……啊！」

話沒說完，修明澤一腳已經踩了下去，頓時那中年男子痛得又是一聲慘叫。

「忘了告訴你，我的耐心是有限的，沒有時間在這裡聽你說知不知道，你若不說，我就把你全身的骨頭都踩斷，直到你死去為止！」

此話一出，屋內的眾人都是瞪大雙眼。

他們殺人手段見多了，這麼狠辣的還是第一次，那倒在地上的中年男子更是被嚇得險些尿褲子。

這個小子是要折磨死自己啊！

再看那老頭殺上天，此刻也是眉頭緊皺，卻一句話都沒說，似乎在他看來，死一個人還不足以讓他出手。

修明澤冷冷地看著中年男子，道：「說，還是不說？」

修明澤做人的原則是，相安各無事，你若招惹我抑或是我身邊的人，我定會百倍還之。

現在，修明澤就是奉行這個原則，對他來說，韓香怡就是至親之人，她受到了傷害，那麼讓她受傷的人也不會有好果子吃。人，總要為自己做的事情付出代價。

一腳踩下，那中年男子的另一條腿已經斷掉，他冷冷地看著他，道：「說，還是不說？」

那中年男子痛得額頭已經開始冒汗了，可他還是咬牙忍著，死死地瞪著修明澤，沒有要開口的意思。

修明澤也不在意，而是將目光掃過四周，他想，另外一個人一定還在這裡，見到這個人被斷了四肢，想必會有動作。果然，他目光掃過眾人後，最後落在一個人的身上，因為在場其他人都敢與他對視，唯有這個人不敢，他沒看自己，而是看著下面。

修明澤眉毛一挑，轉頭看向地上的男子，道：「你不需要說了。」

說完，只見他手往腰間一抽，然後一道銀光一閃而過，頓時那中年男子的脖子上出現一道血痕，隨著銀光消失，男子顫抖著身體任憑血汩汩流出，眼中的光芒漸漸消散，最後死去。

這一幕讓在場的眾人再次倒抽一口涼氣。

這個修家大少爺不但不傻，殺一個人連眼皮都不眨一下，看來還是個狠戾之人啊！

殺幫的殺手雖然個個都是心狠手辣，可畢竟是最近兩年才成立起來的幫派，而且一般都是有任務時才會殺人，平日裡都老老實實的，所以在看到修明澤的殺人手段後，不由暗自震驚，心裡想著以後和這個傢伙沾邊的買賣都不能做，不然下場就是這樣。

當所有人都這樣想著的時候，修明澤卻轉過頭，將目光落在一個男子身上，那男子身子不由一抖，不等修明澤有何反應，一把推開前面的一個人，便要朝著外面衝出去。

可是他把修明澤想得太簡單了，修明澤早就鎖定了他，見他要跑，腳步一邁，一個閃身便出現在那人身前，然後手中銀光一閃，頓時傳來一聲慘叫，只見那人的一隻耳朵已被修明澤手中的銀色軟劍削掉了。

那人捂著流血的耳朵，一臉驚恐地看著站在面前的修明澤，兩腿一軟，就那麼跪了下去。

「人不是我殺的，不是我，都是他，都是他殺的！」到了這個時候，他自然是把責任都推到一個死人身上了。

修明澤也不管他說什麼，而是居高臨下地看著他，冷聲道：「說，是誰給你們任務讓你們去殺她的？」

「我……我不清楚，任務都是我們幫主接下來的，只有他才知道。」

那人一說完，站在他身後的殺生天身子一哆嗦，心裡把那人祖宗十八代都罵了個遍。這個混蛋竟然把禍水引到自己身上，這小子要是不殺他，自己也絕不能留他。

修明澤點了點頭，然後手起劍落，便見男人捂著脖子，一臉驚訝地看著修明澤，那意思分明是在說：我都說了與我無關，你為何還要殺我……

修明澤沒再看那死人一眼，而是走向那老人。

眾人見狀，紛紛閃身來到老人身前，企圖阻擋他。

修明澤沒有理會他們，而是隔著十多人，看著站在後頭的老人，冷聲道：「咱們到後面去談，我不想殺不相干的人。」

聽到修明澤這麼囂張的話語，眾殺手都怒了。

這話什麼意思？他難道真以為自己無敵了？可以殺光這裡所有人？

就當他們準備一起上去給他個教訓的時候，那老人無奈地嘆了口氣，道：「罷了，你們都退下吧！你隨我來。」說完，老人便轉身向著後面走去。

修明澤冷漠地看著眾人，眾人只能無奈地讓出一條路。

修明澤抬腳跟上老人的步伐，來到後面的一個屋內。兩人坐下後，老人先是給自己倒了一杯茶，又為修明澤倒了一杯。

修明澤毫不猶豫喝了一口，然後放下杯子，看向老人。

老人看著修明澤，笑著道：「你就不怕我在這茶裡或杯中下毒？」

修明澤搖了搖頭，冷漠道：「不怕，因為我知道你不會這麼做。」

老人眼中閃過一抹欣賞，然後笑著端起茶杯，喝了一口，才道：「那人與你是何關係？」

「那是我娘子的娘親。」修明澤也不隱瞞。

他本就是來查事情的，不需要遮遮掩掩，那樣反而不好。

老人一怔，隨即皺眉道：「你說那個韓家丫頭？她娘不就是個丫鬟？」

「丫鬟又如何？即便是丫鬟，也是她娘，如今她嫁給了我，那便是我娘，你的人殺了我娘，你覺得我會坐視不理嗎？」

老人雙眼微瞇，想了想，道：「可是這個人我真的不能說。」

修明澤將茶杯緩緩放下，雙眼寒芒閃爍，冷聲道：「你若不說，明日你的鐵匠鋪子就不會存在了。」

老人聽罷，冷哼一聲，氣勢暴起，冷喝道：「修家小子，我看你是修家人，所以不想和你交惡，可你不要把我的忍讓當作怕你！」

修明澤也是冷冷看著他，道：「你可以賭一賭，看我可不可以！」

老人沈默了下來，修明澤也不著急，只是坐在那裡一邊喝著茶，一邊看著四周。

老人屋子的擺設很簡單，就是普通的屋子，也沒什麼新奇的，不過有一樣東西倒是引起修明澤的注意，是屋子裡牆上掛著的一幅畫。

那是一幅猛虎下山圖，猛虎很大，山很小，老虎的腳把整座山踩在腳下，似乎是在說老虎很強，可以將一座大山都踩在腳下。

修明澤正看著這幅畫，一旁的老人開口了，只聽他嘆了口氣，然後似乎有些不甘願地說道：「修家少爺，其實這件事情牽扯到很多人，你知道了未必是好事。」

修明澤一聽倒是愣住了，隨即沈聲道：「你這話是何意？說清楚。」

「哎！」老人又是唉聲嘆氣地道：「罷了，你若真想知道，那我便告訴你，但你要保證，以後這件事情不能說與我有關。」

「你放心，找不到你頭上。」

老人點頭，想了想，還是道：「其實給我們這個任務的人……與你的娘子有關係。」

「與她有關？」

「嗯，因為要我們殺她娘親的人是……韓家老祖宗。」

「什麼？」修明澤眉毛倒豎，眼睛不由得睜大。

韓家老祖宗？就是那個住在徑山寺每日吃齋唸佛的老太太？她……還真是個狠毒的人啊！這個結果倒是他想也想不到的事情，派人殺韓香怡娘親的人竟是她的祖母？這……

「現在我已經告訴你了，你若沒什麼事就請離開吧！」老人說完後也沒了剛剛的無奈，而是換上一副冷漠的臉。

修明澤知道答案自然不會再留下來，而是站起身子，離開了。出了鐵匠鋪子，白色身影很快消失在街道盡頭。

「幫主，這件事情就這麼算了嗎？他們……」

老人一擺手，打斷了那人的話，看了看外面，擺手道：「就當今晚的事情沒發生過，你們把他們埋了吧！記住，以後誰都不許去招惹修家，尤其是那個修明澤，否則後果自負！」說完，老人便反剪雙手回屋了。

走在街道上，修明澤看著天上那清冷的月亮，心情格外複雜。

他知道了真相，可他寧願自己沒找到。

殺死香怡娘親的幕後主使者竟然是她的祖母？這種事情無論發生在誰身上，有誰能夠接受呢？連他自己也不敢說能夠坦然接受這個事實。

「哎！這叫我如何去說呢？」修明澤一臉難為地看著天空，腳步也在不知不覺間慢了下來。

回到小院時，夜已深沈，韓香怡已經熟睡，修明澤就那樣坐在椅子上，看著她，一動也不動。

翌日晌午，天空依舊是灰濛濛的，細密的小雨自天空灑落。

韓香怡沒有醒來，似乎又發燒了，修明澤哪裡也沒去，只是陪在她身邊。

門被推開，香兒端著飯菜走了進來，看到桌上已經涼掉的粥不由嘆了口氣。

昨晚大少爺就沒吃東西，今兒早上也沒吃，這樣下去可怎麼行呢！

「大少爺，您多少吃一些吧，您這樣餓著也不是個辦法啊！」香兒看不下去，便出聲道。

「放下吧，餓了我再吃。」修明澤沒有看她，而是依舊看著韓香怡，一邊伸手摸著她的臉頰，一邊道。

香兒無奈嘆氣，端著已經涼掉的粥離開了。

大少爺對大少奶奶真好！

香兒心裡想著，抬頭看見周氏已走至門前，急忙行了一禮。

周氏點點頭，瞥了一眼那涼掉的粥後，再見到屋內桌上的飯菜原封不動，自然知曉修明澤一口都沒吃。

周氏走到他身旁，拍了拍他肩膀，道：「兒啊，你去吃些東西吧，娘在這裡照顧她。」

「娘，我不餓，我看著她。」修明澤卻是搖了搖頭，沒有起身。

「你這樣下去怎麼行，香怡發高燒已經昏睡了過去，看樣子沒有兩、三日是不會醒過來的，你難道也要兩、三日不吃東西？」

周氏急了，修明澤是她的兒子，韓香怡就算嫁過來也終究是個外人，她自然疼她兒子。

修明澤沒有再說什麼，而是目光柔和地看著韓香怡，似乎在用行動告訴周氏：您就不必勸我了，我不會吃的。

周氏見狀，只得搖了搖頭，轉身離開。

「傻娘子，妳怎麼還在睡呢？妳該醒醒了，可我又不希望妳醒來，因為我不知該如何告訴妳真相，我不想看到妳更加難受的樣子……傻娘子，妳說我該怎麼辦？」修明澤看著韓香怡緊閉的雙眼，柔聲道。

門外的周氏聽見他說的話，搖了搖頭，抬腳離開了。

一轉眼，兩天的時間過去了，韓香怡卻還是沒有醒來的跡象，修明澤坐不住了，他又派人請大夫過來。

大夫看過後卻說韓香怡已經沒什麼大礙了，或許是她自己不願意醒來，可能是之前受到極大刺激，使得她不想要面對現實。

大夫離開後，修明澤坐到床前，抓住韓香怡的手，放到自己的臉上，一邊摩擦，一邊道：「娘子，我的傻娘子，妳為何不願醒來呢？是怕接受娘死去的事實嗎？可是娘子，此事已成為事實，我們為何不坦然接受呢？痛苦過，傷心過，淚流了，心痛了，這便夠了，為何還要這般讓自己難過呢？」

看著韓香怡，修明澤說了很多，從兩人認識到結為夫婦，再到之後每個日子發生的事情，或開心，或難過，他都一一訴說著。

「娘子，妳知道嗎？其實在妳嫁給我的第二個月，我的心裡就有妳了，那時候我就在心裡發誓，這輩子，妳是我的女人，我要守護妳，用我一生來守護妳。對不起，我沒有做到，真的對不起……可是娘子，妳不能不醒來啊！只要妳醒過來，就算妳要怪我，我也甘願，娘子！」

修明澤一直說著，突然，沈睡中的韓香怡長長的睫毛輕輕顫抖了一下，只見她緩緩睜開雙眼，兩行淚水便自她的眼角流了出來。

修明澤見狀，伸手抹去她的淚，柔聲道：「妳醒了，還痛嗎？」

韓香怡看著修明澤，點點頭，又搖搖頭，最後沙啞著嗓子道：「夫君，你在我身邊，我就沒那麼痛了。」

修明澤笑著揉著她的頭，道：「我的傻娘子。」

韓香怡終於露出一抹笑容，片刻，她又道：「夫君，你查到了嗎？到底是誰殺害了我娘？」

修明澤手一僵，隨即恢復正常，然後笑著搖頭，道：「還沒，畢竟殺人的傢伙蒙著面，一時半刻也找不到，不過妳不要太擔心，我會查到的。」

他決定先不告訴她這件事情，畢竟她才剛剛從傷心的情緒中恢復過來，打算以後再找合適的時機告訴她。

韓香怡點點頭，沒有再問，想要試著坐起身來，修明澤見狀便急忙將她扶起來。

韓香怡突然道：「夫君，我想吃東西。」

「吃東西？好啊，那妳想吃什麼？我叫人去做。」

修明澤笑著說，卻忘了自己這兩天除了喝水外，也沒吃其他東西。

韓香怡想了想，便道：「還是喝粥吧！」

「好，我這就叫人去準備。」

看著修明澤離開後，韓香怡靠在床上，緩緩閉上了雙眼，心裡暗暗想著：娘，娟子不會再這樣下去了，娟子會振作，也會找到殺害您的凶手。

您的仇，娟子一定會報！一定！

第二十三章

日子一天一天過去，韓香怡又恢復到之前的生活，不知她是否有意讓自己忙碌起來，還是本來事務就多，總之，她一直不讓自己休息，每日都是忙碌度過。

有時，她也會迷茫，她為何要開鋪子？賺錢到底為了什麼？

如今娘親已經不在，自己當初開鋪子的目的也沒有了，她當初做這些完全就是想著賺多一點錢，在帝都這樣寸土寸金的地方買一個不大的院子，然後把娘接過來，讓她享享清福——這是她當時的目的，也是她努力的目標。

可現在不同了，目標沒了，她所做的這一切突然之間變得毫無意義，連她自己也不知道為何還要做下去，其實她完全可以關掉鋪子，每日過著衣食無憂的生活，憑藉她如今的身分地位，往後她什麼事都不須做，也不用擔心自己哪一天會沒有飯吃、沒有衣服穿。

現在的她，即便做著香粉的買賣，可她心裡卻是茫然的，這一切修明澤也看在眼裡。

一日夜晚，天空中繁星點點，修明澤抱著韓香怡，兩人坐在院子裡，仰望星空。

修明澤道：「娘子，妳還好嗎？」

「我？我還好啊，我已經沒事了。事情都已經過去快半個月了，我已經恢復了。」韓香怡不明白修明澤話裡的意思，但還是回答他。

「可我看著妳不好。」

「哪有，我很好。」

「這段時間妳或許是放下了，可似乎沒了以往那種活潑的感覺，妳雖然每日都忙碌著，但妳的笑容越來越少了。娘子，妳現在覺得自己這麼忙，會不會很累？」

韓香怡清楚他的意思，卻不知該怎麼說，因為就連她也不清楚自己到底是怎麼了。她好了嗎？她不清楚，她忙的事情是自己想要去做的嗎？她同樣不清楚，所以她沒法回答。

韓香怡只好說道：「夫君，我不清楚……我真的不清楚。」

修明澤點點頭，想了想，道：「既然想不清楚，暫時就不要想。對了，妳想不想出去？」

「出去？」

「是啊，如今我已恢復了身分地位，可以四處走走，在這院子裡待著也有些無聊，我就在想，要不咱們倆出去走走吧！去一個有山有水的地方，好好放鬆放鬆，這樣不是很好嗎？」

韓香怡抬頭看著修明澤，她心裡清楚，他之所以這樣說，完全是為了自己，他是想要讓她放鬆。

她原本想拒絕的，可一看到他那柔和的目光後，便點點頭，笑著道：「好啊，咱們出去走走也好，這段日子忙得我也有些累了，換個心情也不錯。」
「好，那明日咱們就出發，就咱們兩個人好嗎？誰也不帶。」
「嗯，都聽你的。」韓香怡說完，便緊緊偎入了修明澤的懷裡。
無論去哪裡，只要有他在就好，因為現在的她只有他了，若他不在她身邊，那她該怎麼辦？她不敢想像。
一夜無話。

翌日清晨。
韓香怡起來的時候，修明澤已經將早飯端到她的面前，笑著道：「這是我親自煮的粥，妳嚐嚐看味道如何？」
韓香怡一怔，隨即露出笑容，笑著道：「你煮的？不會有什麼怪味道吧？」
「怎麼會呢？我雖然沒做過，但不代表我做得不好，妳嚐嚐吧，一定很好吃。」修明澤自信滿滿地把粥遞到韓香怡的面前。
韓香怡笑著接過來，正要動手，卻被修明澤攔住，道：「妳拿著，我餵妳。」說著，也不等韓香怡反對，他拿起舀粥的勺子遞到韓香怡的嘴邊。
韓香怡見狀，不由笑著張開嘴巴，一口粥入口，頓時感到一股濃郁的菜香與粥香交相呼應，很好吃。

她不由眼前一亮，道：「好好吃，夫君，你的廚藝很了得呀！」

修明澤得意地笑道：「那是當然，也不瞧瞧妳夫君是誰，我煮的粥怎會不好吃呢！」說著，又舀了一勺，道：「既然好吃就多吃點，最好把一碗粥都吃光才好。」

又吃了一口後，韓香怡卻道：「那你呢？你吃了嗎？」

修明澤點點頭，道：「我剛剛已經吃過了，我煮了很多，我吃一碗，妳一碗，剩下的就留給香兒。等妳吃完了粥，再收拾收拾，咱們就可以出發了。」

「這麼早？」

「不早了，咱們要去的地方有些遠，所以要早點出發，這樣才能在天黑之前到達那裡，之後咱們還要再做些其他事情，所以現在出發剛剛好。」

瞧著修明澤的安排似乎十分妥當的模樣，韓香怡不由笑道：「果然是我夫君，和你出去，我放心。」

「當然，誰叫我是妳夫君呢，跟著我準沒錯。」

瞧著修明澤那自誇的模樣，韓香怡又是捂嘴輕笑，隨後道：「夫君，謝謝你。」

「謝什麼，妳是我娘子，我做這些都是應該的。好了，別說了，快吃吧，已經有些涼了。」

「嗯嗯！」

韓香怡吃完這碗粥，果然是一粒米都沒剩下，吃得飽飽的，這讓修明澤十分有成就感。

等韓香怡換好衣服，梳洗了一番，才與修明澤一起出了屋子，兩人一出屋子便瞧見早就等在院子裡的香兒。

香兒跑過來，拉著韓香怡的手，依依不捨道：「大少奶奶，你們早些回來，香兒在家等著你們呢！」

「放心吧，香兒，我們很快就會回來的。」

韓香怡說話的時候，還抱了抱香兒，最後在香兒依依不捨的目光中，與修明澤一起離開院子，離開修家，乘著馬車直往城外方向奔去。

馬車一路向前，出了城門後，韓香怡撩起簾子向外看，任憑風吹打在自己的臉龐。雖然是風，吹在臉上也是熱熱的，不過她喜歡這種感覺，起碼可以讓自己的身心暖和。

一旁的修明澤向她這邊靠了靠，伸手摟住她的肩，輕聲道：「累了就靠著我睡一會兒。」

「沒事，我不累，我就想吹吹風。」韓香怡笑著搖頭。

馬車行駛了約一個時辰後，韓香怡發現不對勁，看著外面，她突然道：「夫君，這路我怎麼這麼熟悉呢？咱們這是要去哪兒？」

「徑山寺。」

「徑山寺？」韓香怡身體一顫。

一提到徑山寺，她的腦海中首先浮現出的是祖母那惡狠狠的眼神，這讓她感到渾身不自在。

「怎麼了？妳不想去嗎？」修明澤看出了她的異狀，急忙問道。

韓香怡搖了搖頭，道：「沒有。」

「咱們的目的地不是徑山寺，只是路過那裡，我想既然路過，咱們不如去燒炷香、拜拜佛，這段日子不好的事情也讓它過去吧！」

聽著修明澤的話，韓香怡點點頭，道：「嗯，去吧，我也想要上香禮佛。」

又過了一段時間後，馬車才緩緩停下來。

兩人下了馬車，修明澤便對那車伕道：「你在這裡等著吧，我們自己上去。」

「好的，少爺。」

兩人沿著山路走了約莫一盞茶的工夫，就看到一路向上延伸而去的石階，這石階足有上千臺階，蜿蜒向上。

爬到一半拐角處時，修明澤看著韓香怡，問道：「娘子，咱們歇歇吧！已經爬了一半了，再一會兒就能到了。」

韓香怡卻搖了搖頭，道：「不用，我還不累，咱們繼續爬吧！」

修明澤見她似乎真的不累，也沒再多說，與她一起向上爬去，就這樣又爬了約莫半炷香的時間，兩人終於走上最後一個石階，走到一旁的石椅上坐下來。

韓香怡一邊喘著粗氣，一邊興奮地道：「終於爬上來了。」

「是啊，瞧妳，都累成這樣了，還笑得這麼開心。」修明澤目光溫柔地為韓香怡擦去額上的汗，笑著道。

韓香怡如孩童般猛點頭，道：「是啊，我覺得很開心呢！好久沒這樣動一動了，走這麼長的石階路，覺得渾身都舒坦了不少，心情也好了很多。」

修明澤見狀，不由得笑了起來，看她笑得這樣歡喜，他的心才算是放下了；畢竟這段日子她總是悶悶不樂，雖然對著自己笑，可他看得出來，她心裡是難過的，此刻她的笑容卻是真的在笑。

看樣子真的來對了。

走入寺廟，兩人看到很多來此地上香的信眾，更有一些人在一旁求籤。

韓香怡看到後，也自動走到一個蒲團前跪下，看著佛像拜了拜，然後雙手合十，閉上雙眼，似乎是在許願。

修明澤則站在一旁，始終微笑地看著韓香怡。

只要她好，他就好。此行他帶她出來，也是為了讓她散散心，所以即便再苦再累，只要能夠看到她的笑容，那麼一切就都值得了。

韓香怡此時睜開雙眼，站起身子，看著修明澤道：「你也拜一拜吧！」

修明澤笑了笑，正要開口，突然雙眼寒光一閃而逝，目光看向韓香怡的身後。

韓香怡沒看到他眼中的寒意，卻發現他看向她身後，似乎那裡有什麼人，不由疑惑地轉頭看去。

當她看到身後那人後，身子一僵，不由自主地輕聲叫道：「祖母。」

站在韓香怡身後的人，正是韓家老祖宗，聶老太。

韓香怡看著她，她也冷冰冰地看著自己，那眼神不善，讓韓香怡渾身不自在。

「你們怎麼來了？」聶老太看著兩人，目光冷漠，沒有絲毫親情在裡面。

「我們來這裡燒香禮佛。」韓香怡暗暗吐氣，平靜地說道。

聶老太看了一眼韓香怡，沒再多說什麼，而是轉身朝後面走去。

韓香怡看著她的背影，張了張嘴，卻什麼也說不出來。

直到那身影離去，韓香怡才無奈地聳了聳肩，道：「看著她，我就很不舒服。」

修明澤摟著她，沒有說話。雖然這老太太看著沒什麼異樣，可是他很難想像一個帶髮修行的人會對手無縛雞之力的婦人下手，甚至買凶殺人。

他想不明白，即便香怡的娘親是個丫鬟，即便她與韓景福發生那樣的事情，生下了韓香怡，也不至於要殺人滅口啊！他總覺得這裡面的事情不會這麼簡單，一定還有其他隱情，看來自己需要好好地查一查了。

「你想什麼呢？」韓香怡轉頭看向修明澤，卻見他看著遠處發呆，不由問道。

「沒什麼，佛也拜了，咱們去後面休息一會兒吧，順便再吃個齋菜，下午再出發。」

「嗯，都聽你的。」

韓香怡出來都是聽從修明澤的安排，她隨著修明澤回到一處僻靜的房間，在修明澤溫柔的目光中閉上雙眼，進入夢鄉。這段時間她是真的累了，沒有多少晚上是睡得著的。

不過今天來到了這裡，耳邊還迴盪著美妙的誦經之聲，她終於能沈沈入睡。

見韓香怡睡著，修明澤又陪了她一會兒後，這才站起身子，那柔和的目光瞬間轉冷，冷冽的光芒閃現。

離開屋子後，他找到一個小和尚，詢問聶老太所在之地，便朝著那個方向走去。

此刻聶老太正在後面的小佛堂裡誦經唸佛，聽到有人敲門，便淡淡地道：「何事？」

「我是修明澤，我可以進去嗎？」

外面傳來修明澤的聲音，聶老太卻依舊是閉著雙眼，冷漠道：「進吧！」

門打開後，修明澤緩步走了進來，看著正坐在蒲團上、閉著雙眼、一手捏著一串佛珠、一手敲著木魚的老人。

他走到一旁，也坐在蒲團之上。

「你來這裡有何事？」聶老太沒有停下手上的動作，一邊敲著木魚，一邊道。

修明澤沒有馬上回答，而是看著她的動作，那敲木魚的動作很熟練，一看就是時常在做，而且每一下敲擊的力度和間隔時間，都掌握得很好。

修明澤淺笑著道：「我該叫您什麼？」

「名字只是一個代號而已，你可以叫我的法號慧靜。」

「我還是叫您一聲祖母吧！畢竟您是我娘子的……」

「說你要說的事。」聶老太打斷修明澤的話，語氣不再平穩。

修明澤卻不急，繼續緩緩說道：「祖母，我叫您一聲祖母，今兒個來此，的確有事想要問您。」

「說。」

「您說，您這算是出家呢？還是只是在這裡敲敲木魚過日子呢？」

這話沒有一絲的恭敬，聶老太也緩緩睜開雙眼，看著他，冷漠道：「你到底想要說什麼？」

「算了，我還是叫您慧靜大師吧！慧靜大師，您現在算是出家人嗎？」

「當然。」聶老太語氣中有了些許惱色。

修明澤點了點頭，又繼續問道：「那您覺得，出家人應該清心寡慾嗎？」

「你到底想說什麼？再不說重點，你就出去吧！」聶老太話語中有些憤怒。

修明澤彷彿沒有看到一般，繼續不解地問道：「慧靜大師，若我沒有記錯，出家人有五戒吧！不殺生、不偷盜、不邪淫、不妄語、不飲酒，我說得對嗎？」

聶老太已經被修明澤的話逼得有了怒氣，此刻聽他這麼一說，手裡的動作也停了，轉頭看著他，冷聲呵斥道：「請你出去！」

修明澤沒動，也沒被她的呵斥嚇到，而是繼續自言自語地道：「那您說，出家人若是殺了人，可就犯了第一戒吧！犯了戒的出家人，還算是出家人嗎？慧靜大師？」

此話一出，聶老太身子輕輕一顫，舉起的手指也緩緩放了下來，她看著修明澤，眼中寒光一閃，冷聲道：「胡言亂語！再不出去我就叫人請你出去了。」

「胡言亂語嗎？」修明澤的笑意漸漸收斂起來，眼中冷芒閃爍，目不斜視地看著她，冷聲道：「慧靜大師，您說出家人殺人該如何是好？是唸經超度，還是以死謝罪呢？」

聶老太終是忍不住了，看著修明澤低聲喝道：「你都知道些什麼？」

見她終於有要承認的意思，修明澤也不再拐彎抹角，直接攤牌道：「該知道的我都知道，不想知道的我也知道了，慧靜大師，您說我知道了些什麼呢？」

老人瞧著修明澤那奸滑的模樣，不禁冷哼一聲，收起怒氣，恢復平靜，冷漠道：「出家人，慈悲為懷，殺人那是盜賊才會做的事情。」

「哦，盜賊，那也包括殺手嗎？一個脖子上有著蛇形胎記的殺手？」修明澤淺淺一笑，聲音也輕了下來。

可是落在聶老太的耳中猶如晴天霹靂一般，她猛地看向修明澤，眼中再次閃爍著寒芒，更有殺意瀰漫。

修明澤毫不畏懼，而是看著她，笑道：「慧靜大師，您現在的樣子很嚇人，看上去可不像是一個出家人呢！」

嘆了口氣，修明澤又道：「都說出家人慈悲為懷，與人為善，面目可憎者那是惡人，出家人應該心平氣和，應該無慾無私，可您在這裡也有些年頭了，怎麼還是這麼衝動呢？冷靜，咱們都要冷靜下來。」

「小子，你知道又如何，你敢告訴那個賤丫頭？瞧你的樣子就知道你沒有告訴她，既然如此，那又能怎樣？」聶老太終於露出一抹獰笑。

因為她清楚，若他告訴了韓香怡，來這裡興師問罪的就不會是他。

聽到賤丫頭這三個字，修明澤臉上的笑也冷了下去，只聽他冷聲道：「慧靜大師，那是我娘子，不是妳嘴裡的賤丫頭！」

「哼，本就是個低賤的丫鬟所生，莫非我說錯了？」老人冷笑著。

在她看來，韓香怡就是個卑賤的人，讓她成為韓家人就是件錯事。

「不過我倒是佩服你，一個修家大少爺，竟然裝傻裝了這麼久，還娶了一個賤丫鬟所生的賤種！」

「閉嘴。」修明澤低聲喝道，他雙眼殺意閃爍。「我敬妳是我娘子的祖母，才會在這裡與妳好生說話，妳當真以為我不敢殺妳？」

「殺我？就怕你不敢！」聶老太冷笑著。

在她看來，這小子也就是個虛張聲勢的，她不信他敢殺她！

可她的笑容剛剛浮現，就被一抹不可置信掩蓋。

只見修明澤一隻手掐住她的脖子，眼神陰寒地看著她道：「慧靜大師，我看這些年妳還真是越活越退步，出家人，燒香拜佛？我呸！如果連妳都能被佛祖保佑，這佛不信也罷！」

「你……」聶老太被修明澤掐著脖子，臉都脹紅了，卻動彈不得。

「害怕了？剛剛妳不是還用十分囂張的樣子對我說話嗎？」修明澤冷笑著，沒有鬆手，繼續道：「我真是沒想到，妳一個老太婆竟會找殺手去殺我娘子的娘親，妳的手段還真是有夠狠毒，好歹她也是妳的孫女，好歹妳們還有一層血緣關係，妳還真下得了手。」

「混帳，那個賤丫頭才不是我的孫女，她那麼髒，她才不配！她……」

後面的話沒能說完，聶老太已被修明澤的力道掐得發不出聲音來，只能脹紅著臉死死瞪著他。

「都與妳說了，不要一口一個賤丫頭，那是我娘子，妳再這麼說，我真想殺了妳！」說著，他卻是將手一甩，將聶老太甩到一旁。

修明澤站起身子，居高臨下地看著她，冷聲道：「這件事情我暫時不會告訴我娘子，有些事情我還不是很明白，當然，妳也無須告訴我，我自己會查，等我查明白了，自然會告訴她，到時妳是死是活，她說了算！」

說完，修明澤轉身朝外走去。

「你就不怕我派人連她也殺了？」身後的聶老太突然開口道。

修明澤打開門的手一頓，緩緩轉頭，臉上的殺意驟然爆發，陰寒蔓延開來。

他沙啞著嗓子，那猶如地獄之鬼一般的聲音緩緩傳出。「妳若敢動她一根汗毛，我殺妳韓家一子！妳若敢傷她一根手指，我殺妳韓家子孫；妳若敢殺她……我屠妳韓家滿門！」

話音落下，人已經離開屋子。

門一關上，聶老太呆呆地坐在地上，臉上露出從未有過的驚恐，半晌後她才緩緩吐了口氣，自言自語道：「這個賤丫頭還真是找到一個好靠山啊，這下韓家不得安寧了，哎……作孽啊！」

當修明澤回到屋子時，韓香怡已經醒來了。

她坐在床上發呆，見修明澤回來，急忙伸出了手。

修明澤見狀也快走幾步抓住她的手，然後坐在椅子上，看著她柔聲道：「我回來了。」

驚慌的韓香怡這才緩緩放鬆下來，緊緊攥著他的手，有些害怕地道：「我剛剛一醒來就發現你不在屋子裡，我大聲喊你也不見你進來，我……我以為你離開我了，我還以為你也不要我了！」

「不可能，我是妳夫君，我不要妳誰要妳？我剛剛只是出去上茅廁而已，我不會離開妳的。」修明澤急忙抱住韓香怡，一邊拍著她的背，一邊安慰道。

韓香怡也緊緊地抱住他，輕聲道：「嗯，我知道你不會的，所以我就坐在這裡等著你，因為我知道我會等到你。夫君，答應我，無論何時都不要離開我，我娘不在了，我現在只有你了。」

「妳放心，我不會離開妳的，永遠都不會。」修明澤微笑地抱著她。

這一刻的她格外惹人憐愛，他心疼都來不及，又怎會離開她呢！

韓香怡開心地笑了，她不再哭泣，因為她依賴他、信賴他，她相信只要自己不走，只要自己還在原地，他就能找到自己。因為他是她的夫君，他不會離開她的。

自從娘親逝世後，韓香怡對修明澤的依賴也越來越深。

吃過廟裡的齋飯，兩人離開了徑山寺，繼續坐著馬車向前行駛。

深夜到來，黑色的布幕在星光點綴中形成一幅美麗的畫卷，熠熠生輝。

「到了。」修明澤笑著，一臉神秘地拉著韓香怡下馬車。

一下馬車，韓香怡就被眼前的景色驚呆了。她發誓，自己活到現在從未見過如此美麗的一幕。

兩人此刻站在一處草地上，天上有滿天繁星，閃爍不定，好似一條條星星銀河流向遠方，在兩人前方不遠處，此刻正有一群閃爍著幽綠色光芒的光點。

「那是……螢火蟲？」韓香怡有些不敢確定地問道。

「是的，那些都是螢火蟲，怎麼樣？美嗎？」修明澤從後面摟住韓香怡，輕聲問道。

「嗯，美，真的好美。」韓香怡激動地說著。

這幾日的難過似乎都在這一刻變得淡了一些，彷彿眼前的美景可以將她的悲傷悄悄地抹去一般。

「娘子。」

「嗯？」

「有我在，以後的妳不會再流淚。」

韓香怡嬌軀輕輕一顫，然後緊緊地靠在他的懷中，輕聲道：「嗯，我相信你，夫君。」

只要有他在，自己又有什麼好怕的呢？

韓香怡與修明澤在外面玩了兩天，這兩天的時間，他們什麼也沒想，將煩心事統統拋到腦後，他們盡情在山水之間玩耍嬉戲，歡聲笑語在這片土地上迴盪，久久不散。

深夜，兩人坐在火堆旁，看著天上的星星。由於地上已升起火堆，夜裡不再那麼冷，似乎連老天也眷顧著他們，這兩天都是萬里無雲的好天氣。

「夫君，咱們明天就要回去了吧？」縮在修明澤懷裡，感受著他的溫暖，韓香怡輕聲問道。

「嗯，明天就該回去了。」

「夫君。」

「嗯？」

「謝謝你。」

修明澤目露柔和的光芒，輕聲笑道：「為何要謝？我是妳夫君，妳是我娘子，這些都是我該做的。」

「我不管，我就是要謝謝你。」韓香怡笑著搖頭。

對於修明澤，她現在真的是很依賴他，不想讓他離開自己，她也清楚這樣不好，可她身邊的親人只有他了。

「好吧，既然這樣，那我就接受了。不過我也要謝謝妳，是妳讓我有時間好好放鬆自己，這段時間我也很累，都沒有時間好好休息，這次出來，不單單是妳，我也收穫很多。」

兩人摟著彼此，看著火堆，有一種叫做溫暖的情悄然蔓延。

隔日近晌午時分，馬車駛入帝都城內。

修明澤夫妻倆沒有直接回修家，而是來到香粉鋪子，只見香兒正在櫃架前補貨。這段時間，韓香怡心情低落，沒怎麼打理香粉鋪，都是香兒在認真打理。

聽到腳步聲走近，香兒回頭看去，見來人是修明澤與韓香怡，急忙跳下板凳，激動地跑到兩人身前，道：「見過大少爺，見過大少奶奶。」

「香兒。」韓香怡也開心地走過去，抱住香兒，主僕倆都很激動。

修明澤則是在一旁笑了笑，沒有打擾她們，走到一旁坐在椅子上，給自己倒了一杯水。他拿著杯子，左右瞧了瞧，突然一怔，隨即問道：「香兒，牆上的那幅畫是哪裡來的，之前怎麼沒見過？」

香粉鋪就是個賣香粉的地方，所以也沒想過要掛上一幅名貴的畫作為擺設。

韓香怡也看向那幅畫，一臉不解。畫上畫的是八匹奔騰的駿馬，每一匹馬都不同，形態各異，栩栩如生，一看就不是凡品。

「香兒，這畫是哪裡來的？」韓香怡看著香兒問道。

香兒搖了搖頭，也是一臉茫然地道：「回大少爺、大少奶奶，香兒也不清楚，這幅畫是幾天前送來的，那時候大少奶奶您沒有來鋪子，所以沒瞧見，當時我也沒什麼心情做生意，就打算關了門回家照顧您；就在我打算關門的時候，一個人卻不知什麼時候站在門前，他一身白色的長衫，臉上蒙著面紗，看不清樣貌，是他給了我這幅畫，說讓我掛在牆上。」

白衣戴面紗的男子？

「那他還說了什麼？」韓香怡問道。

香兒想了想，道：「他臨走前說了一句，他說，這畫掛在這裡可以讓咱們的鋪子有一大筆買賣，不過五天後他會回來取走。」說完，香兒又撇嘴道：「我當時還真的信了，把畫掛了起來，可都第五天了，哪裡有什麼大買賣呢？他分明是在糊弄我。」

韓香怡與修明澤對視了一眼，都從對方的眼裡看到疑惑。首先，這個白衣面紗男子是誰？他為何要將一幅八馬奔騰的畫掛在香粉鋪的牆上呢？二來，他為何要這麼做？這樣做對他有何好處呢？第三，他說五日後來取走，那他到底會不會來呢？

想了很多，韓香怡便道：「他說的時間就是今天？」

「嗯，是的，若不是大少爺提醒香兒，香兒都把這件事給忘了，還真是今天呢！估算著晌午就該來了，上次他就是晌午時來的。」

聽了香兒的話，韓香怡點了點頭，道：「那我就先不回去了，橫豎已經晌午了，估計他也快來了。」

「我也留在這裡，瞧瞧這人是誰，搞出這個名堂來，此事必有蹊蹺。」修明澤也不走了，坐在那裡蹺著腿，等著對方到來。

轉眼已過晌午，卻未見有什麼人來，此時香兒已經買來一些包子，三人簡單地吃了一些，又繼續等了下去。

眼看著天邊的日頭都落了下去，香兒氣道：「這個傢伙真是可惡，眼看都要晚上了，怎麼還不出現？」

就在香兒忿忿不平時，門外終於出現了一道身影，那是一個身著白色長衫的男子，如香兒所說的，戴著一個面紗，看不清他的樣子。

他邁步走進來，見鋪子裡坐著三個人，卻不意外，走進來看了一眼韓香怡與修明澤，最後看向香兒道：「我來取畫。」

「哼，給你、給你，你這個騙子，還說掛上畫會有客人來，哪有？騙人。」香兒早憋了一肚子的氣，一見他來，直接將早已取下來的畫大力地放在男子的手上，氣呼呼地說道。

男子也不生氣，笑了笑，道：「我從不騙人，我這不是給妳大買賣嗎？」說著，男子從袖中取出兩個錢袋子放到桌上，道：「一個錢袋子裡是五百兩，兩個就是一千兩。怎麼樣？這算是大買賣嗎？」

瞧著男子出手闊綽的樣子，香兒傻眼了。

這人這麼有錢啊！一出手就是一千兩銀子，這……這可是自己工作許久都未必能賺到的錢呢！

「怎麼樣？我沒騙妳吧！好了，畫我拿走了，錢給妳，算是幫我照看這畫的錢，我走了。」說著，男子便要轉身離開。

「這位公子請留步。」當他準備離開的時候，韓香怡站起身子喊道。

男子停下腳步，轉頭看向韓香怡，眼神裡帶著詢問。

韓香怡見狀，快步來到那男子面前，笑著道：「剛聽我丫鬟香兒說，有個客人把一幅畫放在這裡，要她掛在牆上，我瞧這畫不是凡品，公子卻如此將畫掛在這裡，難道不怕丟了嗎？而且，公子你還給我們這麼多錢，不知公子為何要這麼做呢？」

男子看著韓香怡片刻，只聽他笑道：「沒有原因，只因我想。」說著，便抬腳離開了。

看著那人的背影，韓香怡眉頭緊蹙。

這個人好生古怪，平白無故在她的鋪裡掛一幅畫，現在取走了畫又給一千兩銀子，到底是怎麼回事？

「算了，暫時不要去想這件事情了，我瞧他不是一般人，走路的樣子也不是個普通人，是個練家子，他既然主動找上咱們，早晚也會再次上門，我想他絕不會只為了簡單在鋪裡掛一幅畫，一定另有目的。」

「那會是什麼呢？我總覺得很不安。」韓香怡捂著胸口擔憂道。

「不要想了，再想也無用，走吧，咱們回去吧！」修明澤捏了捏韓香怡的肩，讓她不要再想，畢竟她剛恢復過來，他可不想讓她再受累了。

韓香怡點點頭，見天色也晚了，鎖好鋪子，與修明澤一起帶著香兒離開，回到了修家。來到小院，香兒直接回到自己的小屋，院子裡僅剩下修明澤與韓香怡兩人。

瞧著修明澤有些心事重重的樣子，韓香怡在香兒離開後開口問道：「夫君，你有話要說？」

修明澤點了點頭，拉著她走進屋子，關上門，牽著她坐上椅子後，才道：「原本我不打算告訴妳，可是想了想，覺得應該與妳說。娘子，妳有沒有發現咱們進城以後，有人在暗中跟蹤咱們？」

韓香怡茫然地搖頭，道：「有人跟蹤咱們？會是誰？韓家人？」

「不會，韓家人不會這麼做，只要他們不傻，就不會這麼做。」

修明澤搖頭，韓家沒有這麼做的理由，先不說兩家有婚約在；再者，韓家這麼做一旦被他發現，帶來的後果不是他們能夠承擔得起。

現在的韓家大不如前，表面上看著風光，檯面下則是實力大減，如今的韓家是靠著修家暗中幫助才能維持著；當然，如果度過這段危機，韓家就能再次恢復以往榮光，若是度不過去，後果可就不敢想像了，所以在他們需要修家的前提下，他們不會這麼做。

「那會是誰呢？在帝都還有誰敢跟蹤咱們？」韓香怡還是想不出來。

修明澤也是陷入了沈思，片刻，他與韓香怡同時開口：「孫氏。」

「這個孫氏竟然敢招惹咱們，她當真以為我不敢動她？」修明澤臉上閃爍著陰沈之色。

韓香怡想了想，道：「她這樣做難道不怕咱們發現嗎？」

「怕？哼，我想現在的她一定恨不得我馬上死掉。我之前一直裝傻，所以她可以不在乎我，如今我不是傻子，那麼，她的兒子在修家已經得不到什麼了，充其量就是一些鋪子和錢財罷了，因為修家會屬於我，所以她更加迫不及待。」修明澤冷笑著說道。

對於孫氏，他有辦法讓她再沒辦法作怪，但她畢竟是自己的大娘，他念著這一層關係不想把事情做絕；可對方似乎並不這麼想，既然這樣，就別怪他心狠。

韓香怡點了點頭，道：「咱們不可以再退讓了，這會讓人覺得咱們很好欺負。」

韓香怡本就不是個逆來順受的主，之前只是因為自己身分地位遜於人，所以才一直忍讓，如今她夫君的身分已經不同，加上她娘親也不在了，她也就沒什麼好怕的。

修明澤笑著點點頭，道：「還是我娘子說得好，沒錯，咱們不需要再忍讓下去了，人不犯我，我不犯人，人若犯我，我必犯人！咱們從不主動招惹別人，若別人總是招惹咱們，咱們也不能再任由他們欺負。」

「夫君你打算怎麼做？」韓香怡想想，有些激動地問道。

修明澤也是笑著說道：「先不急，既然她派人跟蹤咱們，就說明她還不知道該如何對付咱們，我卻已經有辦法對付她，所以咱們就讓她跟著，咱們該做什麼就做什麼，等找到合適的時機，咱們就出手，到時候保證讓她後悔莫及。」

「好的，我都聽你的。」

「是嗎？那咱們就到裡面好好聊聊吧！」修明澤說完，便大笑著抱起韓香怡，朝著裡面大步走去。

清晨，太陽將一道道暖暖的光芒照射在大地上，使得沈睡一夜的萬物甦醒過來，一切都恢復了生機。

從睡夢中醒來，韓香怡伸了伸胳膊，發現自己的一隻手正被人抱著，轉頭一瞧，不由露出了笑容。

只見修明澤面向她這邊躺著，此刻雙眼閉著，兩隻手抱著她的手臂，很是可愛。

那俊美如妖般的面龐少了雙眼的靈氣，也顯得十分俊美。沈睡中的他是一個安靜的美男子，黑而密的眉毛、直挺的鼻子、紅潤的雙唇，以及光滑的臉頰，若他是個女人，一定是個絕世美女。

韓香怡心裡暗暗想著，便要伸手去摸他的臉，可她的手指剛剛觸碰到修明澤的鼻子時，那閉著的雙眼卻猛地睜開。

只見他一臉戲謔地看著自己，道：「怎麼？看不夠嗎？」

韓香怡轉頭不理他，修明澤卻湊過來，笑著在她耳邊道：「怎麼，害羞了？」

「我才沒有。」

韓香怡坐起身子，想要越過修明澤下床，卻被修明澤一把抱住，笑道：「想走？哪有那麼容易。」

兩人在一陣打鬧嬉笑之後，氣氛忽地一變，慾望在此時被點燃，也不知是誰先主動出擊的，兩道身影倒回床鋪上。

只見床幔拉上，裡頭春光乍洩，上演著無限繾綣纏綿……

第二十四章

一轉眼，已是夏末初秋，清晨的空氣中有著涼風陣陣，入秋的帝都有些涼，出門需要多添件衣服。

一向平靜無人打擾的小院，今日卻出現一名稀客，韓香怡沒見過這名女子，她來修家已大半年，卻沒見過這髮髻高盤的貴婦人，而且瞧著她熟門熟路的樣子，莫非是……

腦海中浮現出一個名字，她嫁來修家後從未見過的人，正是孫氏的長女，修曉雲。

修曉雲，十六歲就嫁給一個鹽商之子，如今十八歲的她育有一子，兒子已經一歲了，為人母的她看上去顯得格外不一樣，母性的慈愛在她的身上顯露無遺。

她不是很美，但長相清秀，而且絲毫沒有孫氏與修明海那樣讓人厭惡的嘴臉，看上去就覺得她是個好人。

當然，知人知面不知心，也可能她是笑裡藏刀，那樣的話就難讓人看清了。

婦人走進屋子，看著正要著裝出門的韓香怡笑著道：「妳就是韓香怡吧？」

「是的，妳是……」

「我是明澤的姊姊，妳可以叫我姊姊，也可以叫我雲姊。」

果然，她就是修曉雲。

韓香怡急忙道：「原來是姊姊，快進來坐吧！」說著，她請修曉雲坐下，又叫來香兒替她上茶，道：「不知姊姊前來有何事？」

修曉雲喝了口茶，笑著道：「沒事，還不是想家，就回來了。妳如今也是修家人了，我卻沒見過妳，今天來這裡，沒什麼別的事，只是來見見妳，現在咱們也算是認識了。」

聽到這裡，韓香怡心裡暗想著，就這麼簡單？她可不相信。

如果只是為了看她，也用不著親自來一趟吧！晚飯的時候就能見到，到時候見面也不晚，她卻提前幾個時辰過來，應該不會只是想見見面而已。

想著，韓香怡點點頭，笑道：「真是麻煩姊姊了，該是我去見姊姊的。」

「哪裡，不麻煩，不過是走幾步路而已，大家都住在一個府裡，不遠。」說到這裡，修曉雲又是笑了笑，甚至還伸手握住韓香怡的手，拍了拍，道：「我就叫妳香怡吧！香怡，聽說我娘之前一直針對妳，對妳不好，希望妳不要介意，我娘和我弟弟他們其實都不壞，只是被一些東西蒙蔽了雙眼，之前他們做得不對的地方，我代替他們向妳道歉，希望妳可以既往不咎，原諒他們。我保證，他們再也不會煩擾到妳，何況咱們都是一家人，不必把關係搞僵，這樣以後大家見面也尷尬不是？」

聽到修曉雲這番話，韓香怡覺得她沒有說得很真誠，反而覺得她很做作。不知為何，修曉雲雖然表面上看著為人和善，總是一臉暖暖的笑容，可她一開口，韓香怡立即察覺到，她這些所謂的好，都是裝出來的。

一瞬間，她對修曉雲的好感消失不見了，她心裡清楚，修曉雲來這裡找她，說好聽點是請求她原諒，實際上是想讓她放下戒心。

什麼大家都是修家人，不必如此；她若真的應了，那她就真的是傻子。

修曉雲表面上向著她，其實還是在為自家娘親與弟弟說話，而且她似乎也清楚這裡面的事情，現在來找她說這些，無非就是想套關係，之後會不會再耍些什麼手段就不知曉了。

儘管心緒千迴百轉，韓香怡還是道：「姊姊哪裡的話，香怡不是那種喜與家人不合的人，大家都住在一起，自然要和和睦睦的，這些我都懂，姊姊放心吧，我不會放在心上，也沒有記仇。」

修曉雲眼中一道光芒一閃而逝，隨即笑著道：「妹妹果然大氣，我這個傻弟弟沒娶錯人。」

「明澤可不傻，現在的他聰明著呢，在這帝都怕是沒幾個人能比得過他。」韓香怡笑著，毫無顧忌地炫耀著。

修曉雲點點頭，道：「對對對，瞧我這嘴，弟弟現在可不是傻子；不過……香怡，我弟弟呢？他在哪裡？」

「夫君他出去了，不曉得去了哪裡，說是晚上才會回來。」

修曉雲沒有要離開的意思，而是繼續喝著茶，道：「對了，聽說妳還開了間香粉鋪子，生意如何？」

「謝謝姊姊關心，鋪子的生意雖不算好，但還過得去。」

兩人又有說有笑地聊了一會兒，修曉雲才離開。臨走前她還邀請韓香怡以後有空就去她家走走，到時她一定會做很多好吃的招待她，韓香怡也笑著應下了。

送走了修曉雲後，韓香怡便帶著香兒出門。

「大少奶奶，修大小姐真是好呢，為人和善，看著就不像壞人，不像那兩個人，哎，瞧著他們真不像是一家人呢！」

韓香怡笑而不語，沒有回答香兒的話。

一家人始終是一家人，有些東西是改變不了的，即便有再好的偽裝，也不可能改變。

回到屋子裡，孫氏急忙拉著修曉雲的手，坐在椅子上，問道：「女兒，那個臭丫頭都說了些什麼？」

修曉雲臉上柔和的笑容瞬間變得有些陰沈，只聽她冷笑道：「哼，一個厲害的丫頭，我旁敲側擊了半天她什麼也不說，只是與我扯東扯西的，我看她還不相信我。」

孫氏皺眉，道：「這個臭丫頭還真是個狡猾的人，想從她嘴巴裡套話也不容易，不過沒關係，妳們見過面就好，第一面先給她留下一個好印象吧，以後再慢慢來也不遲；只是沒想到，修明澤這小子竟然是在裝傻，肯定會因為這幾年我對他做的事情報復我，所以在這之前咱們一定要先搞垮他才行。」

修曉雲點了點頭，想了想，道：「不過在此之前，我還有一件事情想要弄清楚。娘，您說當年周氏那些事情並沒有人知曉，可是真的？當真沒有人發現嗎？」

孫氏臉色一變，忙道：「女兒，妳這話是何意？莫非妳覺得當年我做的那些事情被人知道了？」

修曉雲點點頭，臉色有些凝重地道：「若是沒有修明澤裝傻這件事情，我也不會多想，可得知修明澤是在裝傻後，我覺得這件事情就不能不想了，畢竟一個人可以隱忍多年裝成一個傻子，不是件容易的事，他卻這麼做了，我就有理由去相信，他一定知道了些什麼，才要這麼做。」

「妳的意思是說，修明澤那小子知道了我對他娘下手，所以才選擇裝傻？這怎麼可能呢？那時候他才多小，怎麼會想到這麼多呢？怎麼可能……」

「不可能？沒有什麼不可能的，再者，他小時候那麼聰明，以他的腦袋想到這些並不難，所以我才說，若他真的看到您對他娘所做的事情，您覺得，他會放過您嗎？」

聽完修曉雲的話，孫氏點了點頭，道：「嗯，女兒妳說得沒錯，那小子若真的看到了，他必定會找我報仇。」

「嗯，當時他還小，所以只能選擇隱忍，之後一晃就是幾年過去，這幾年他無非就是整日無所事事、得過且過的傻樣子，誰知他竟然可以在這樣的境況下，做出那麼多事。拿這次的明尚書院比試來說，他的表現可是讓很多人都讚不絕口。

「所以我們要做的就是盯著他，否則，咱們可就真的吃不了兜著走了。」

聽完修曉雲的話，孫氏卻是一臉不屑地搖了搖頭。

「我說女兒，妳會不會太高看他了？沒錯，他確實是琴棋書畫、騎射御車樣樣都很厲害，可這並不代表他就能夠報復咱們，他哪有那個實力呢？莫非妳還覺得他這幾年暗地裡做了些什麼不成？」

瞧著孫氏根本不把修明澤放在眼裡的樣子，修曉雲不由暗暗嘆氣，心說：自己這個娘親哪裡都好，就是太自大，總是不把別人放在眼裡。

「娘，不管怎樣，您還是好好注意他，派人盯著也好，暗中跟蹤也罷，只要發現他有任何不對的地方都要小心，我總覺得這次他藉著明尚書院比試把自己不傻的事情公開出來並不是那麼簡單，他一定另有目的。」

修明澤裝傻數年，時刻受人白眼，被人恥笑侮辱，這樣都可以隱忍下來，可見他的毅力不容小覷，誰若是敢小瞧他，後果一定會很慘，所以她才千叮嚀、萬囑咐自己娘親多多注意，多多提防。

孫氏見自己女兒很少有這麼嚴肅的時候，便也答應了下來，不過她心裡多多少少認為女兒有些太過在意了。

她承認，修明澤不簡單，可充其量只是個有些小聰明的人而已，再加上謀害周氏一事事隔多年，人證、物證早就不見了，因此她有十足把握，他對自己還構不成什麼大的威脅。

讓她真正在意的是自己的兒子，之前修明澤是個傻子，所以由她兒子繼承修家是必然的，如今修明澤不傻了，這件事情就不好說了。她也不笨，她看得出來，老爺心裡面還是喜歡修明澤更多一些。

之前他裝傻的時候，修雲天已經很在意他，如今他好了，肯定會更加關注，說不定他一高興，就把修家都交給他，那樣一來，他們母子倆就什麼都沒了，這可不是她想要看到的。因此相對於修明澤會不會報復自己，她更在意的是怎麼樣才可以把自己兒子的地位穩住；畢竟這不僅關乎兒子，也是她後半輩子過得好與不好的關鍵。

至於修曉雲說的那些，只要自己兒子能繼承修家，她什麼都不在乎。

看著娘親的樣子，修曉雲無奈地想：看來在這裡的日子，要與這個弟妹好好接觸，更要把關係搞好才行啊！

韓香怡與香兒來到香粉鋪時，鋪子前已經站著幾個人，看穿著打扮都是下人，似乎是替自家主子來買香粉的。其中兩人她有些熟悉，幾個月前曾來過。

開了門後，幾個人一起走進來，沒一會兒便賣出六盒，一大早就有好的開始，頓時令主僕兩人渾身充滿幹勁。

韓香怡將銀子放入抽屜裡，正要鎖上，卻被香兒拉住了袖子。

「大少奶奶，您看，那個討厭的傢伙又來了。」

韓香怡抬頭一看，頓時一怔。

只見門前站著一個人，那人身穿白色長衫，臉上戴著白色面紗，手裡還拿著一幅畫。

「我可以把我的畫掛在妳們鋪子的牆上嗎？」白衣面紗男子一出現，笑著問道。

「喂，我說你這個人怎麼回事啊，為啥總要把你的破畫掛在我們這兒呢？我們不掛，你走吧！」香兒雖然收了他一千兩銀子，可就是覺得他不怎麼樣。

「妳不想要錢了？我的畫可不是白掛的，上次妳們不也收到了錢嗎？」

白衣面紗男子笑著，沒有在意香兒那憤恨的目光，而是邁步走了進來，看著韓香怡道：「妳說呢？」

「我們大少奶奶……」香兒話沒說完就被韓香怡攔住了。

「這位公子，我們可以讓你掛畫，但我需要一個理由，雖然掛與不掛對我們的生意影響並不大，可你這樣毫無原因就要把畫掛在我的鋪子裡，我心裡不安。」

白衣面紗男子笑著搖了搖頭，道：「姑娘妳大可放心，我的畫沒有問題，也不會給妳們帶來什麼不好的事情；至於理由，我想並不重要，只要姑娘妳同意，我就把畫掛在這裡，不需要很久，這次僅須七天的時間，七天後我來取畫，到時我也會給妳一筆錢，如何？」

他說理由不重要，可她想要的就是理由，聽他話裡的意思，似乎就如同上一回只是想掛一幅畫，而且時間一到，他就會來取畫，並給予她們一筆錢，這樣的買賣聽起來似乎挺划算的。

他說這畫並無危險，她選擇相信他，於是笑著點了點頭，道：「好吧，既然公子如此說了，那我這鋪子就讓您掛您的畫。」

「如此便先謝謝了。」白衣面紗男子也不客氣，自行走到之前掛畫的地方，將一幅畫掛上去，想了想，又道：「在下這段時間會住在隔壁街的會珍客棧，若有事，可以去那裡找我，我住在二樓左邊數來第二間房。」說完，便轉身瀟灑離開了。

「大少奶奶，您真的要讓這個傢伙把畫掛在咱們這裡呀？這個傢伙看著好古怪，不會有事吧？」

瞧著香兒擔心的模樣，韓香怡不禁笑著揉了揉她的頭。

「放心吧，不會有事的，我總覺得這幅畫不單單是為了掛著好看而已……」

「不只是掛著？那還能是因為什麼？」香兒不解地道。

「賣。」

韓家，書房。

「朝鋒，再一個月你就要離開書院了，你有什麼打算？」

韓景福看著坐在自己對面的韓朝鋒，他心裡清楚，這個兒子不想要繼承家業，他的心思不在這裡。

韓朝鋒想了想，道：「前段時間巡撫大人來書院找過我，他想讓我跟著他。」

「哦？還有這事？」韓景福眼睛一亮，他還以為巡撫大人會看中修家那小子。「這是好事，你是怎麼想的？」

「我會去。」

這條路是他的選擇，所以他想要抓住這次機會。

「好，去吧！爹支持你，你想做什麼儘管去做，有爹在背後，你不要怕。」

一想到自己的兩個兒子，一個做了官，一個從了商，韓景福覺得自己這輩子也值了。

韓朝鋒想了想，又道：「爹，其實這個機會原本是屬於修明澤的，聽巡撫大人說……是讓他給了我，他在巡撫大人面前力薦我，所以我才能得到這次機會。雖然我與修明澤不是一路人，可我還是感激他的，所以爹，您以後就不要再針對香怡他們了，大家都是一家人，何必要鬧得如此僵呢？就算她身分再卑微，也是您的女兒。」

韓景福手一僵，臉上表情變化，半晌後才嘆了口氣。

「朝鋒啊！有些事情你還不明白，我也不能與你說，這裡面的事情太過複雜，不過你不用擔心，我不會再對她怎麼樣，不說別的，光憑修明澤這麼對你，我也不會再做什麼，她就安心開她的鋪子，我不會去干擾她的。」

聽到自己爹爹這麼說，韓朝鋒也算是放心了。

一個月後他就要隨著巡撫大人離開，聽說巡撫大人要去別的地方，讓他也跟著去歷練，以後也好替他安排仕途。

韓朝鋒一想到自己多年來的願望就要實現了，不禁心情激動起來。

修明澤，雖然這個機會是你讓給我的，我也不會因為這樣就放棄；相反，我還要做到最好，讓你瞧瞧，你我之間，我才是最強的那個。

而你，只能仰望我。

一個上午就這麼過去了，光顧香粉鋪子的人僅有三個，不過這對她們來說已經算不錯了。

晌午，兩人離開鋪子，回到修家準備吃飯時，卻看到修曉雲坐在院子裡，桌上擺著一個木盒子。

韓香怡一看她的樣子就明白了，修曉雲是在等著她，既然避無可避，還不如正面迎擊，於是她帶著香兒走了過去。

「香怡，妳總算回來了，我在這等妳半天了。」一正東張西望的修曉雲一看到韓香怡，便笑著站起身子走了過去。

「姊姊，妳怎麼來了？有事嗎？」韓香怡也是笑著迎上前。

「沒事就不能來找妳嗎？」

「當然不是，姊姊隨時來，香怡都歡迎呢！」

修曉雲笑了笑，然後拉著她的手道：「我到廚房親自做了一些好吃的東西，想著一個人吃也無聊，便想找香怡妳一起分享。來吧，咱們一起吃，妳也嚐嚐我的手藝，給我一些意見。」

「是嗎？那我就不客氣了。香兒，我和姊姊聊聊，妳先退下吧！」

「好的，大少奶奶。」香兒應了一聲，轉身離開了。

韓香怡與修曉雲坐在一起，修曉雲打開盒子，裡面有兩個菜碟，一個素菜、一道肉，還有兩碗盛好的米飯。

「來，快嚐嚐我的手藝，好久沒有做菜，都生疏了。」修曉雲一邊說，一邊遞來筷子。

韓香怡接過來，也不客氣，挾起一塊肉放進嘴裡，這肉的味道的確不錯。

吃了一口，她笑著點頭道：「姊姊做的菜真好吃，味道真不錯，香怡真是有口福。」

「香怡喜歡就好，來，多吃點。」修曉雲開心地說著，也拿起筷子吃了起來。「還好，沒落了手藝。」

韓香怡點頭，一邊吃著，一邊心裡卻在想：她無緣無故做菜給自己吃，到底想要做什麼呢？

一碗飯都吃完了，菜也吃得差不多，修曉雲卻只是與她閒話家常，絲毫沒有要說其他事情的意思。

一頓飯進了肚子，韓香怡拿著帕子擦了擦嘴角，笑道：「姊姊做的菜真好吃，我都吃得撐了。」

「香怡妳喜歡就好，以後我做了好菜，來妳這裡好嗎？」

瞧著修曉雲那期盼的眼神，韓香怡自然是笑著應下了，隨後兩人又簡單聊了片刻，她才送走了修曉雲。

回到屋子裡坐下，韓香怡看著窗外，回想這幾日修曉雲的獻殷勤倒是讓她有些不解。她不傻，她清楚知道自己與孫氏的恩怨沒有那麼簡單能化解，而且在她想來，修曉雲一定與孫氏有了什麼打算，所以才來她這裡，只不過她今天並沒有說什麼。

「看來自己以後有得忙了……」

韓香怡出了院子，卻見香兒呆站著看著不遠處，她走過去，疑惑道：「香兒，妳在看什麼呢？」

「大少奶奶，您瞧，那裡好像有人。」香兒說著，朝著遠處指了指。

韓香怡見狀，目光朝著香兒所指的方向看去，果然，在遠處的一棵樹後似乎有一道身影。因為那人藏身於樹後，看不清楚樣貌，只能看到地面上的影子。

難道是……孫氏派人在監視自己？

韓香怡拉著香兒走到一旁，道：「香兒，記住，剛剛妳看到的事不要與別人說，知道嗎？」

「哦，可是大少奶奶，咱們不過去瞧瞧嗎？香兒總覺得那人怪怪的，他幹麼躲在樹後看咱們啊？」

韓香怡搖了搖頭，道：「咱們不用管他，他不能把咱們怎麼樣，這裡畢竟是修家，咱們不會有事的。走吧，咱們回鋪子去。」說完，便拉著香兒離開了院子。

出府的路在另外一邊，等韓香怡再次轉頭看去時，發現那影子已經消失不見。

又是一個下午過去了，沒有半個顧客臨門。

沒想到，夕陽西下、紅霞滿天之時，一個人走進了鋪子。

那人目光一掃，視線落在牆壁上，看著白衣面紗男子所掛的畫卷——八馬奔騰圖。

這是一個中年男子，身材微微有些發福，一身淺藍色的長衫，雙手背後。

他走到那幅畫前，細細地看了看，半晌才嘖嘖道：「好畫，好畫啊！」

自這中年男子一進來，韓香怡與香兒就看到他對那幅畫一個勁地點頭。

韓香怡站起身子走過去，看著他，笑著道：「不知您想要買些什麼香粉呢？」

中年男子沒有理會韓香怡，而是繼續看著那幅畫，又繼續點頭，表示不錯。

韓香怡見狀，微微皺了皺眉，還是繼續笑道：「您想要買什麼樣的香粉呢？男人用的香粉我們這裡也有賣。」

「這幅畫可否賣給我？」中年男子開口了，想買的卻是畫，而非香粉。

韓香怡聽到後並未感到驚訝，因為中年男子一看到畫就駐足許久，她早猜到他是奔著這幅畫而來。可是她心裡又有些不解，他是怎麼知道自己這裡有畫？而且看他的樣子……似乎並不清楚這畫的主人不是她，那他是怎麼知道的？

這讓韓香怡想起那白衣面紗男子臨走前留下的那些話。

「在下這段時間會住在隔壁街的會珍客棧，若有事，可以去那裡找我，我住在二樓左邊數來第二間房。」

這些話明顯說明若有人想買我的畫，妳們就來這裡找我。

想到這裡，韓香怡不由暗暗驚訝，他是如何知道會有人來這裡買他的畫呢？

「怎麼？妳不想賣？」中年男子皺眉說道。想了想，他從袖中掏出一個錢袋子，道：「這裡是三百兩銀子，妳若賣我，這三百兩就是妳的了。」

韓香怡搖了搖頭，道：「您誤會了，其實不是我不想賣，而是這畫不是我的。」

「不是妳的？這話是何意？難道掛在妳鋪子裡的畫還是別人的不成？」中年男子以為韓香怡是在耍他，有了些怒色。

韓香怡忙擺手，道：「您別生氣，我說得都是真的，這畫的確不是我的，是一個人暫借我這地方掛畫。」

「別人掛在妳這裡？這是為何？那他賣不賣？」

「您別急，先聽我說，這畫是別人的，至於他的目的是什麼，我也不清楚，不過我知道他住在哪裡，您若真想買，我可以帶您去找他，到時你們見了面，自己談就好，您看如何？」

中年男子聽完後，才點了點頭，道：「原來如此。既然如此，也好，妳帶我去，我給妳錢。」

「這倒不必，也不遠，很快就到了。」韓香怡急忙搖頭，表示不用。

中年男子見狀，笑著道：「好，那就當我趙某人欠妳一個人情吧！以後妳若有什麼事情，可以找我，我叫趙勝川，雲家客棧的老闆。」

聽到這話，韓香怡心裡微微驚訝。雲家客棧，她聽過，似乎是不小的客棧呢！在帝都有兩家，在林城也有一家，雖然不知道雲家客棧在其他城鎮是否也有據點，可她清楚雲家客棧的老闆不簡單，能夠在帝都主街道靠近皇城的地界開客棧，那能一般嗎？

於是韓香怡吩咐了香兒看店後，就帶著趙勝川走了出去。

一路上，兩人互相介紹了自己，只聽趙勝川道：「丫頭，妳這樣是不行的，雖說妳的鋪子主要販售的是手工製作出來的香粉，可還是有絕大多數人認準韓家的貨，所以妳在帝都這樣做生意是做不起來的。」

韓香怡忙點頭，道：「您說得是，雖然剛開始的時候生意還不錯，可現在卻不如之前了，帝都的香粉生意都讓韓家獨攬，我該怎麼做才能讓更多人瞭解我的香粉、來買我的香粉呢？」

瞧著趙勝川似乎有主意，韓香怡急忙尋求他的意見。

趙勝川嘿嘿一笑，看著韓香怡，道：「妳這丫頭，想要我給妳出主意是嗎？我平時不隨便給人出主意，我的價錢可是很貴的。」

「您說，只要在我能承受的範圍之內，我都答應您，多少錢都可以。」韓香怡毫不猶豫地回道。

只要能讓更多人來買她的香粉，花再多錢都值得，因為早晚都能賺回來。

趙勝川笑看著韓香怡，道：「妳這丫頭倒是聰明，不過我不要錢，我也不缺錢。」

「那您想要什麼？」

趙勝川想了想，道：「妳許我一件事情，等我想好了，再找妳幫忙。放心，不會是讓妳為難的事情。」

「可以。」韓香怡立刻答應下來。

「好，既然丫頭妳這麼爽快，那我也沒什麼好藏著掖著的。」說著，趙勝川從袖中取出了一塊布，遞給韓香怡，道：「妳瞧瞧這東西怎麼樣？」

「刺繡？繡得還真不錯，這是哪家的？」

「合慧坊。妳知道他們家的刺繡為何會在我的手中嗎？」趙勝川笑得很是神秘。

「難道您喜歡……」

「去，哪兒跟哪兒！可不是妳想的那樣子。合慧坊開張到現在也才一年的時間，為何這麼快就能被那麼多人知曉？要知道，在咱們帝都，像他們這樣的刺繡工坊可是不少，沒有十間也有八間，為何她們能這麼快就火起來？」

韓香怡心裡一動，忙道：「難道是……因為您？」

「嘿嘿，算妳這小丫頭聰明，沒錯，還真是因為我。」趙勝川捋著自己不多的鬍子，繼續道：「我的雲家客棧在咱們帝都可是有響噹噹的名氣，很多達官貴人都會住到我的客棧裡；我的廚子都是極其厲害的名師，做的菜都是美味佳餚，來我們這裡的人非富即貴……」

見趙勝川似乎扯遠了，韓香怡急忙道：「這和刺繡有何關係呢？」

見自己說遠了，趙勝川急忙乾咳一聲，繼續道：「其實我想說得就是我的客棧有錢人很多，像這種小東西、小物件人家根本看不上眼，可妳知道為何她們生意會好嗎？就是因為有我們。

「在我們客棧裡，每天晚上會有很多有錢人聚集在一起，大夥兒互相買賣一些物件；當然，那些東西都是貴的，而我們客棧會把一些小物件當作禮物送給他們，一來二去，大家熟悉了，覺得好了，自然會有人去買。所以要想讓自己的東西賣得快，拿到我那裡，保證不出半個月，一定會有人去妳那裡買，且往後只會更多。」

韓香怡聽到這裡，眼睛一亮。

是啊，就如趙勝川所言，她現在缺的就是讓更多人認識她的香粉，她缺的就是一個門路，而趙勝川能提供這個門路給她。

雲家客棧是達官貴人常去的地方，在那裡流通的東西多半是價值不菲的，到時候她的香粉若能被那些夫人、小姐使用，說不定就有人喜歡上了，這樣她的香粉能夠逐漸打開知名度，就會越賣越多，如此不但達到一個很好的口碑宣傳，還可以讓她的香粉盡快被大家熟知。

因為韓香怡對自己做出來的東西有信心，所以她才會如此興奮。

「趙大哥，那我的香粉就麻煩您了。」

「不麻煩，反正妳也答應了我一件事情，咱們是生意人，自然是需要公平交易的，妳手上有多少貨？」

「我這裡還有兩百多盒香粉，每個種類都有幾十盒。」韓香怡想了想，急忙說道。

「我不管妳有多少種類，這樣吧，妳先拿五十盒給我，今兒個晚上就幫妳推銷。」

「我什麼時候給您送過去？」

「戌時之前什麼時候都可以，妳來靠近皇城的那家客棧，若想要瞧瞧，妳也可以在裡面多待一段時間，保證有好東西讓妳看。」

「好的。」

就這樣，兩人邊說邊聊，很快來到那白衣面紗男所說的會珍客棧。

一走進客棧，客棧老闆便急忙笑臉相迎，看到趙勝川更是一臉諂媚。

「這是什麼風，竟然把趙哥您給吹來了，請進、請進。」

趙勝川點點頭，道：「你忙你的，我找人。丫頭，帶路。」

韓香怡心裡暗暗好笑，心想：這個趙勝川還真是有趣，剛剛在自己面前還笑嘻嘻的，這會兒卻又變得十分自傲，彷彿那客棧掌櫃根本入不了他的眼一般。

客棧掌櫃也沒在意，而是笑呵呵地讓開了路。

韓香怡在前，趙勝川在後，兩人一前一後上了二樓，來到白衣面紗男子的房門前。韓香怡敲了敲門，很快屋子裡傳出了腳步聲。

緊接著門被打開，依舊是那個一身白衣、臉上蒙著面紗的男子站在屋內。

見來人是韓香怡與趙勝川，他沒有感到一絲意外，而是側過身子，道：「請進。」

韓香怡與趙勝川對視了一眼，走了進去。

坐在椅子上，三人都沒有馬上開口，那白衣面紗男子自顧自地看著桌上的杯子出神。

韓香怡看著男子，趙勝川也看著男子。

片刻，趙勝川率先開口，只聽他笑著道：「這丫頭鋪子裡的畫是出自兄弟之手？」

「是的，那是我畫的。」白衣面紗男子這才抬起頭，看著趙勝川，輕笑著說道。

「哦？是兄弟所畫？」趙勝川倒是驚訝了。

瞧那畫的畫功，絕非尋常人能畫出來，沒想到眼前這面紗男竟是個厲害的角色。

想到這裡，趙勝川笑了笑，摸了摸自己的肚子，呵呵笑道：「兄弟果然厲害，能畫出這麼一幅好畫，老哥我喜歡，所以想來問問兄弟你，可否出個價錢，我想把它買下來。」

白衣面紗男沒有馬上回答，而是反問道：「你打算出多少錢？」

「錢不是問題，多少都可以。」他的確不缺錢。

白衣面紗男子搖了搖頭，道：「我是說，你覺得我的畫值多少錢？」

這句話卻是把趙勝川給問住了。值多少錢？看似簡單的一問，背後的意義卻很深，他這是在考自己到底是不是真的懂畫。

趙勝川呵呵一笑，別的不敢說，畫他絕對不會看錯。他平日裡沒事就喜歡收藏一些古玩字畫，不僅收藏古畫，就算是當今的一些好畫他也收藏，只要好，只要有價值，他都要，所以在這方面他敢說自己也算是入門行家了。

趙勝川笑了笑，道：「既然兄弟你這麼問了，那我就說說吧。一般的古畫如今在市場上價格很高，不低於千兩白銀，而當今好的字畫或出自名人之手的畫，也絕不少於百兩白銀；我看兄弟你這畫，畫功自然不必多說，畫中的八匹馬每一匹都畫得活靈活現，實在難得，要我說，你這畫至少也要三百兩。」

瞧著趙勝川伸出三根手指，白衣面紗男子點了點頭，道：「您果然是個行家，沒錯，我這畫確實值這個價錢，好，我賣給你。」

白衣面紗男子倒也爽快，當下就收了錢，並告訴他，畫就在韓香怡的鋪子裡，何時想拿便何時去拿。

趙勝川給了白衣面紗男子三百兩銀子，白衣面紗男子卻將這三百兩銀子全都給了韓香怡。

「這……這我不要，這是你賣畫的錢，都給了我，你怎麼辦？」韓香怡急忙要還給他。

白衣面紗男子卻是搖頭道：「這就是給姑娘的，妳放心，要不是因為妳，我的畫也不會被人注意到。放心吧，這一幅畫賣出去，以後還會有更多人來找我買的，所以妳就收下吧！這是妳應該得到的。」說完，他就轉身走到裡屋了。

趙勝川拉著韓香怡出了屋子，在韓香怡不解的目光中，笑著道：「那兄弟說得沒錯，以後找他買畫的人只會更多，到時候他得到的錢可就不止這三百兩，所以給妳這些並不算多，妳就收著吧！」

韓香怡聽罷，只好點頭收下，與趙勝川一起下了樓。

韓香怡心裡越想越覺得奇怪，問道：「趙大哥，有件事情我很納悶，不知道可不可以問問您？」

「問吧！」

「您是怎麼知曉這畫在我鋪子裡呢？我瞧您和那白衣面紗男子似乎並不認識，您是怎麼知道的呢？」

趙勝川呵呵一笑，道：「其實這很簡單，我不是與妳說過，來我客棧的人都是有錢的主兒，當然，女人也很多，其中就有一個貴婦在妳的鋪子裡看到這幅不錯的畫，因為他們都清楚我喜歡收藏這些東西，於是就告訴了我。

「我一聽有好東西，自然是要親自來瞧瞧了，果然，讓我看到了好東西。」說著，趙勝川還得意地拍了拍自己的肚子。

韓香怡這才恍然。

原來如此，看來這個白衣面紗男子早就知道他的畫會有人來買，只是時間的問題，所以才找了個地方掛著，這樣就會引人注意。

果然聰明，想必他也一定去過雲家客棧，要不然也不會這麼自信了。

「好了，咱們就此分道揚鑣吧！對了，我的畫今晚妳就直接給我一併拿來吧，來了就說是我的朋友，我會和我的人打個招呼，到時妳就直接進去。」說完，趙勝川向韓香怡擺了擺手，朝著另外一個方向走去。

韓香怡看見不遠處停著一輛馬車，趙勝川上了馬車後，揚長而去。

這人將車停在這裡，卻不停在自己的鋪子前，真是古怪……這麼個古怪的人，在帝都卻是個不能小覷的人物。

韓香怡回到鋪子，把事情與香兒一說，香兒頓時興奮得揮手蹦跳。

「太好了，真是太好了！這樣一來，咱們的香粉銷售一定會很好，咱們的鋪子生意也會越來越好，真是想想都覺得開心呢！」

瞧著香兒開心的樣子，韓香怡笑著道：「是啊！這的確是件好事。好了，不要光顧著高興，咱們也要開始收拾一下了，把每種香粉都拿出幾盒裝在一起，湊足五十盒。」

「好的，大少奶奶，香兒這就去。」香兒興奮地跳著，跑到後頭收拾。

韓香怡笑著搖頭，轉頭看了一眼那掛在牆上的畫，走過去將其收好。

這幅畫晚上要送過去，順便瞧瞧那些達官貴人留戀之地到底有多好。

第二十五章

夕陽西下，紅霞滿天，秋日的晚風帶著絲絲涼意，街道上的行人紛紛添上一件衣服，抵禦即將到來的深夜寒冷。

早早就將香粉準備好的韓香怡，走出了鋪子，坐上等候在門外的馬車，與香兒一起朝著客棧出發。

一路上，韓香怡看著街邊的行人，或收拾地攤，或準備回家，各忙各的，越往前行，人越是稀少。皇城周邊不是能夠隨意擺攤做生意的地方，在那裡凡是開得上鋪子、開得起客棧的，都是有頭有臉的人物，所以越往前去，路旁的小攤小販越是稀少。

不過街道兩邊卻是燈火通明，酒樓、客棧都敞著大門，迎接帝都的達官貴人，夜夜笙歌，流連忘返。

馬車終於在一處燈火明亮的地方停了下來，正是趙勝川的客棧，雲家客棧。

韓香怡與香兒一起下了馬車，車伕將那一箱的香粉搬出來，跟隨兩人一起朝雲家客棧走去。

走至門前，兩個夥計攔住了她們，笑道：「這位小夫人，您可有牌子？」

「是趙勝川讓我們來的。」

「趙勝川？」其中一個夥計一怔，看了看兩人身後車伕手裡捧著的箱子，想了想道：「可是修少夫人？」

「是。」

「請您隨我來吧，我們掌櫃的在裡面等著您呢！」那夥計一聽，急忙換了副謙卑的笑臉，帶著韓香怡三人走了進去。

對於這夥計的態度，韓香怡還是很滿意的，畢竟客人都是來這裡消遣的，誰也不想看到一張冷冰冰的臉。笑，會給人一個好印象。

跟著夥計的腳步，韓香怡三人進入雲家客棧，一走進去，吵鬧之聲震耳欲聾，只見雲家客棧燈火亮得驚人，一樓有很多錦衣華服的人，或喝酒，或說笑，或打牌，或與女子調笑。

一行人左繞右繞，總算走出了人群。韓香怡三人隨著那夥計上了二樓，樓梯是環形向上，左右各有一道，來到二樓，相對安靜很多。

二樓是一個一個隔開的房間，房間的門或開或關，但多少都能聽到或看到一些人在裡面玩，總之，這裡就是一個讓有錢人放鬆心情的地方。

韓香怡甚至還聽到有人在房間裡翻雲覆雨，那聲音讓她的臉都有些發紅，香兒更是抓住她的衣襬，緊張起來。

雲家客棧很大，雖然只有兩層，卻很寬敞，二樓是一圈環繞的，走過轉角，韓香怡眼睛一亮，因為這裡竟然還有一個僅容一人走的樓梯，往上看，似乎只有十幾個臺階。

在那臺階盡頭是一扇同樣小的門。

走到這裡，那夥計停了下來，側身恭敬道：「韓少夫人，我們掌櫃的就在裡面。我就帶您到這裡了，您自己進去吧！」說完，一躬身，轉身離開了。

韓香怡看著那臺階，想了想，抬腳走了上去。當她走到臺階盡頭，踏在平臺上，看著眼前的門，抬手正準備敲門時，裡面傳來了一個聲音。

「進來吧！」

一聽是趙勝川的聲音，韓香怡也不再猶豫，推門走了進去。

一走進去，韓香怡又被這屋子裡的擺設深深地吸引了。這房間不大，僅有他們修家一個小倉庫大小，長也僅有兩個成年人雙手伸平那麼大。

因為小，所以屋子裡的擺設就相對簡單，只有一張床、一把椅子和一張桌子，而真正吸引她的是掛在牆壁四面的十多幅畫，梅、蘭、竹、菊、山、海、峰、鶴……各式各樣的畫。

在她左手邊一處角落，有兩個箱子，裡面裝著許多古董瓷器，也因為這兩個大箱子，使得這個原本就小的空間顯得更加擁擠，還好他們還有地方可以站。

三人走進去，車伕將那箱香粉放下後，便離開了。

再看趙勝川，此時正站在桌前，拿著一支毛筆，寫著字。走近一看，寫的是前朝李月的〈花下獨酌〉。

〈花下獨酌〉共四首，講的是詩人在月夜花下獨飲卻無人親近的寂寥情景。

這個趙勝川心裡一定很孤單，看他的樣子，似乎沒有妻兒……

趙勝川收筆，嘆了口氣，放下毛筆，看著韓香怡道：「一個人，難免會覺得無聊，不要在意。」

韓香怡笑著搖頭，道：「不會，我覺得您寫得很好。」

趙勝川笑了笑，然後道：「畫呢？帶來了嗎？」

「當然。」韓香怡笑著將藏於袖中的畫拿出來，遞給趙勝川。

趙勝川接過畫，如獲至寶一般小心地將其攤在桌上，緩緩打開，細細品味。

「好畫，果真是好畫。區區幾百兩銀子，值了！哈哈哈……」趙勝川哈哈大笑著，似乎為自己明智的選擇而感到得意。

韓香怡則在一旁面帶微笑地看著。她對這些東西一竅不通，所以只能靜候在一旁等趙勝川欣賞完。

趙勝川似乎不著急，仔仔細細地欣賞畫作，可是香兒有些不耐煩了，正想開口，卻被韓香怡攔住，用眼神制止了她，香兒這才悻悻然閉上嘴巴。

趙勝川好像沒有看到，依舊細細地看著，半晌，當他看完最後一匹馬後，才滿意地直起身子，捶了捶自己的腰。

「不錯，是幅好畫。」說完，趙勝川抬頭看向了韓香怡，道：「丫頭，是不是等得不耐煩了？」

「沒有，您若喜歡，可以繼續看，我可以等。」韓香怡搖了搖頭，表示自己不介意。

趙勝川搖了搖頭，一邊將畫小心翼翼收起來放好，一邊道：「算妳還有些耐性，放心，我答應妳的事情不會忘記的。」說完，已經將畫收好。

「香粉就先放在這裡吧！走，我帶妳出去瞧瞧，馬上就有好東西看了。」話音落下，趙勝川繞過桌子，向外走去。

韓香怡兩人忙跟上，出了小屋，來到二樓的欄杆旁。

趙勝川指了指下面，道：「瞧見沒有，這下面的人都不簡單，個個都是有錢的主兒，他們每天在我這裡花的錢足夠在帝都買下一間房子了。」

趙勝川又走了幾步，依舊指著下面，道：「這些，都是脫了官服的官，白天瞧著一個個道貌岸然的模樣，脫下官服來到我這裡就都是一個德行。瞧見那個穿藍色衣服的傢伙沒？那可是當朝三品官，每天都要上早朝，到了晚上，不也是到我這裡賭錢消遣？」

聽著趙勝川那十分不屑的語氣，韓香怡不禁多瞧了那人一眼。

果然，看著挺忠厚老實，沒想到賭錢倒是十分闊氣，一出手就是一疊的銀票。

趙勝川繞著欄杆走了一圈，分別指了一些人，韓香怡看去，都是些有錢的人，有些人她見過，與白日所見的模樣判若兩人，現在的他們都是花錢的大爺，一個個都瀟灑囂張著呢！

噹！

就在這時，一道敲鑼之聲響起。

只見斜對角處，不知何時多了一張椅子，椅子上站著一個夥計，那夥計手裡拿著一面鑼，聲音就是他敲響的。

「看看吧，保證讓妳們沒白來。」趙勝川笑呵呵地說著，向那邊看去。

韓香怡兩人見狀，也急忙望去。

只聽那夥計大聲開口道：「各位，各位安靜一下，今兒晚上的活動繼續進行，各位大人有什麼寶物都可以拿出來，大家出價，叫三聲後貨出手。好，接下來活動開始。」

噹！

又是一聲鑼聲響起，只見下面眾人都安靜下來。

突然，一個男子從人群中走出，在他身後跟著一個下人，那下人手裡拿著一個白玉鍊瓶。

「這瓶子是有五百年歷史的白玉鍊瓶，至少值五千兩白銀。」

韓香怡被這數目嚇了一跳。

五千兩……這麼多?!

那白玉鍊瓶，是一個通體白如雪的瓶子，瓶子兩邊是兩個半弧形把手，把手上分別掛有兩條白玉鎖鍊，都是用純白的玉石精雕細刻出來的，瓶子不大，只有兩個手掌長，卻十分精緻，做工更是不須多說。

「五千兩不多。」看了一番後，趙勝川給出一個總結。

果然，隨著那人話音落下，沈默片刻後，便有一人高聲道：「我出一萬兩！」

「我出一萬三千兩！」

「我出一萬五千兩！」

「一萬八千兩！」

「我出三萬兩！」

一開始喊價的那個人直接報出三萬兩，頓時所有人都不再開口了。

白玉鍊瓶雖然好，卻不值三萬，最多也就兩萬而已，但人家有錢，你能怎麼樣？

價格敲定，那白玉鍊瓶交給了一個老者，老者似乎是個檢驗貨品真假的人，見他看了片刻，然後點點頭，這白玉鍊瓶便算是成交了。

又有一個人走出，此次是一名少年，手拿一個有些青鏽的玉器，形狀好似一隻蟬。

「我這寶貝是戰國時期的東西，最低不能少於一萬兩。」

戰國時期？

所有人譁然，那可真是好東西了，頓時，一個人大聲喊道：「我出一萬五千兩！」

「我出兩萬兩！」

「我出三萬！」

「我出十萬！」

十萬，這個戰國時期的東西竟然賣出十萬的天價，這讓韓香怡再次震驚了。

果然，她孤陋寡聞，她是井底之蛙啊！

在她不知道的地方，每天都有這麼多錢流，原來在他們眼裡，一萬和一千是沒有區別的，可她卻那麼在乎。

韓香怡心中的震驚無以言喻，她只知道，自己真的長見識了，原來錢還可以花得這麼快，古人形容花錢如流水就是這樣吧！

之後一件又一件寶貝被賣出，雖然不到十萬的天價，也都是從一萬兩起跳，這場拍賣持續了一個時辰才結束。

趙勝川轉頭看著已經驚訝得說不出話來的韓香怡，笑道：「怎麼樣，丫頭，看到了吧！這才是有錢人，咱們都還是窮人。」

「趙大哥，這客棧是您的，您難道還沒錢嗎？」韓香怡無奈道。

「我？」趙勝川搖了搖頭，道：「客棧是我的沒錯，他們在這裡賣這些東西我也確實有利潤可賺，可每件寶貝我們能收的錢也僅只一百兩銀子而已，我的錢，不及他們身上九牛一毛。」

他反剪雙手，往回走去，又道：「該看的也看完了，妳們就回去吧！放心，那五十盒香粉我會替妳們送出去的，妳們就等著客人上門吧！」說完，他走上那窄小的樓梯，不見蹤影。

韓香怡怔怔地看著那已經消失的背影，片刻後，才長長吐了口氣，心裡暗暗想著：這一次真的沒有白來啊！若不是遇到了趙勝川，若不是他讓自己來這裡，自己恐怕一輩子都無法看到這樣的情景。

如今她看到了，心裡面除了震驚，再無其他。

「大少奶奶，您說這些有錢人怎麼不把自己的錢送給窮人家的孩子們呢？像他們這樣花錢，真是敗家。」

聽著香兒的話，韓香怡只能苦笑。

送錢給窮人家的孩子？這想法恐怕從未出現在他們這些人的腦海裡吧！或許從他們出生的那一刻起，錢，就是一種隨時想要就可以擁有，隨時想用就可以用的東西，對他們來說，錢，就好像茅廁裡的紙，要多少，有多少。

這，才是有錢人。

離開雲家客棧回到住處，韓香怡將今日發生的事情告訴修明澤。

修明澤倒是沒多驚訝，而是笑著道：「妳說的雲家客棧我曾去過幾次，那裡的確是個銷金窟，萬兩白銀都是常見的事情，不過對於他們來說，除了錢，或許也沒什麼可以炫耀的了。」

韓香怡點點頭，道：「你說得沒錯，他們似乎只有錢。」

這樣想想，韓香怡也就沒有那麼羨慕了，畢竟她是靠自己的雙手賺錢，他們有的或許只是靠著家裡、靠著祖祖輩輩留下來的錢活著，離開了這些東西，他們什麼都不會。

這樣一想，韓香怡便覺得自己才是最該被他們羨慕的吧！

「不過娘子，妳看到他們那麼大手腳地花錢，不會覺得心疼嗎？」修明澤看著韓香怡，說道。

韓香怡翻了個白眼，無語道：「錢是他們的，我心疼什麼？不過我倒是覺得他們花錢如流水，難道不怕有一天花得一分不剩嗎？」

「這妳倒可以放心，像他們這樣有錢的傢伙，錢是花不完的，而且單靠他們家裡那些寶貝，隨便賣出去一件、兩件都夠他們活個幾年，所以他們要想窮，除非有人去偷。當然，若是放在之前，我或許會這麼做，現在我不做了，就只能放任他們了。」

瞧著修明澤說得那麼輕鬆的樣子，韓香怡好笑地伸手在他的臉上一戳，道：「就你厲害。好了，不說這個了，咱們說說正事吧！」

「正事？難道咱們剛剛說的都不是正事？」

「別鬧，我說真的，夫君，我已經拜託了趙大哥，請他幫我，我想這段時間客人真的會多起來，人手怕會不夠，是不是要再招一些人呢？」

「招人？這倒是個好辦法，可是一時之間也不好找。對了，沈美娟不是有人嗎？妳找她要兩個不就好了？」

這個主意不錯。

「嗯，這是好辦法啊！好，那我明天就派人送信給她，讓她送兩個人手過來，有香兒在，她們還能做伴。」韓香怡點頭拍手。

修明澤看了看外面的天色，道：「天色也不早了，娘子，咱們早些休息吧！」

說完，不等韓香怡反應，修明澤已經抱著她，朝著裡屋走去。

清晨，韓香怡端著早飯進了屋子。

修明澤盥洗過後，牽著韓香怡的手，兩人一起坐在位置上，舉箸用飯。

韓香怡一邊吃，一邊道：「這些天你姊姊總來找我，你覺得她這樣做是不是有什麼目的？」

「妳是說修曉雲？」

「當然，除了她還會有誰？」

「她這個人我從小就看不慣，為人虛偽得很，對人對事都擺出一副好人的樣子，實則壞得很。小時候我還以為她真的對我好，等我裝傻的時候，她對我就是冷臉一張，也不搭理我，這讓我一下子就明白了，她之前對我的好都是裝出來的，所以她這次對妳這麼好，顯然也是有目的，在我看來，她是因為孫氏授意才來的。」

「我也知道是這樣，可她這幾天晌午動不動就來這裡給我送吃的，我也不好意思拒絕，這樣下去也不是辦法啊！」韓香怡無奈地說道。

她雖然對這個修曉雲沒有好感，可也不想要這樣白白吃她的東西，心裡總是覺得怪怪的，而且她擔憂自己吃多了，沒準兒被人下了毒都不知道呢！

不過念頭一轉，她隨即搖了搖頭。修曉雲是個聰明的人，她不會這麼做，一旦這麼做，對她來說不是一件好事，說不定她的夫家也會受到牽連。

瞧出韓香怡還是很在意的樣子，修明澤伸手在她的臉上摸了摸，道：「好了，妳不要太煩惱，要不這樣吧，晌午妳就別回來了，反正妳也有錢，就在外面吃吧，而且她也不會在這裡住太久的，其他事情等她走後再說。」

「可在外面吃不是要花很多錢嗎？一次、兩次還好，幾天可就……」

「我的娘子，妳就不要想這些了，這點小錢妳夫君還是有的，放心吧，沒問題的，我也不想讓妳和那個女人接觸太多。」

韓香怡點點頭，道：「好吧，我明白了，這幾天我就不回來吃了。」

雖然有些心疼錢，可相比天天看著反感的人吃飯，花些錢還是可以接受的。

用過早飯後，修明澤先行離開，韓香怡也和香兒準備去處理香粉鋪的事情。

一路上，韓香怡把情況與香兒簡單說了一下，香兒頓時開心地拍手道：「那真是太好了，大少奶奶，香兒也不想看著她呢，原本我還以為她是個好人，沒想到她是這樣子，最討厭這種兩面三刀的人了。」

瞧著香兒那憤憤的模樣，韓香怡心裡感到好笑，不由笑道：「妳氣什麼，人家又沒對妳怎麼樣。」

「可香兒就是瞧不慣嘛！真是的。」香兒噘著嘴巴說。

「好吧！」韓香怡聳了聳肩，又道：「還有件事情要與妳說，過幾天沈美娟就會送幾個丫頭過來幫忙，到時候妳也不會太無聊了。」

香兒一聽這話，兩隻眼睛都亮了起來，看著韓香怡興奮道：「大少奶奶，您說得是真的嗎？那真是太好了，香兒這些天還在想她們呢，那她們來多少人呀？」

瞧著香兒那興奮的勁，韓香怡不禁笑道：「瞧妳的樣子，這麼高興呀？來幾個我不清楚，不過最少也會有兩個吧！」

「兩個嗎？也很好，嘻嘻，只要有人來就好了。」香兒滿足地點點頭，開心之情溢於言表。

韓香怡與香兒一起來到香粉鋪子，打開鋪門，屋子裡滿是香粉的氣味，即便再糟糕的心情，沈浸在這樣的香氣之中，都會變得好起來。

按照趙勝川所說，他這幾天就會把五十盒香粉送出去，至於效果如何，就要看有沒有人上門來買香粉了。

韓香怡倒也不是太在乎此事，她現在在乎的是如何能讓自己的香粉更有特色。現在她製作的香粉，即便可以憑著手工製作以及香氣更純這兩點超過韓家所賣的香粉，可她清楚這不是長久之計。

韓家畢竟用了數年才做到如今的地位，不是她僅憑藉這兩點就能超越的，所以她若想超越韓家的香粉，就要有自己的獨特之處。

可要如何製作出更為特別的香粉？她這幾日一直在想，卻沒有一絲頭緒。

為了研究新品，韓香怡讓香兒在前面看著鋪子，她則到後面研究如何製作出特別的香粉。

看著擺在炕上那些乾掉的花瓣，韓香怡眉頭微蹙，還不時輕聲自語。「百合花與丁香花，梔子花與茉莉花，紫珊蘭與墨蘭……這些花如何能做出特別的味道呢？如何能在製作香粉的其他步驟上有所不同呢？不同的步驟或許可以加入一些不同的材料，這樣的話……會不會有不一樣的味道呢？」

韓香怡手捲著髮絲，卻沒有絲毫的頭緒。她不知道自己該從哪裡下手，也想不出來該怎樣去改變。

當她想到腦袋都要炸開的時候，香兒走了進來。

「大少奶奶，那個面紗男又來了。」

「他又來了？」韓香怡正好轉移注意力，站起身子，道：「出去看看。」

只見在外廳候著的面紗男，今兒個穿了一身黑色長衫，戴著一副黑色面紗。

「公子又是來掛畫的？」韓香怡看著他，笑問道。

「這次不是，我的畫已經有人買了，所以不必如此做了。此次前來，是來向妳告辭的。」

「告辭？你要離開了？」

「是的，昨天趙勝川派人找到我，他說有個人喜歡我的畫，希望我去做他的畫師，每個月可以得到百兩銀子，我一想也不錯，便答應了。」

「一個月一百兩銀子？這麼多。」

香兒在一旁暗暗吐著舌頭，心想：畫畫還真是賺錢呀！她覺得不怎麼樣的畫竟然被人看中，而且人還被請去做畫師，一個月一百兩，嘖嘖，想必他很快就有錢了，要是有人一個月給她一百兩，她一定也屁顛屁顛地去了。

韓香怡笑著道：「那還真是恭喜公子了。」

「不，還是要謝謝妳，要不是因為妳，我也不會有這樣的機會。這個，是我的小小心意，希望妳可以收下。」說著，面紗男從袖中取出一幅畫，遞給了韓香怡。

韓香怡原本不想要的，但一看是一幅畫，便伸手接了過來。

「打開瞧瞧吧，妳會喜歡的。」

韓香怡聽完後，將畫緩緩打開。頓時，她呆住了，這畫上畫著一個美麗的女子，一身雪白的長裙，面容美貌。

「大少奶奶，這畫上面畫得不就是您嗎？」香兒也湊過腦袋來看，當看到畫上的女人後，頓時叫道。

沒錯，那畫上的女子正是韓香怡，只不過被畫得更為傾國傾城罷了。

「謝謝公子的畫。」韓香怡將畫小心收起，謝過了面紗男。

面紗男笑著擺了擺手，道：「不必謝我，是我要謝妳才對。好了，時候不早，我也該走了，後會有期。」

「後會有期。」

目送著面紗男坐著馬車離開，香兒在韓香怡身後小聲嘟囔道：「這就走了，還不知道他長什麼樣子呢！瞧他畫得這麼好，想必長得也不錯吧？」

韓香怡聽了，不由笑著在她的腦袋上一敲，道：「怎麼著？小妮子動心了？」

「才沒有呢，大少奶奶可不要取笑香兒了。」香兒俏臉一紅，急忙擺手走進屋後。

韓香怡笑著搖了搖頭，看了看手裡的畫，想了想，還是決定不將這畫掛在牆上了，因為實在是太過招搖。

她將畫收起來放在後院，看了看時間，也快到晌午了，便與香兒簡單地收拾一下鋪面，一起出門吃飯去了。

因為不想走得太遠，兩人隨便找了一家近處的店鋪用過午飯，又喝了一碗粥。

兩人填飽肚子後，正要走回鋪子時，韓香怡的腳步頓時停住了。

因為她看到鋪子前正停著一輛馬車，她一下子就認出那馬車是修曉雲的。

「她怎麼到這兒來了？」香兒張著嘴巴，一臉驚訝之色。

韓香怡也是一臉鬱悶，心想：這個修曉雲還真是陰魂不散啊！自己都刻意避開她了，她怎麼還來。

正想著，就傳來修曉雲柔和的聲音。

「妹妹回來了，我可是等得好生辛苦呢！」

韓香怡不喜歡的人有兩種，第一種是死纏爛打的人，第二種就是死皮賴臉的人，修曉雲恰恰是這兩種人，而且她明知故犯，大家都是聰明人卻還要裝糊塗，裝糊塗也就罷了，偏偏還裝得這麼明顯，那就太讓人不舒服了。

「姊姊怎麼來了？」韓香怡笑著走過去。

「妹妹午飯吃了嗎？」修曉雲手裡拎著個盒子，笑問道。

「吃過了，剛剛還有幾位客人，怕晚些會更忙，所以和香兒在附近簡單地吃了一些。」

韓香怡看了看修曉雲手裡的木盒子，一臉歉意地說道：「讓姊姊費心了，以後姊姊就不必為香怡送飯過來，鋪子的生意會更忙，妹妹就不回去吃了。」

修曉雲笑著瞇起了眼睛，道：「妹妹不是嫌棄姊姊做的飯菜吧？」

「姊姊說的是哪裡的話，香怡怎麼會嫌棄呢？姊姊手藝好，做的菜也好吃，只是妹妹怕是沒這個福氣，實在是沒時間，也不好麻煩姊姊一次次的來送。」韓香怡忙擺手。

她不怕修曉雲誤會，只是不想在這個時候再惹出什麼事情來，畢竟才剛過上幾天安生的日子，她還不想撕破臉。

修曉雲點點頭，再次笑著柔聲道：「既然妹妹這麼說，姊姊就算放心了。好吧，既然妳這麼忙，姊姊就不打擾妳了；不過這菜……」

「香兒。」韓香怡叫來香兒接過木盒子。

修曉雲見她們收了木盒，才笑著上了馬車。

看著馬車遠去，韓香怡與香兒都同時鬆了口氣。

「總算是走了。」香兒吐了口氣，然後看著手裡的木盒子，嚥了口口水，看著韓香怡道：「大少奶奶，這菜……」

韓香怡瞧出香兒的想法，笑著說道：「拿進去吃吧！」

香兒嘻嘻一笑，抱著木盒子跑進屋去。

一個下午就這樣過去了，依舊沒有人來買她的香粉，按理說這個地方也算是繁華之地，來往的行人也是只多不少，可為何就沒人進來瞧瞧呢？

韓香怡目光轉動，似乎是在思索著什麼。

半晌後，她一拍手，領悟到自己經營香粉生意的策略是錯的，她賣的香粉都是為那些有錢人家的小姐、夫人提供，幾兩銀子一盒的昂貴價格，也只有她們才買得起，尋常百姓卻買不起，這才是她一直忽略的關鍵所在。

她之前一直聚焦於如何吸引客人來購買，有錢人雖然多，若與滿城的百姓相比就是九牛一毛，所以即便全城的有錢女人都來買也就只有那些而已。

百姓就不同了。百姓的錢雖然不多，積少成多的道理她還是懂的，她可以把香粉的價格降下來，不需要用太細緻的手藝去製作平價香粉。

她的香粉可以因顧客需求不同而區分價位，畢竟有些香粉真的是她花心血製作出來的，就是值那個價錢。

平價的香粉雖然粗糙一些，但與韓家賣的也沒太大差別，這樣的香粉只要自己想做，也能大量製作出來；而且沈大姐那邊的工坊已準備妥當，上一次來信時說已經準備開始製作了，一旦那邊開始運作，就會有大批香粉送過來，這些香粉她可以以較為低廉的價格賣給老百姓。

不需要多，一盒香粉五十枚銅板就好。女人都愛美，這是女人的天性，現在她給她們這個機會，想必她們一定會出錢購買。

一個人五十，十個人就是五百，帝都的百姓少說有十幾萬人，這樣算下來，她每個月至少都能賺幾百兩銀子，想想都覺得高興。

心裡有了想法，韓香怡坐不住了，瞧著天色也不早，便與香兒一起關了鋪子，往家裡趕去。

回到小院內，遣退香兒後，韓香怡走進屋子，正好看到修明澤，便拉著他，把自己的想法說給他聽。

原以為修明澤會為她高興、支持她，卻沒想到，修明澤搖了搖頭，道：「不行，這個辦法不行。」

「不行？為何不行？夫君，難道你覺得咱們的香粉不能賣給百姓？」韓香怡不解地問道，神情有些失望。

修明澤還是搖搖頭，握著韓香怡的手，道：「娘子，不是不能賣，是不可以賣。」

「為何？你給我一個理由。」韓香怡賭氣道。

「哎，娘子，雖然妳這個辦法很好，但放在別的地方可以，放在帝都就不可以。」

「那是為何？難道帝都的百姓都不買香粉嗎？」

「買，帝都的百姓會買，可是妳好好想想，帝都除了妳還有誰在賣香粉？」

「你是說……韓家？」

「對，妳爹也在賣，韓家在帝都賣香粉的年頭可比妳要久，帝都的買賣價錢也早定下，韓家賣十兩銀子一盒，那就是十兩，妳減到五兩，韓家沒有管妳，一是因為妳的身分，二是因為這還不算太過分；可妳想想，若妳將香粉的價錢從銀子降到了銅板價，這不是只有幾倍的差距，妳覺得韓家會袖手旁觀嗎？」

「難道他們還能拆了我的鋪子？」韓香怡明白了，可還是有些不甘。

「拆鋪子？我相信他們不會這麼做，不過他們可以在背後做手腳，比如讓妳的香粉出現問題，讓買的人受到傷害等等，只要妳敢賣，他們就一定會想盡辦法阻止；要知道，若真的讓妳成功，韓家的損失可就大了，他們不會讓這種事情發生的。」

「他們也可以降低價格啊，他們不肯還不讓我這麼做，真是太霸道了。」韓香怡越想越氣，她覺得自己在帝都真是憋屈死了。

修明澤笑著揉了揉韓香怡的腦袋，道：「我的傻娘子，妳覺得一個吃了十年鵝蛋的人，妳給他一顆鵪鶉蛋，他會高興嗎？把蛋扔了還算好的，要是把送蛋的人給打了，送蛋的人不是很冤枉？

「所以說，韓家的香粉一直都是這個定價，妳讓他們降價，他們絕對不會這麼做，而且他們在帝都就是香粉市場的老大，霸道也是無可厚非的；再者，韓家的實力雖然不如從前，可瘦死的駱駝比馬大，即便是現在，他們還不是妳可以對付的，所以我才說，這個辦法是好辦法，但不能在帝都實行。」

「夫君你的意思是說……可以在林城？」韓香怡眼睛一亮，忙道。

「當然，林城雖然也有韓家的香粉鋪子，可他們的手卻還沒有伸得那麼長，林城還是楚家和沈家最具影響力，而且鋪子是沈美娟開的，就相當於林城的香粉鋪子是沈家和楚家說了算，所以在那裡，價格問題自然是由咱們決定，高與低都可以，只要咱們定下了，就算是韓家也無權插手。」

韓香怡忙點頭，道：「夫君你說得沒錯，這個辦法很好，不過目前也只能在林城實行了。不行，我想我要親自去一趟林城告訴沈大姐，寫信我怕說不清楚。」

「可以，明兒個妳就去吧，這件事情最好儘早定下來，因為我怕韓家那邊會有什麼動作，畢竟現在韓家的一切都已經再次走上軌道。」

韓香怡點頭，道：「好，我明天就去，我會盡快把這件事情定下來的。」

一夜無話。

第二十六章

翌日清晨，韓香怡一大早便與香兒一起坐著馬車離開帝都，在夕陽西下時趕到林城。

一來到林城，韓香怡直接找到沈美娟，兩人來到一家茶館坐下後，韓香怡便將自己的想法與沈美娟說了一遍。

沈美娟沈默地喝了一口茶，片刻後，點頭道：「嗯，妹妹妳這個主意的確不錯，這樣一來，不只有那些小姐、夫人會買香粉，其他百姓也能買得起，這樣咱們的客源就會更多，畢竟能買得起香粉的人也不多，全指望她們咱們也賺不了多少錢，還是需要更多的人買。

「而且積少成多這個想法很好，一盒就算只賣五十枚銅板，咱們的成本也不過幾個銅板而已，還是能賺的，雖然一個月幾百兩銀子是少了一些，但總比沒有強。好，妹妹，姊姊就按妳說的辦，趕明兒我就讓下面的人抓緊時間，讓工坊那邊在這幾天內搞定，鋪子也會在這幾天開張。」

聞言，韓香怡也鬆了口氣，點點頭，笑道：「好的，這樣最好了。」

「不如妹妹在這裡多留幾日，和姊姊我一起等著鋪子開張？」

「不了，我就不在這裡多待了，等姊姊開張的時候給妹妹捎封信，妹妹立刻就來。」

「好吧，既然妳都這麼說了，我也不勉強妳留下來。」

隨後兩人又聊了幾句，韓香怡便離開了。

因路程遙遠，她趕在天黑之前找到一家客棧投宿，打算明早再回程。

隔日，當韓香怡回到修家時，天色已晚，夜空中繁星點點，將整個天空點綴得十分閃耀、美麗。

回到屋子裡，修明澤正坐在桌前對著蠟燭看書。

揉了揉有些疲憊的眼睛，韓香怡坐在他的對面，拿起鐵鈎挑了挑燭芯，使燭火更加明亮後，才輕聲道：「夫君，事情都安排好了，沈大姐說這幾天就會開張，希望你也一起去。」

放下書，修明澤點點頭，道：「當然要去，這可不是小事，無論對她還是對咱們，都是大事。」

「是啊，這的確是件大事，聽你這麼一說，我也覺得你必須要去了。」韓香怡笑著，似是想到了什麼。「對了，沈大姐送來的兩個丫頭你見到了嗎？」

「沒，怎麼？何時送來的？」修明澤詫異道。

韓香怡站起身子，大聲道：「糟了，都把這件事情給忘了，沈大姐不會是把人送到鋪子那裡了吧？那可就糟了。」說著，她便要起身出門。

可是韓香怡剛邁出一步，就被修明澤拉住了，只聽他笑著道：「逗妳呢，人都已經在香兒的屋子裡了。」

韓香怡一怔，隨即轉頭瞪了修明澤一眼，氣道：「你騙我，我還真的以為……」

「好了，我錯了，不過這也是為了讓妳記住，下次這種事情可不能忘了。」

「好吧，我知道了，我不會再忘了。」

兩人在一陣耳鬢廝磨後，熄燈睡下了。

清晨，陽光暖暖地照在身上很舒服。

香兒一大早精神就顯得比平日好，因為她再也不是一個人了，她的屋子裡多了兩個丫頭，分別是小陽和小雨。

這兩個丫頭沒有香兒這麼活潑，都有些內向，因此看到韓香怡和修明澤的時候，還十分拘謹。

韓香怡笑著道：「妳們也不用這麼緊張，咱們以後就算是一家人了，妳們安心地待在這裡，好好地學習製作香粉就好，明白嗎？」

兩個丫頭都是點頭，卻沒開口，看來還是有些緊張。

韓香怡也沒在意，看著香兒道：「香兒，她們就交給妳了。」

「放心吧，大少奶奶，小陽和小雨我會照顧好的。」香兒嘻嘻地笑著，儼然一副大姊姊的樣子。

「走吧，人都等著呢！」修明澤淺笑著拉著韓香怡向外走去。

待兩人走得遠了，小雨才反應過來，瞪著小小的眼睛，看著修明澤的背影道：「大少爺長得真俊，跟個女人似的。」

「大少爺可是個美男子呢！不過咱們大少奶奶也很美，他們真的是郎才女貌。」香兒跟著韓香怡也有一段時間了，學會用幾句成語，便得意地顯擺，讓一旁的小陽和小雨都一臉羨慕。

一大早修明澤就收到趙勝川託人帶來的口信，說希望他們可以去見一見一個人，對他們來說是好事，對香粉買賣也有益處。

韓香怡與修明澤聞訊連早飯都沒吃，就離開了修家。兩人坐著馬車，不到一炷香的時間就到了雲家客棧前。

兩人下了馬車，報上名字，便隨著夥計走進雲家客棧。雲家客棧的賓客大多數都是晚上才來光顧，所以這個時間在客棧裡看不到客人，只有打掃的幾個夥計。

「兩位，這裡就是，請進。」那夥計禮貌地點頭，然後轉身離去。

修明澤與韓香怡對視一眼，一起推開門，門一打開，便有一股香味撲鼻而來——粥香。

「過來一起吃吧！您們應該還沒用早飯吧？」裡面傳出趙勝川的聲音。

韓香怡與修明澤走了進去，只見桌子上擺放著三碗粥，一盤白麵饅頭，外加幾碟鹹菜。

「趙大哥，您是怎麼猜到的？」韓香怡兩人也沒客氣，一起坐了下來，拿起湯匙吃了一口。

雲家客棧大廚做出來的粥就是好吃，也不知道裡面加了什麼東西，味道就是好，香甜美味，肉絲入口即化，粥與肉的味道完美結合在一起，讓人回味無窮。

「還用得著猜嗎？這麼早就來我這裡，吃了才怪。」趙勝川翻了個白眼，將一塊饅頭塞進嘴裡，又從盤子上拿了一個饅頭，吃了一口，邊咀嚼邊說：「這人是個商人，賣茶的，挺有錢。前幾日來我這裡，我給了他一盒香粉，他回去給他夫人用了，說這東西好，於是他又來這裡問我香粉是怎麼拿到的？我跟他說，這可是個好東西，想要的話和主人談談吧！所以，就讓他今兒早上來我這裡，你們見個面，有什麼事情自己談。」

話說完，一個饅頭也被他吃了下去，趙勝川將半碗粥喝進腹中，拿起帕子擦了擦嘴，接著又道：「這人是個百分百的奸商，無利不起早的主，別被人糊弄了還數錢就好。」

說完，趙勝川站起身子，拍了拍屁股，道：「你們吃吧！我還有事先出去了，你們吃飽喝足就到隔壁的包廂。」

趙勝川臨走前，又道：「對了，還有一件事情要告訴你們，這個傢伙沒什麼愛好，就喜歡喝茶，不過你們對這方面好像也不懂……也罷！就這樣吧！」說完，關上門，離開了。

趙勝川離開後，屋子裡只剩下修明澤與韓香怡兩人，兩人你看看我，我看看你，都是一臉古怪。

片刻後，韓香怡開口道：「這個趙大哥還真是讓人摸不準，好像在幫咱們，又好像沒有。」

「不管怎樣，咱們清楚對方是怎樣的人就夠了。吃吧，吃完咱們就過去會一會那個人。」

兩人吃飽喝足後，來到隔壁的包廂，門是半掩著的，兩人推門走進去，裡頭果然一個人都沒有，看樣子貴客還沒到。

只聽韓香怡道：「夫君，你說他找咱們，是想要買咱們的香粉還是怎樣？趙大哥告訴咱們這些話又是什麼意思呢？」

修明澤搖了搖頭，道：「不管是為何，只要清楚咱們要如何面對他就好，不過我想，他應該不僅僅只是買香粉這麼簡單，若真是如此，趙勝川也不會讓咱們跟他見面，叫他直接到鋪子去買不就好了？所以咱們只管靜觀其變就好。」

韓香怡點頭，不再說話，沒多久，門被打開，一道身影走了進來。

那是一個身著茶色長衫的中年高瘦男子，男子有一張國字臉，透著一股悠然，絲毫不能把他與奸商兩字聯想在一起。

韓香怡與修明澤從椅子上起身，看著那中年男子走來。

中年男子看到兩人，依舊是不疾不徐地走過來，笑著道：「在下藍風，你們可以叫我藍老闆。」

「藍老闆，我叫韓香怡，這是我夫君，修明澤。」

簡單介紹完之後，藍老闆入了座，誰都沒開口，僅是坐在那裡，喝著茶，看著桌子。

片刻後，藍老闆開口了，他笑著拿起手裡的茶杯，道：「這茶是好茶，上等的紫陽茶，不過比起我的茶，還差了一些。」

「哦？不知藍老闆種的是什麼茶？」修明澤開口，淺淺一笑，問道。

聊到喜愛的東西，藍風來了興致，繼續道：「我種的茶自然是碧螺春。」

「哦？沒想到藍老闆所種的茶竟然是碧螺春，某不才，多少懂得一些。碧螺春是上等好茶，茶條索緊結，捲曲如螺，白毫畢露，銀綠隱翠，葉芽幼嫩，沖泡後茶葉徐徐舒展，上下翻飛，茶水銀澄碧綠，清香宜人，口味涼甜，鮮爽生津。」

「嗯？修老弟果然懂茶。沒錯，碧螺春色澤碧綠，形似螺旋，外形條索纖細，白毫隱翠。泡成茶後，色嫩綠明亮，味道清香濃郁，飲後有回甜之感。」

修明澤笑著點頭，道：「沒錯，尤其那上等的碧螺春，銀白隱翠，條索細長，沖泡後湯色碧綠清澈，香氣濃郁，滋味鮮醇甘厚。」

聽修明澤說得如此詳細，藍風如遇知己一般哈哈大笑。「修老弟果然厲害，這碧螺春可是好茶，一般人僅懂些皮毛，沒想到修老弟竟懂得這些，真是讓老哥我佩服、佩服啊！」

說話間，已經拉近兩人的關係，而一旁的韓香怡早已被修明澤的一番話弄得一愣一愣的，她沒想到，自己夫君竟然還懂茶，真是不得不佩服呢！

兩人又聊了一些關於茶的話題，藍風突然一拍腦袋，笑著道：「瞧我，光顧著說茶的事情，都把正事給忘了。」

說著，藍老闆放下茶杯。「趙勝川前些天送給我一盒香粉，我回去給我家夫人用了，沒想到她一下子就喜歡上這香粉，說什麼也要我再替她弄一些，還說要送給她那些姊妹，我一想，幾十盒的東西哪裡那麼輕巧就能拿到呢，便來找趙勝川了。」

說到這裡，他一頓，又道：「看到修老弟你們，我就放心了，修家人做的東西我相信不會差；而且若我沒猜錯，這位就是香粉鋪子的掌櫃吧！」說著，將目光轉向一旁的韓香怡，笑著說道。

「是的，藍老闆，我就是。」韓香怡也是笑著開口。

終於要談正事了。

藍老闆笑著道：「那我也叫妳一聲韓掌櫃的，咱們都是做生意的，生意人都知道裡面的門道，我也不和妳兜圈子了，我想要二十盒，能算便宜些嗎？」

「便宜？當然可以。」韓香怡就知道他會這麼說。

剛剛趙大哥都說他是個無利不起早的人，沒有優惠他才不會答應；不過，以他商人的本性，他絕對不會滿足於此，勢必還會再向她討價還價。

想著，她便笑道：「您夫人用的那盒香粉，我鋪子裡賣十五兩銀子一盒，您要是真想買，我也不多要，十三兩銀子一盒如何？」

十三兩？這麼貴？藍風是個賣茶的，所以不懂香粉的價錢，一聽一盒香粉要十三兩銀子，頓時猶豫了。

韓香怡也不著急，而是笑著喝茶，等著他做決定。

片刻，藍老闆咬牙道：「韓掌櫃的，十三兩銀子會不會太貴？我是真的想買，而且我這一次買得不少，足有二十盒呢，妳再算便宜一些。」

韓香怡皺了皺眉，想了想道：「也罷，若藍老闆您真的想買，我就再給您算便宜些，每盒十一兩銀子，如何？」

瞧韓香怡那如下了大決定的模樣，藍老闆雖然心裡清楚，還是咬牙道：「韓掌櫃的，這……能不能再減價？十兩，十兩銀子我就買了。不，這次我買二十五盒。二十五盒，一盒十兩銀子，如何？若韓掌櫃的同意，我現在就給錢。」

聽藍風這麼說，韓香怡頓時有些不高興了，只見她皺著眉頭，道：「藍老闆，您這樣會不會太……您也說了，咱們都是生意人，既然是生意人，自然清楚裡面的規矩，十五兩一盒的香粉，我算您十三兩您嫌貴，好，我給您降到十一兩銀子一盒，您卻還嫌多，十兩……會不會太少了？您要清楚，是您要跟我買，不是我求著您買。」

見韓香怡臉色難看起來，藍風也猶豫了。他是生意人，自然清楚這裡面的事情，一盒香粉，成本再貴充其量也不超過二兩銀子，十兩她還是賺的；可畢竟生意人都是要賺錢的，誰都會故意抬高價格，就不知道她這裡面摻了多少水。

「韓掌櫃的，我知道，我這樣做確實不對，可我也沒多少錢，我只是個賣茶的，比不得你們，所以……」

「娘子，妳就賣給藍老闆吧！」修明澤開口了，語氣淡淡的，帶著笑容。

韓香怡看著修明澤，又看了看藍老闆，最後咬了咬牙，道：「罷了，就賣給您吧！」

聽見韓香怡聲音中帶著無奈與鬱悶，這讓藍風心裡高興的同時也帶著一絲絲感激，他清楚，他們還是賺的，可生意人誰不想多賺點呢？沒有人嫌錢少。

而且他也看得出來，這都是她夫君的面子，若不是修明澤開口，或許還真的不能以十兩價格賣給他。他承認自己是個精打細算的人，錢這東西能少花就少花，沒必要花冤枉錢；即便他是雲家客棧的常客，每天晚上想買些好東西，那也是要看值不值當，值得他才肯花錢去買，不然他可以做一晚上的觀眾。

當下，藍老闆付了錢，一盒十兩，二十五盒便是兩百五十兩。

收了錢，韓香怡的臉色才漸漸緩和下來，可她的心裡卻暗笑不已。自己拿給趙大哥的那些香粉，最貴的也不過十兩，也就是說，表面上她壓低價格販售，實際上她還是賺的。

想到這裡她看向修明澤，她的夫君好像自己肚子裡的蛔蟲，能看懂自己的心思，竟然知道在關鍵的時候開口，如此既顯得自己不情願，又可以讓這個摳門的藍老闆花錢。

見錢收了，修明澤才又笑著道：「藍老闆，既然錢已經付了，我想您也該說說您的正事了。」

韓香怡也是笑看著藍風。

藍風則是心裡一驚，心想：這兩人竟然猜到他還有別的事情？不過一想就釋然了，他若只是買幾盒香粉，還真沒必要這麼大費周章。
於是藍老闆呵呵一笑，端起茶杯喝了一口，道：「既然你們都猜到了，那我就不再兜圈子了。沒錯，我這次來見你們，的確不只是想買幾盒香粉而已，我想與你們合作。」
「合作？怎麼合作？」修明澤似乎也不驚訝，反而是點點頭，表情淡然地問道。
一旁的韓香怡心裡有些詫異，表面上卻還是裝作淡定地看著藍老闆。
他竟然要與自己合作？合作什麼？賣茶的和賣香粉的根本不搭吧，這要如何合作？
見兩人竟然都不驚訝，藍老闆不免欣賞起他們。果然都是聰明人，這樣也好，聰明人好說話，有些事情也不需要費力解釋。
「自然是買賣的合作，我的鋪子雖不在帝都，但我打算在帝都開鋪子，我賣的是茶，可我也想賣香粉。」
修明澤眉毛一挑，淺笑著道：「藍老闆的胃口倒是不小，您可清楚在帝都香粉這行誰說了算？」
「韓家，這我自然是知道的。」
藍老闆笑著，喝了口茶，又道：「你們放心，我雖然想在帝都開鋪子，並不代表我會在帝都做下去，我只需要一段時間而已，我需要的是讓人瞭解我的鋪子，香粉我打算一起販售，但不是我最主要的買賣物品，我主要賣的還是茶。」
「藍老闆，相信我，即便是短暫的時間，韓家也不會允許。」修明澤一臉真誠地說。

藍老闆卻搖了搖頭，道：「放心，我已經找過韓家了，他們已經同意；當然，有些時候錢是不可少的東西，我愛錢，可我也會將錢花在該花的地方。」說著，他從懷中取出一盒香粉，道：「這是韓家的香粉，我給我夫人用過，可她說沒有妳這裡的好，這也是我為何想要找你們合作的緣故。

「韓家願意讓我這麼做的前提是要賣他們的香粉，當然，我會賣，可我也需要你們的香粉，只要你們答應，錢不是問題。」

瞧著藍老闆那一副胸有成竹的模樣，韓香怡心裡卻有了算計。

韓家讓別人在帝都買賣香粉，自然是有條件的，她若真的讓藍風販售她的香粉，也不知道會不會惹到韓家，韓家現在不管她，只是因為她還沒做得太過分。

想著，她便要開口回絕，修明澤卻在桌下握住了她的手，韓香怡不由詫異地看著他，只見他對著她點了點頭。

韓香怡沒有懷疑他，她清楚，夫君這麼做一定有他的理由。

所以她點點頭，道：「好，我答應您，那您打算給什麼樣的價？」

見韓香怡同意了，藍風自然也很高興，於是笑著道：「錢方面好說，我說過，會按照給韓家的價錢收購妳的香粉，韓家香粉我是用一盒三兩銀子的價格收的，若妳覺得沒問題，我現在就要先買一百盒。」

一盒三兩，一百盒就是三百兩。這樣的價錢倒也合理，一盒香粉至少需要三株花，一株花買來的芽兒需要五枚銅板，三株也才十五枚銅板，就算加上手工費，只需要百來枚銅板而已，若再加上玉盒的錢，最多也不超過三兩銀子，所以她還是賺的。

不過韓香怡不明白，若真是如此，這個藍老闆剛剛為何還要花那麼多錢買自己的香粉呢？何不算在一起？這樣一來還可以少花很多錢，以他這麼精明算計的樣子來看，應該不會想不到啊！

似乎是看出韓香怡的心思，藍老闆呵呵一笑，道：「想必妳一定是在想，我腦子是不是不好使呢，明明可以一起買，還可以省很多錢，為何還要花上一筆錢來買妳的香粉呢？」

韓香怡歉意一笑，道：「我確實是這麼想的，我不明白。」

「呵呵！」藍風呵呵一笑，道：「其實這裡面的道理很簡單，我也說了，我是個生意人，做事情都會用生意人的做事方法去評斷。沒錯，我的確可以直接提出我剛剛所說的事情，這樣我在妳這裡購買一百二十五盒的話可以省不少錢，可在談合作之前，我是買妳香粉的客人，妳賣貨給客人就是這樣的行情價，這是我該出的，我不會覺得難受。當然，我會跟妳討價還價，但我不想打著合作的名義來欺騙你們，這樣的事情我做不到，我有我做事情的原則。」

聽完他這麼一番話，韓香怡雖然覺得無法理解，但也表示佩服，有些事情不能混為一談，做生意更是如此。

「三兩銀子一盒，我可以接受，不過……」韓香怡腦海中突然有一個大膽的想法，她覺得若自己可以成功，一定可以打響香粉鋪的知名度。

「不過什麼？」藍風忙問道。

修明澤也是轉頭看向韓香怡，韓香怡想了想，道：「其實我是想問，藍老闆的茶園一定種了很多茶，可也一定有不少是不能用的吧？」

藍風點點頭，雖然不明白韓香怡這麼問是什麼意思，還是回答道：「嗯，茶園每年都有不好的茶葉，或是小的，或是被蟲子咬的，都不能用，雖然可惜，但也沒辦法。怎麼？妹子怎麼想到問這個？」

韓香怡笑了笑，道：「其實我有一個新的想法，不過暫時還不能說，藍老闆那些不能用的茶葉，若覺得扔了可惜，不如給我，我想我能有大用。」

「哦？妹子想要？沒問題啊！只要妹子給我一個理由，我那些茶葉都給妳送來。」

這個精明的傢伙，知道自己需要這些茶葉，就想從自己這裡得到點什麼，果然是個奸商。

心裡雖然好氣又好笑，韓香怡還是笑著道：「其實也只是我的一個想法而已，我想或許可以拿這些茶葉來製作香粉，雖然不知道會不會成功，若成功了，這一定會是一個不錯的東西，到時也會吸引不少人。」

藍老闆雙眼一亮，用茶葉製作香粉，這是個好主意啊！

他覺得這個辦法可行，於是眼珠子一轉，一副奸商的模樣道：「好主意，妹子真是想出了一個好主意啊！沒問題，只要妹子想要，別說壞的，就是那些不好不壞的都可以給妳拿來。不過妹子，妳也知道，那些茶葉也是我花錢買來，辛辛苦苦栽種的，這些……」

「藍老闆放心，若您肯給我，到時若真的成了，賣出的錢咱們五五分。」

「好！妹子果然是個痛快的人，妳放心吧，茶葉我立刻叫人去採，明兒個就給妳送來，不過……我要送到哪裡？」

「就送到我鋪子吧！」

她可不想送到修家，到時說不定又要被一些人說三道四了。

「好，那我就送到妳鋪子那裡去。來，喝茶、喝茶，這茶雖比不上我園子裡種的，但也不錯。」

事情談成了，藍老闆心情很舒暢，喝著茶都覺得心情更美了。

三人又有說有笑地聊了一些事。原來這個藍老闆是新城的一個茶商，新城在帝都南面，過河就能看到，車程加上船程不需要一日的時間就能抵達，若沒有那條河，或許比林城還要近。

藍老闆雖算不上世族大家，但生意做得很好，很富有，在新城，他有一大片茶園，更有五家茶葉鋪子，就連帝都的人都會去新城買他家的茶。

如今來到帝都談生意，也是看中香粉能賺錢，才尋找韓香怡合作。他野心不小，打算在帝都試試水溫，若真的不錯，準備在新城開幾家香粉鋪子。要知道，在新城只有兩家香粉鋪子，都是韓家的，若他開了鋪子，想必能在短時間內壓過韓家。

聊了許久，三人才一同離開雲家客棧。

坐著馬車回到香粉鋪後，韓香怡親自為藍老闆挑了二十五盒不錯的香粉，又從自己的箱子中將剩下的兩百多盒香粉拿出一百盒給藍老闆，他也是當場爽快地付了錢。

韓香怡看著到手的幾百兩銀子，雖然比不得那些一擲萬金的傢伙，但她賺得這些錢也是比上不足、比下有餘了。

以她如今這樣的賺錢速度，或許再過個一年半載就可以在帝都買一間小院子了，這樣想想，她忽然覺得有了動力。

送走了藍老闆，韓香怡與修明澤一起回到鋪子裡，來到後院。

修明澤拉著韓香怡的手，道：「娘子，妳有多大的把握可以做出茶葉香粉？」

「不大，畢竟我之前用的都是花，花瓣可以曬乾，製作成花粉；可茶葉是葉子，一般的葉子風乾後，基本便沒什麼作用了，味道也會消失。但是我覺得茶葉既然可以被人食用，應該也可以在風乾後保留它自身的茶香，若真的成功，那我就可以做出所有人都不曾做出來的茶葉香粉，要知道，茶葉可以提神醒腦，好的茶葉更是如此。當藍老闆說他的茶葉是上好的碧螺春後，我就萌生這個想法，現在想想，或許真的可行，若我真的做出來，我想一定可以賣出去，也一定會有很多人來買的。」

瞧著韓香怡幹勁十足的模樣，修明澤不禁淺淺一笑，伸手在她的腦袋上輕輕地揉了揉，然後柔聲笑道：「是啊，我的娘子是誰呢？我的娘子最厲害了，什麼茶葉香粉，根本就難不倒她。娘子，妳放心去做吧，夫君我支持妳。」

「謝謝你夫君，我也相信我可以做出來的。」韓香怡開心地抱住他。

有了他的鼓勵，她也更有幹勁了。之前他在她身邊，為她將諸事化險為夷，這一次也不例外。

自己一定可以做出來茶葉香粉。

接下來的幾天，韓香怡皆在忙著研發新品中度過。

這一日，韓香怡收到來自沈美娟的信，信上說鋪子要開張了，就在兩天後，所以讓他們早些過去，韓香怡與修明澤自然不會錯過這好日子。

這不，信一收到，兩人收拾了一下行囊便坐著馬車出發。

傍晚時分，馬車抵達林城。

進了城後，兩人沒有急著去找沈美娟，而是先找一家客棧休息一宿。

翌日清晨，空氣中瀰漫著芳草香，踏著晨露，兩人攜手前往楚家。

在明媚的陽光下，街道兩旁陸陸續續有小販擺攤，店鋪也都相繼開門營業，一塊塊木板被拿了下來，預示著新的一天已經到來。

兩人走了一炷香的時間後來到楚家門前，正巧，遇到剛走出門的沈美娟與楚風，四人看著對方，隨後都笑了起來。

「妹妹真是來得早不如來得巧，我和我夫君正打算去鋪子瞧瞧，明兒個就要開張了，要不你們也跟著來？」

「好啊，我們也跟著去吧！」韓香怡自然沒有異議，笑著應下了。

「我是楚風。」

「修明澤。」

兩個男子十分簡潔地介紹了自己，又伸出手握了握。

楚風笑著道：「早聽說過你，如今見了果真是一表人才。」

修明澤笑著搖頭，道：「哪裡，怕你們聽到的大多是我傻的時候做出來的蠢事吧！不過沒關係，以前的那個人是我，如今站在你們面前的也是我，不管傻還是不傻，都好。」

聽到修明澤如此說，沈美娟不由格格一笑，道：「瞧瞧，這話說得真是好。好了，咱們都別在這傻站了，上了馬車再聊。」

四人笑著上了馬車，韓香怡與沈美娟坐在一起，修明澤和楚風則是各自坐在一邊。

沈美娟笑著對修明澤道：「上一次見面時你還在裝傻，現在你已經恢復過來，先前我問你娘子她還不肯說，讓我很是苦惱呢！」

修明澤笑了笑，道：「其實也沒什麼，如今真相大白，我倒是覺得對你們來說，我傻不傻都不重要，不是嗎？」

沈美娟點點頭，笑道：「這倒是，我們早就猜到了。」說著，轉頭看向一旁的韓香怡，小聲道：「妹妹，姊姊問妳件事唄！」

「什麼？」

「妳……這裡有沒有動靜呢？」說著，沈美娟指了指她的小腹。

韓香怡一開始還沒明白，愣了一愣，看著她的眼神，她頓時明白了，立刻俏臉一紅，搖頭道：「還沒呢！」

瞧著韓香怡紅撲撲的臉蛋，沈美娟頓時捂嘴笑道：「那妹妹妳可要抓緊了，要知道姊姊我嫁給我夫君三個月就有了，妳這都有大半年了吧？還沒動靜……妹妹可不能不著急了。」

三個月？

憶及當初她嫁給修明澤的前三個月，一直都以為他是傻子，而且他也從沒想過要和她發生肌膚之親，兩人真正有夫妻之實也是這段時間的事情。

所以韓香怡紅著臉，小聲道：「多謝姊姊關心，我會放在心上的。」

「呵呵，那就好，那就好……」

這邊韓香怡與沈美娟聊著女人的話題，另一邊修明澤與楚風則是在聊著男人的話題。

就這樣，馬車很快來到鋪子前面，停了下來。

四人下了馬車，見香粉鋪子一切事宜都準備得差不多了，連匾額都掛好了。

這間鋪子比韓香怡那間大上不少，而且位置也好上許多。鋪子座落於主街道，人來人往，來買的人必定不會少。

「除了這裡，還有其他分鋪，咱們就不一一去看了。這間鋪子明兒個開張，其他的則會在之後幾個月內陸續開張，當然，一切都要趕在冬天前完成，畢竟到了冬天，就沒有那麼多花了，咱們要趁現在多存一些才行。」

韓香怡點頭，道：「嗯，這樣最好，起碼咱們的貨要能供應得上。對了，我前幾天想到一個新的東西，如果可以，我想在這裡或許可以試試。」

「新東西？什麼？」沈美娟眉毛一挑，很有興趣地問道。

「茶葉，我想用茶葉製作香粉。」韓香怡笑著道。

對她來說，這不但是新的希望，也是她一直想要做的事情。

「用茶葉製作香粉？」沈美娟詫異地看著韓香怡，片刻後，點頭道：「嗯，這的確是個新的辦法……可茶葉是葉子，咱們現在所做的這些香粉可都是用花瓣做的，這樣成功的可能性大嗎？畢竟咱們現在需要的香粉數量很多，先不說新的能否成功，時間上咱們就不能耽誤，一旦鋪子開張，香粉就要供應上去；如果咱們所有人、所有機器都用來製作茶葉香粉的話，一定會耽擱正常香粉的製作期程，所以我覺得在不確定茶葉香粉能否製作成功之前，還是由妹妹妳自己先嘗試吧！若真的成功，而且效果很好，咱們到時再大量製作也不遲，妹妹妳看如何？」

沈美娟的擔心不無道理，茶葉香粉雖然是很好的想法，畢竟還不成熟。

之前製作的香粉原料是用鮮花風乾後做出來的，若改用茶葉製作，葉子能不能製作成香粉，誰都不知道，因為沒人試過，所以在這樣一個模糊的情況下，沈美娟是一個生意人，她不能因為一個不明確的想法耽誤買賣。

韓香怡表示理解，點點頭道：「姊姊說得沒錯，是妹妹我想得簡單了。就讓我先試一試，若真的不錯，咱們再多做一些，若不好便算了。」

「嗯，就只能這樣了；不過妹妹，想要製作茶葉香粉，需要很多茶葉，妳有嗎？」

「有。」

韓香怡點點頭，把之前發生的事情大致說了一遍。

沈美娟聽罷，忙點頭，讚嘆道：「你們兩個還真是會做買賣，不但賺了錢，還能開闢新的賺錢之路。好，既然妹妹有了茶葉，那就不用擔心原料了，反正茶葉有很多，妳就嘗試吧！相信一定會成功的，到時咱們的鋪子也可以販售新的香粉，想必會有很多人來買。」

一行人正要往後院走去時，沈美娟卻突然拉住韓香怡。

「對了妹妹，姊姊還有一件事情想要問妳。」

韓香怡轉頭看著一臉嚴肅的沈美娟。「姊姊有什麼想問的就問吧！」

沈美娟示意楚風和修明澤先到後面去，她們要說一些女人的事情。

支開了他們，沈美娟拉著韓香怡走到一個角落裡，小聲道：「妹妹可知道韓家如今的實力如何？現在的他們還如以前那般厲害嗎？」

韓香怡詫異地看著沈美娟，不明白她為何會突然問這個，想了想，還是道：「這件事情我不是很清楚，但他們的勢力似乎不及從前。我與我夫君會成親，也是因為韓家想要藉修家的力量度過難關，畢竟這樣一直下去，韓家恐怕真的會不行。」

沈美娟點點頭，露出了笑容，道：「妹妹妳也別多想，我之所以這麼問，是因為如今林城也有韓家香粉鋪，雖然在林城，楚家和沈家不怕韓家，可畢竟這裡面還是牽涉到很多事情，清楚瞭解對方也是很重要的；而且這次咱們把價格全部都降下來，這對在林城開香粉鋪子的韓家來說絕對不是一件好事，他們到時會怎麼做，我也要有一個心理準備，所以妹妹妳不要多想。」

「姊姊放心吧，我沒有多想，我也清楚這裡面的事情，咱們這麼做一定會招惹到韓家，咱們把香粉價格降下來，他們的生意就不會好做，所以我也覺得應該讓姊姊瞭解一下韓家如今的實力，這沒什麼。」

見韓香怡沒多想，沈美娟才鬆了口氣，笑道：「妹妹能這麼想，姊姊我很高興呢！走吧，咱們去裡面瞧瞧，等會兒姊姊帶你們去吃美味佳餚。」

「好啊，那就先謝謝姊姊了。」

隔日清晨，林城楚家香粉鋪子隆重開張了，鞭炮聲響個不停，門前貼著四個大大的紅字——開張大吉！

一大早，一箱一箱的香粉被抬進鋪子，整整齊齊地擺在後面，隨著鋪子開張，也有不少人聚集在這裡，可聚集的人大多是普通百姓，對他們來說，新鋪子開張和他們也沒啥關係，這裡面賣的都是貴玩意兒，自己買不起。

就當所有百姓看完熱鬧準備散開時，從鋪子裡面走出一名夥計，夥計手裡拿著一塊木板，被他放在鋪子前。

很快，很多百姓都再次聚了過來。

見人又重新回來了，那夥計笑著大聲道：「各位，我們香粉鋪子開張，賣的是香粉，大家若想買，都可以進來買。」

「算了吧，這麼貴的東西我們可買不起。」一個人突然大聲喊道。

「就是、就是，一盒香粉就要好幾兩銀子，有那錢夠我吃喝很久了。」又有一人喊道。

「嘿嘿，各位不要擔心，我們的香粉鋪子與那些鋪子可不一樣，我們的香粉，多少錢的都有。您要是有錢，就買貴的，十五兩銀子到五兩銀子不等；您要是想買便宜一些的，品質也絕對不差，只需要一百枚銅板到五十枚銅板不等，只有大家想不到，沒有我們賣不了，所以大家想買的話就進來吧！鋪子新開張，買五盒還送您一盒。」

瞧著那夥計說得有聲有色，很多百姓都心動了。以前他們看到韓家鋪子賣的香粉都很貴，所以早就打消想買的念頭，現在被他這麼一說，很多手裡還有閒錢的百姓都想買了。

五兩銀子自己買不起，五十枚銅板自己還是有的，也就是省下每天早上一顆雞蛋，就能買得起了。

頓時，不少婦人都湧入鋪子裡，生意十分火紅。

看著湧進來的大批百姓，站在裡面的韓香怡幾人都露出笑容。

只聽沈美娟笑道：「妹妹的辦法果然不錯，這樣一來，咱們的生意只會越來越好，來買的人一定不會少的。」

沈美娟的香粉鋪開張頭一天，生意好得出乎韓香怡幾人意料，原本以為能有幾十兩銀子進帳就不錯了，萬萬沒想到，竟然賣出二百兩。

當然，這裡面也有不少有錢人來捧場，但是讓韓香怡幾人更高興的是，所有進項裡面差不多有五十兩銀子是普通百姓買的；要知道，普通百姓購買的香粉裡最貴的也不過一百二十枚銅板，想想看，要有多少人買才能達到五十兩銀子呢！

所以收入還是超乎想像得好，這讓韓香怡幾人對這一種新的營業形式充滿了信心。

當天夜晚，一家酒樓二樓包廂內，韓香怡四人圍坐在一起，舉起酒杯。

沈美娟笑道：「今天是咱們鋪子開張，又有了這麼好的開始，咱們喝一杯。」

四人舉起杯子，彼此示意後，便一口喝下。

「是啊，真沒想到開張第一天就能有這麼好的成績，所以咱們這麼做是對的，那些百姓也想買，只是之前因為價格太貴而買不起，如今咱們這麼做就解決了這個問題，咱們可以賺錢，他們可以買，真的是兩全其美。」韓香怡笑著說道。

果然香粉這種東西不應該只是屬於有錢人的奢侈品，而應該為大眾所接受，今天的成果就是最好的證明。想到這裡，韓香怡不由想到以後自己的香粉被更多人使用的情景，那種感覺真好。

瞧著韓香怡那出神的模樣，有眼睛的人都知道她在想美事了。

沈美娟不由笑著道：「我的好妹妹，妳先不要這麼激動，這只是剛開始而已，以後如何還說不定，好壞還是未知。剛開始的時候會有很多人買，也是正常，咱們還是要看長遠經營，如果能持續保持這樣，那就更好了；而且咱們還要繼續拓展分鋪，到時說不定還有其他城的人來這裡買咱們的香粉。要知道，以前香粉這東西就是錢換來的，沒錢別想買，現在不同了，只要想買，咱們的香粉就能賣，幾十枚銅板而已，只要不是窮得揭不開鍋，只要是個還想要打扮的女人，不管是嫁人的還是未出閣的，都會買，這樣一來，咱們的客人一定會很多。

「想想以後有更多的百姓都來買咱們的香粉，想想咱們的香粉以後能超越韓家，那時再高興也不遲。」

一盆冷水潑下來，韓香怡終於冷靜下來。

沒錯，自己現在高興得太早，畢竟這只是一個開始，以後如何誰都不知道，也許會更好，也許會很壞，所以，還是讓時間來證明吧！

「不過高興還是應該的，今天是個好日子。」修明澤笑看著韓香怡。「不要想太多，今天是該高興的日子，來，咱們喝一杯吧！」說著，他向韓香怡舉起了酒杯。

韓香怡想想，笑著點點頭，也舉起了酒杯。

四人又閒話家常一番，直到夜色極深時才散場。

韓香怡與修明澤回到客棧的時候，天空中只有一輪彎月懸掛，清冷之中帶著微涼。

回到屋子裡，兩人臉上都有紅暈。

坐在椅子上，修明澤替韓香怡倒了一杯水，道：「喝點吧！」

「嗯。」韓香怡接過杯子全部喝了下去。她剛喝了幾杯酒，現在正覺得口乾舌燥。

修明澤給自己倒了一杯，也喝得乾淨，柔聲道：「妳是想要明天就回去，還是在這裡多住幾日？若是多住幾日，咱們也可以在這裡逛逛，看看有什麼好的地方，權當是休息放鬆。」

韓香怡揉了揉有些發暈的腦袋，想了想，道：「還是回去吧，在這裡也無事可做，而且我還想看看藍老闆的茶葉到了沒，我現在已經迫不及待想要嘗試了。」

瞧著韓香怡還在惦記那些，修明澤不由笑著揉了揉她的腦袋，輕聲道：「好，就依妳，明天就回去。雖然說明天回去，可妳也不要太著急，這些事情忙不來，身體重要。」

「嗯，放心吧，我會注意的。夫君，咱們睡覺吧，我睏了。」

「好，早點休息吧，明兒個還要早些回去呢！」

修明澤點點頭，便抱起韓香怡上床鋪休息。

兩人在一陣耳鬢廝磨後，懷著愉悅的心情沈沈睡去。

數個時辰過去，兩人一覺醒來已是清晨。

韓香怡與修明澤一大早就坐上馬車，離開林城，直奔帝都，待回到修家時已經天黑了。

韓香怡一到家就聽到香兒說藍老闆的茶葉已經到了，都放在鋪子後面，足有小半車之多。

聽到這個消息，韓香怡頓時興奮起來，要不是有修明澤攔著，說不定她會趕著夜路去鋪子裡了。

由於舟車勞頓，兩人早早沐浴完後便上床休息，一夜無話。

——未完，待續，請看文創風471香怡天下3（完結篇）

文創風
470

香怡天下 2

國家圖書館出版品預行編目資料

香怡天下 / 末節花開著. --
初版. -- 臺北市 : 狗屋, 2016.11
冊 ; 公分. --（文創風）
ISBN 978-986-328-663-9（第2冊：平裝）. --

857.7　　　　　105017561

著作者	末節花開
編輯	黃鈺菁
校對	沈毓萍　簡郁珊
發行所	狗屋出版社有限公司
地址	台北市104中山區龍江路71巷15號1樓
電話	02-2776-5889～0
發行字號	局版台業字845號
法律顧問	蕭雄淋律師
總經銷	知遠文化事業有限公司
電話	02-2664-8800
初版	2016年11月
國際書碼	ISBN-13　978-986-328-663-9

本著作由起點女生網〈http://www.qdmm.com/〉授權出版

定價250元
狗屋劃撥帳號：19001626
網址：love.doghouse.com.tw　E-mail：love@doghouse.com.tw